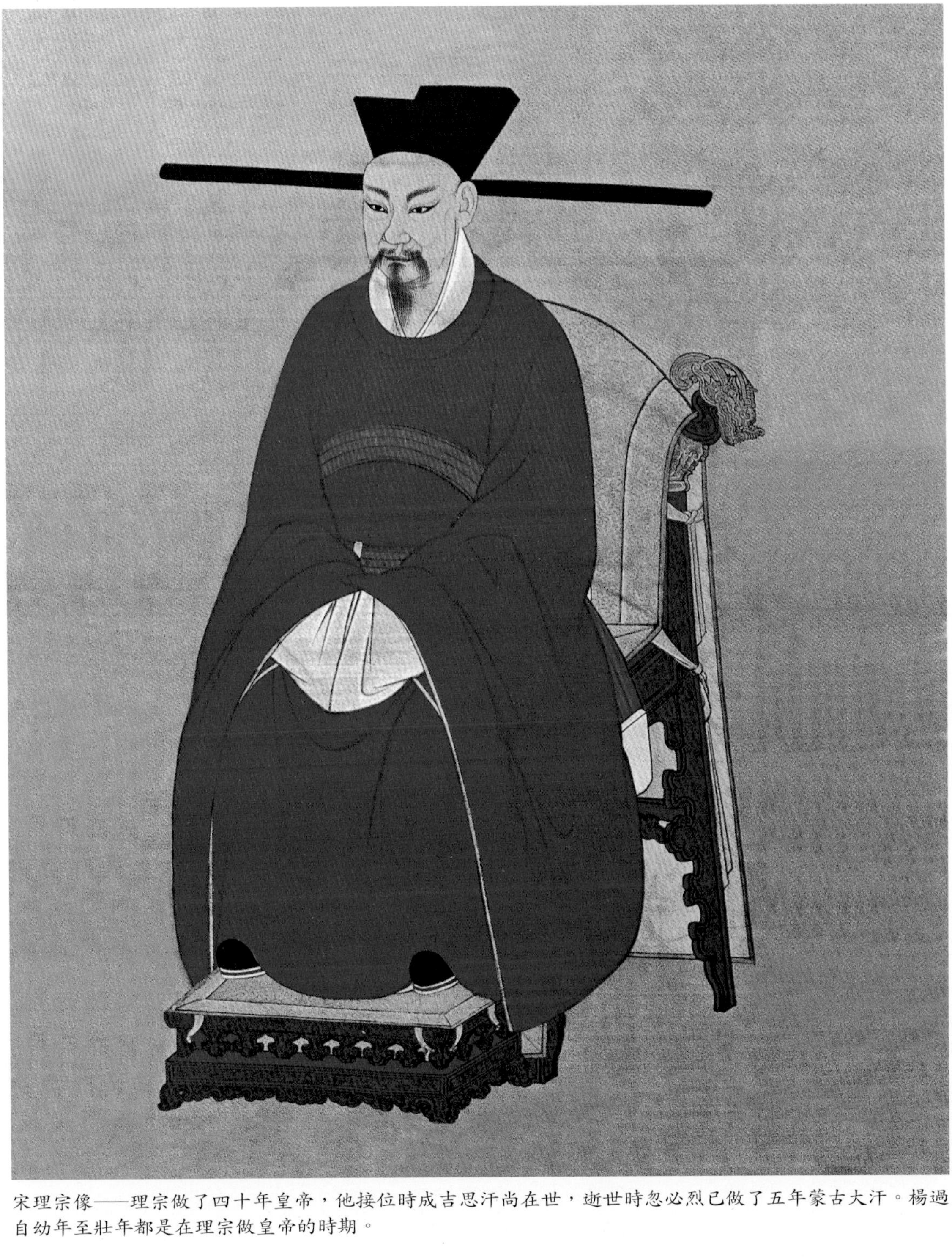

宋理宗像——理宗做了四十年皇帝，他接位時成吉思汗尚在世，逝世時忽必烈已做了五年蒙古大汗。楊過自幼年至壯年都是在理宗做皇帝的時期。

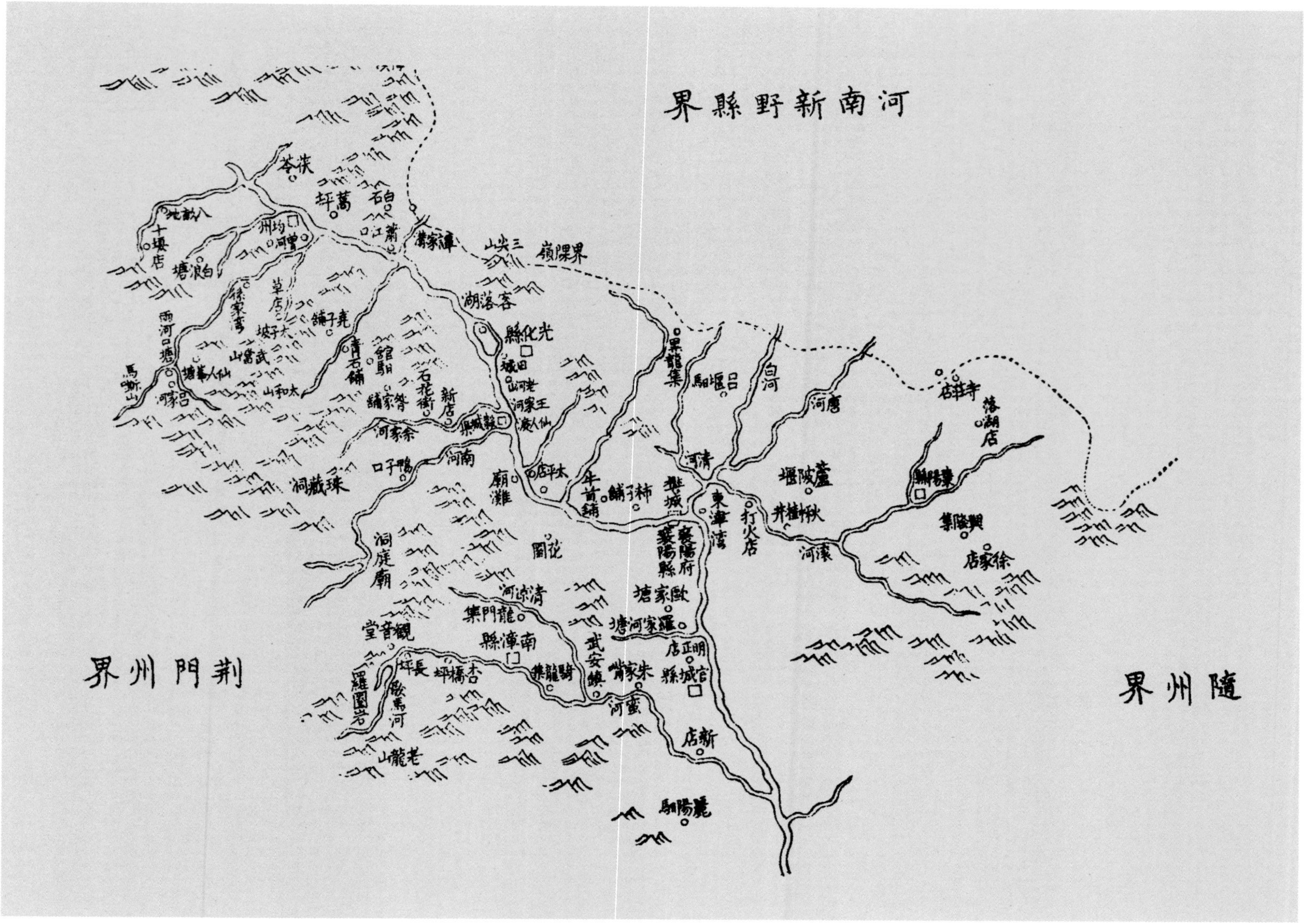


襄陽府疆域圖——錄自《古今圖書集成》。

鹿門山圖

三才圖會卷之十地理　三十二

鹿門山在襄陽城外羣山盤拱襄江褰抱眞隱士之居也龐德公棲隱於此孟浩然夜歸鹿門歌云山寺鳴鐘晝已昏漁梁渡頭爭渡喧人隨沙岸向江村予亦乘舟歸鹿門鹿門月照烟中樹忽到龐公棲隱處岩扉松徑長寂寥惟有幽人自來去

襄陽鹿門山圖——錄自明刊《三才圖會》。

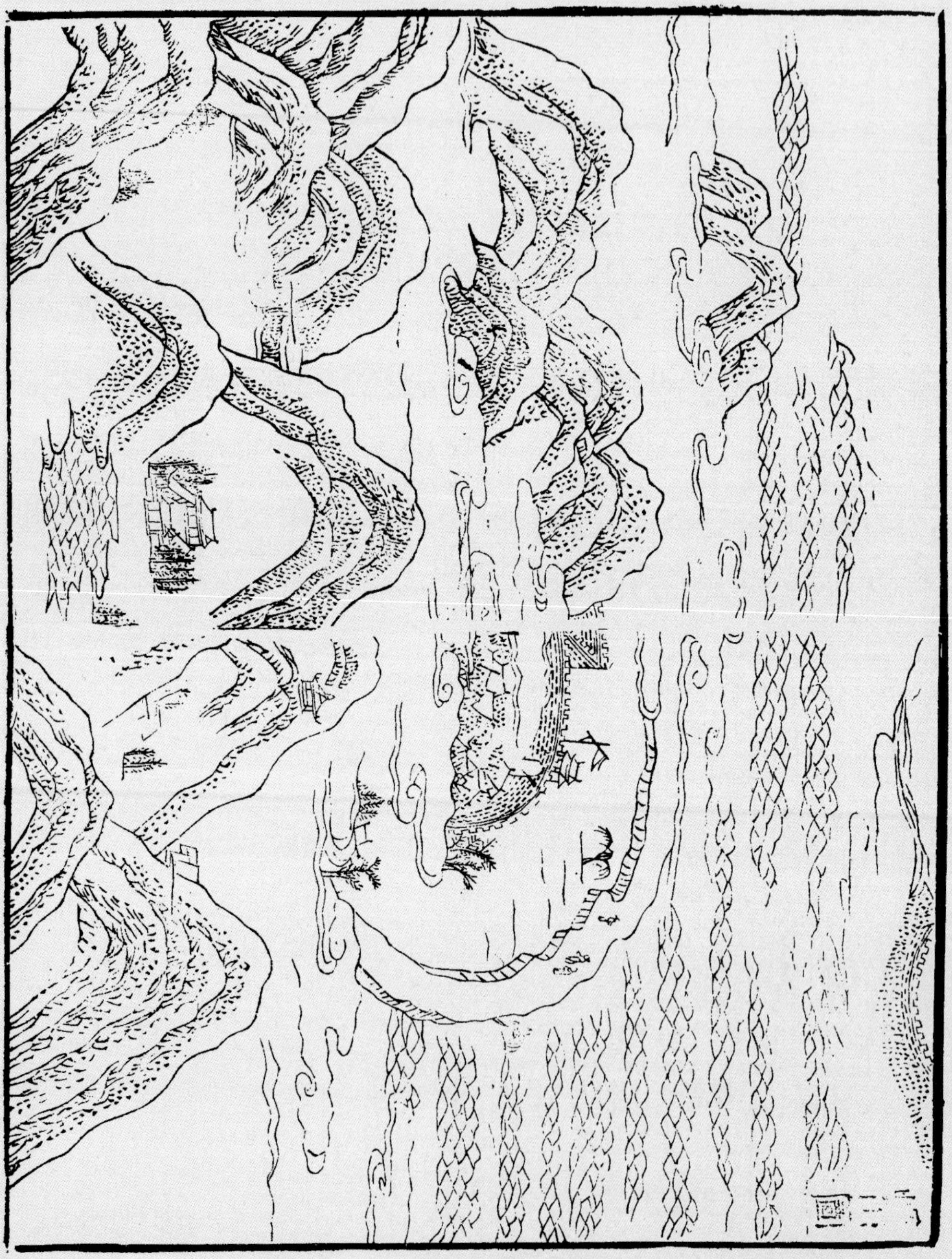

襄陽峴山圖——錄自明刊《三才圖會》。

峴山在襄陽府城南七里晉羊祜每登此山置酒嘗謂從事鄒湛曰自有宇宙便有此山由來賢哲登此者多矣皆湮滅無聞湛曰公德冠四海聞望當與此山俱傳祜歿襄人感其德立祠刻碑其上見者莫不流涕杜預因名墮淚碑隆中山在府城西北二十五里下有隆中書院漢諸葛亮嘗隱于此

習家池在府城南八里後漢習郁嘗穿此池依范蠡養魚法中築釣臺臨歿謂其子曰必葬我近魚池後山簡鎮襄陽每出游多之池上置酒輒醉名曰高陽池



樊城在府城北漢江上與襄陽對峙即周仲山甫所封樊國關羽圍曹仁于樊即此西魏為安養縣唐改為臨漢縣

夫人城在府治西北晉朱序鎮襄陽苻堅遣將圍城序母韓氏謂城西北角必先受敝領百餘婢并城中女丁於其角築城二十餘丈賊攻西北角果潰衆守新築城賊遂引退襄陽人因名夫人城

大堤城在府城外唐李白大隄曲漢水橫襄陽花開大隄暖劉禹錫詩酒旗相望大隄頭隄下連檣隄上樓日暮行人爭渡急槳聲咿啞滿中流

襄陽名勝古蹟說明——錄自明刊《三才圖會》。

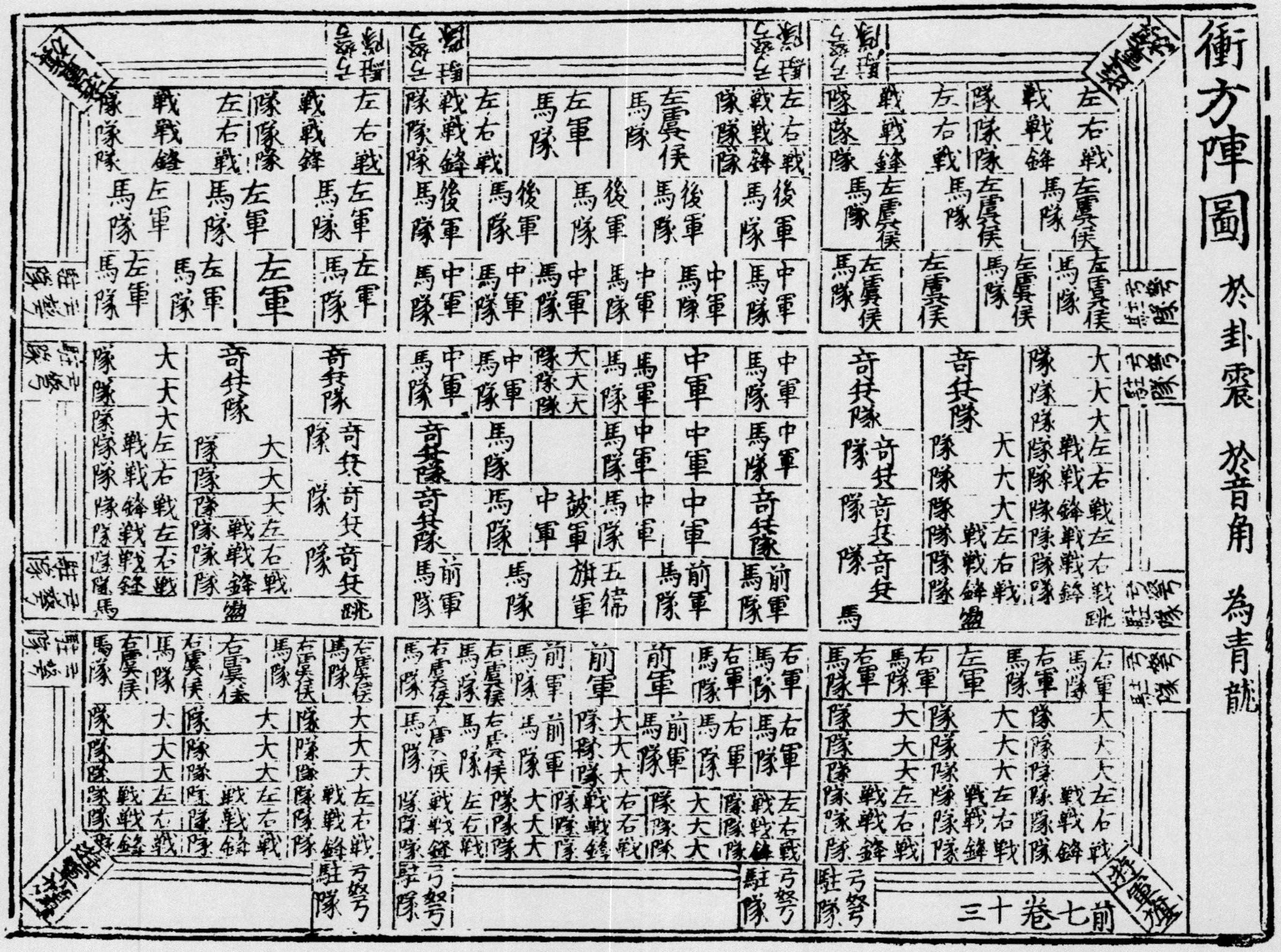


宋軍陣法「衡方陣」——宋軍八陣之一，此陣屬震卦，舉青旗。即木陣、青龍陣，孫子稱衡方陣，吳起稱直陣，諸葛亮稱折衡陣。錄自《武經總要》。

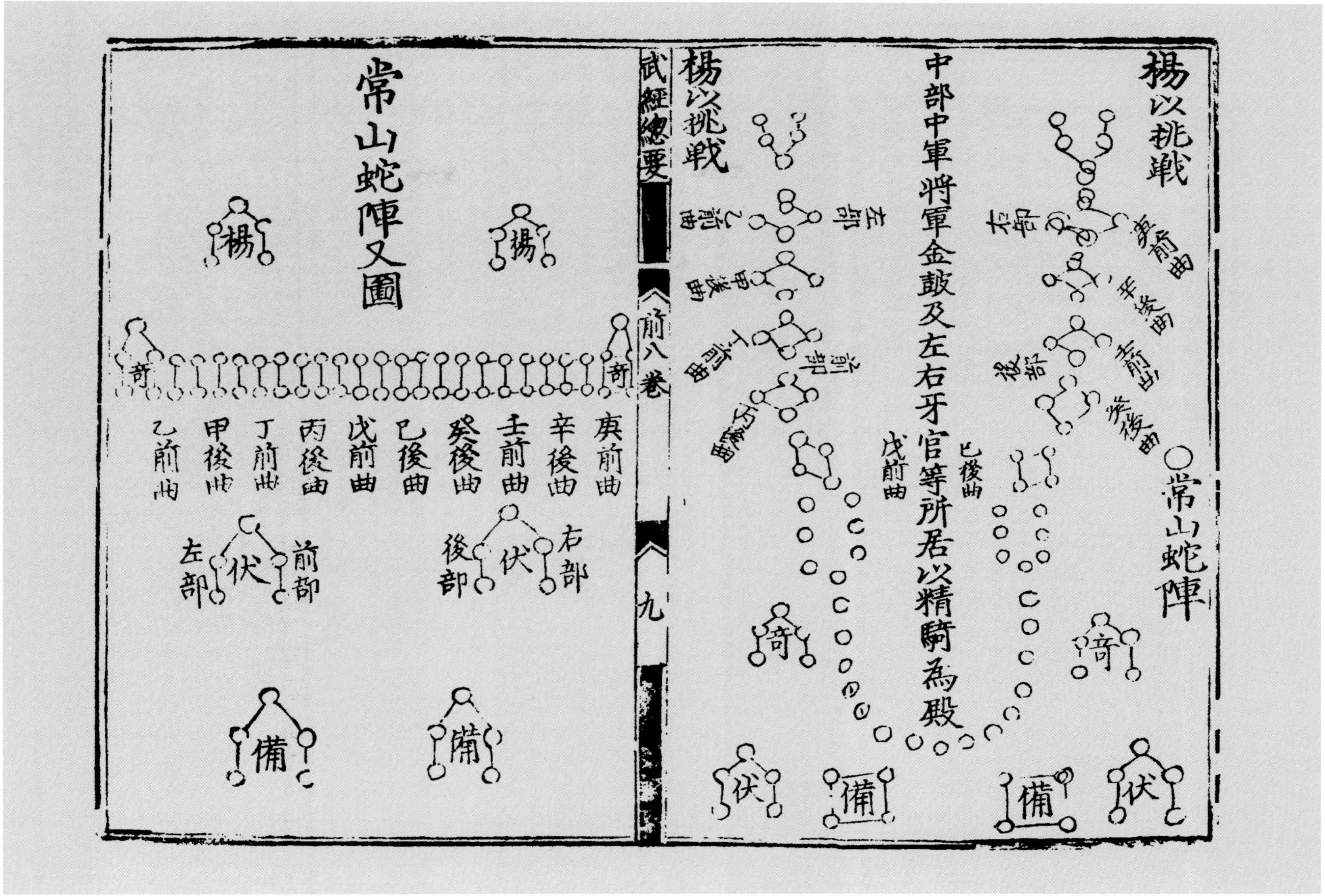


宋軍陣法「常山蛇陣」——步兵左、右、前、後、中五部共四千人，騎兵楊、奇、備、伏八隊，共二千人。圖中每一圈為五十人。百人曰隊，二隊曰官，二官曰曲，二曲曰部。圖中左頁即俗稱「一字長蛇陣」。錄自《武經總要》。

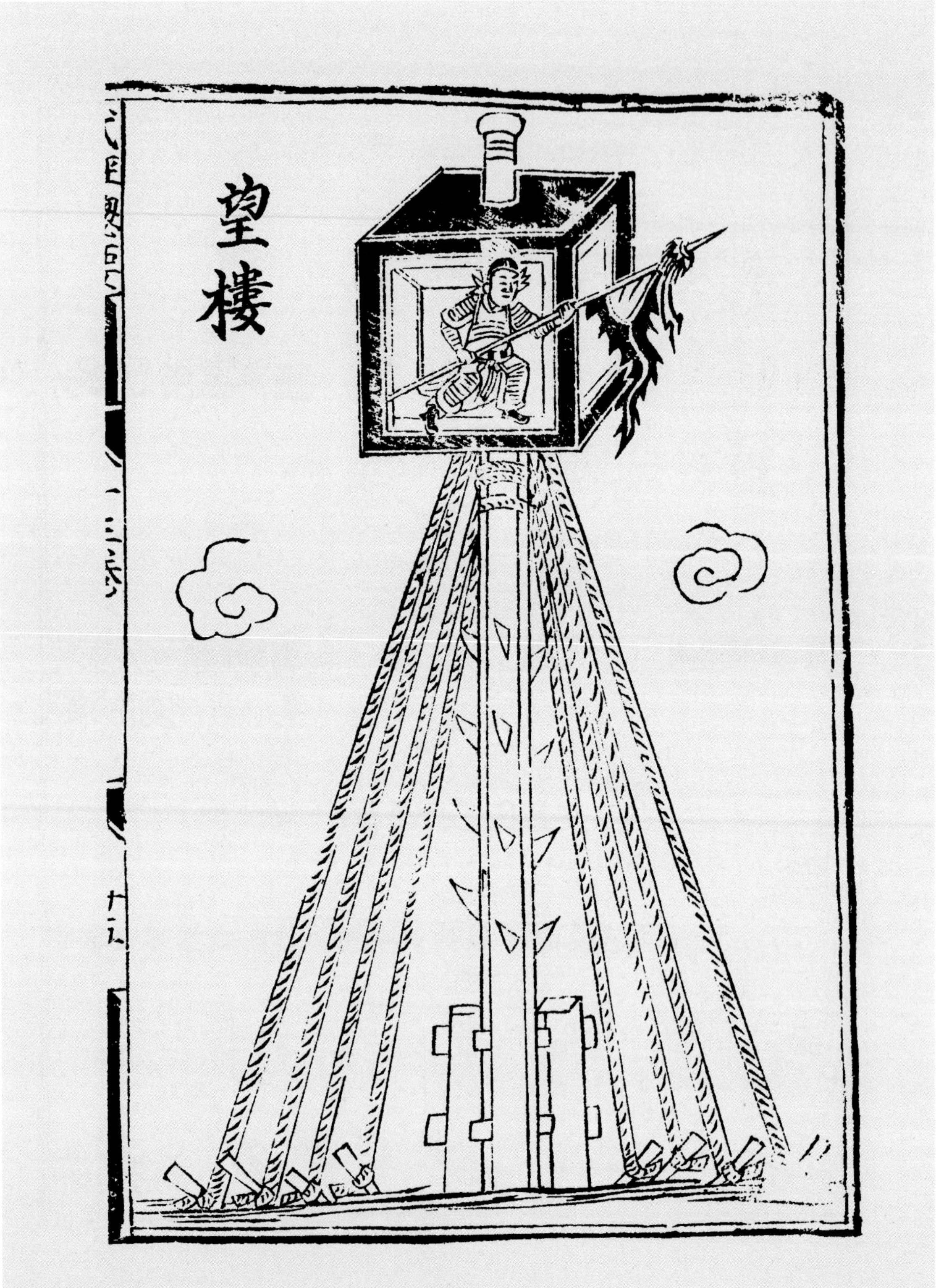


宋軍守城用之「望樓」——樓高八丈。平時捲旗，敵來則張旗，旗桿平則敵近，垂桿則敵軍攻到。錄自《武經總要》。

大字版

# 神鵰俠侶

金庸

⑦神鵰大俠

大字版金庸作品集㉓

# 神鵰俠侶

(7)神鵰大俠 「公元2003年金庸新修版」

*The Giant Eagle and Its Companion, Vol. 7*

作　　者／金　庸

封面設計／唐壽南　內頁插畫／姜雲行

發 行 人／王 榮 文
出版・發行／遠流出版事業股份有限公司
臺北市中山北路一段11號13樓
電話／2571-0297　傳真／2571-0197　郵撥／0189456-1

□2004年 2 月16日　初版一刷
□2023年 8 月 1 日　二版六刷

大字版 每冊 *380* 元（本作品全八冊，共3040元）

〔另有典藏版共36冊（不分售），平裝版共36冊，新修版共36冊，新修文庫版共72冊〕


ISBN　978-957-32-8094-1（套：大字版）
ISBN　978-957-32-8092-7（第七冊：大字版）
Printed in Taiwan

YLib 遠流博識網
http://www.ylib.com　E-mail:ylib@ylib.com

# 目錄

波的一聲，裘千尺第三枚棗核釘又從口裏噴出，射向黃蓉咽喉。黃蓉爲了遵守「不避不格」的諾言，只得行險，雙膝微曲，待棗核釘對準嘴唇飛到，一口眞氣噴了出去。

# 第三十一回　半枚靈丹

絕情谷佔地甚廣，羣山圍繞之中，方圓四萬餘畝。道路曲折，丘屏壑阻，楊過與小龍女展開輕身功夫，按圖而行，片刻即到，見前面七八丈處數株大榆樹交相覆蔭，樹底下是一座燒磚瓦的大窯，圖中指明天竺僧和朱子柳便囚於此處。

楊過向小龍女道：「你在這裏等著，我進去瞧瞧，裏面煤炭灰土，一定挺髒。」弓身走進窯門，跨步踏入，迎面一股熱氣撲到，聽得有人喝道：「甚麼人？」楊過道：「谷主有令，來提囚徒。」

那人從磚壁後鑽了出來，奇道：「甚麼？」見是楊過，更加驚疑，道：「你……你……」楊過見是個綠衣弟子，便道：「谷主命我帶那和尚和那姓朱的書生出去。」那弟子知道谷主性命是他所救，曾當眾說過要他作女婿，綠萼又和他交好，此人日後十九會當谷主，不敢得罪，說道：「但……谷主的令牌呢？」楊過不理，道：「你領我進去瞧瞧。」那人答應了，轉身而入。

越過磚壁，熾熱更盛，兩名粗工正在搬堆柴炭，此時雖當嚴寒，這兩人卻上身赤膊，下身只穿一條牛頭短褲，兀自全身大汗淋漓。那綠衣弟子推開一塊大石，露出一個小孔。楊過探首張去，見裏面是間丈許見方的石室，朱子柳面壁而坐，伸出食指，正在石壁上揮劃，顯在作書遣懷，見他手臂起落瀟灑有致，似乎寫來極是得意。那天竺僧卻臥在地下，不知死活。楊過叫道：「朱大叔，你好？」

朱子柳回過頭，笑道：「有朋自遠方來，不亦樂乎？」楊過暗自佩服，心想他受困多日，仍安之若素，臨難則恬然自得，遇救則淡然以嘻，這等胸襟，自己遠遠不及，問道：「神僧他老人家睡著了嗎？」這句話出口，心中突突亂跳，只因小龍女的生死全都寄託在這天竺僧身上。朱子柳不答，過了一會，才輕輕嘆道：「師叔他老人家抗寒熱的本領，本來遠非我所能及，可是他……」楊過聽他語意，似乎天竺僧遇上了不測，心下暗驚，不及等他說完，便轉頭向那綠衣弟子道：「快開室門，放他們出來。」那弟子奇道：「鑰匙呢？這鑰匙谷主親自掌管。如差你放人，定會將鑰匙交你。」

楊過心急，喝道：「讓開了！」舉起玄鐵重劍，一劍斬出，喀的一聲響，石壁上登時穿了個大洞。那弟子「啊」的一聲叫，嚇得呆了。楊過直刺三劍，橫劈兩劍，將那五寸圓徑的窗孔開成了可容一人出入的大洞。

朱子柳叫道：「楊兄弟，恭賀你武功大進！」彎腰抱起天竺僧，從破孔中送了出來。楊過伸手接過，觸到天竺僧手臂溫暖，心中一寬，但隨即見他雙目緊閉，心道：「啊喲，這火浣室中死人也蒸得熱了。」忙伸手探他鼻息，覺微有呼吸出入。朱子柳跟著從洞中躍出，說道：「師叔昏迷過去，想來尚無大礙。」楊過臉上一紅，暗叫：「慚愧！」自知眞正關心的其實並非天竺僧死活，而是自己妻子能否獲救，問道：「大師給熱暈了麼？快到外面透透氣去。」抱著他走出。

小龍女見三人出來，大喜迎上。楊過道：「找些冷水給大師臉上潑一潑。」朱子柳道：「不，我師叔是中了情花之毒。」楊過一驚，問道：「中得重不重？」朱子柳道：「我想不礙事，是師叔自己取了花刺來刺的。」楊過和小龍女大奇，齊問：「幹麼？」朱子柳嘆道：「我師叔言道：這情花在天竺早已絕種，不知如何傳入中土。倘若流傳出去，爲禍當眞不小，當年天竺國便有無數人畜死於這花毒之下。我師叔生平精研療毒之術，但這情花的毒性實在太怪，他入此谷之時，早知靈丹未必能得，就算得到，也只救得一人，他發願要尋一條解毒藥方，用以博施濟衆。他以身試毒，要確知毒性如何，以便配藥。」

楊過又驚詫，又佩服，說道：「佛言我不入地獄，誰入地獄？大師爲救世人，不惜干冒大難，實令人欽仰之至。」朱子柳道：「古人傳說，神農嘗百草，覓藥救人，因時時食到毒藥，臉爲之青。我這位師叔也可說有此胸懷了。」

楊過點頭道：「正是。不知他老人家何時能夠醒轉？」朱子柳道：「他取花刺自刺，說道若所料不錯，三日三夜便可醒轉，屈指算來已將近兩日了。」楊過和小龍女對望一眼，均想：「他昏迷三日三夜，中毒重極。好在這情花毒性隨人而異，心中若動男女之情，毒性便發作得厲害。這位大和尚無愛無欲，這一節卻勝於常人了。」

小龍女道：「你們在這窯中，從那裏找來的情花？」朱子柳道：「我二人給禁入火浣室中，有位年輕姑娘常來探望……」小龍女道：「可是長挑身材、臉色白嫩、嘴角旁有顆小痣的麼？」朱子柳道：「正是。」小龍女向楊過一笑，對朱子柳道：「那是谷主之女綠萼姑娘。她聽說兩位是爲楊過求藥而來，因此另眼相看。除了不敢開室釋放之外，你們要甚麼便給甚麼了。」朱子柳道：「正是。師叔要她攀折情花花枝，我請她遞訊出外求救，她一一應允。這火浣室規定每日有一個時辰焚燒烈火，也因她從中折衝，火勢不旺，我們才抵擋得住。我常問她是誰，她總不肯說，想不到竟是谷主之女。」小龍女道：「我們所以能尋到這裏，也是這位姑娘指點的。」

楊過道：「尊師一燈大師也到了。」朱子柳大喜，道：「啊，咱們出去罷。」楊過眉頭微皺，說道：「就是慈恩和尚也來了，這中間只怕有點麻煩。」朱子柳奇道：「慈恩師兄來了，那豈不是好？他兄妹相見，裘谷主總不能不念這份情誼。」他雖比慈恩先進師門，但慈恩的武功與江湖上的身分本來均可與一燈大師比肩，點蒼漁隱、武三通和朱子柳等敬重於他，都尊之爲師兄。朱子柳請綠萼傳訊出去求救，原是盼慈恩前來，兩家得以和好。楊過略述慈恩心智失常，以及裘千尺言語相激的情形。

朱子柳道：「郭夫人駕臨谷中，那最好不過，她權謀機智，天下無雙，況且有我師主持大局，楊兄弟你武功又精進若斯，必無他變。我倒是躭心師叔的身子。」楊過也覺天竺僧的安危確是第一等大事，說道：「還是找個所在，靜候大師回復知覺。我夫婦和朱大叔一起守護便了。」朱子柳沉吟道：「卻在那裏好呢？」尋思半晌，總覺這絕情谷中處處詭秘，難覓穩妥的靜養所在，心念一動，說道：「便在此處。」

楊過一怔，即明其意，笑道：「朱大叔所言大妙，此處看似凶險，其實倒是谷中最安穩的所在，只要制住在此看守的那幾個綠衣弟子，令他們不能洩漏機密即可。」朱子柳伸手虛點一指，笑道：「這事容易。」抱起天竺僧，說道：「我們在這窯中安如磐石，還是請楊兄弟賢夫婦去助我師一臂之力。」楊過想起一燈重傷未愈，慈恩善惡難測，自己倘若只守著天竺僧，其意只在小龍女一人，不顧旁人安危，未免過於自私，於心難安。見朱子柳抱起天竺僧鑽入窯中，便和小龍女重覓舊路回出。

兩人經過一大叢情花之旁，其時正當酷寒，情花固然不華，葉子也已盡落，只餘下光禿禿的枝幹，甚爲難看，樹枝上兀自生滿尖刺。楊過突然間想起李莫愁來，說道：「情之爲物，有時固然極美，有時卻也甚醜，便如你師姊一般。春花早謝，尖刺卻仍能制人死命。」小龍女道：「但盼神僧能配就治療花毒的妙藥，不但醫好了你，我師姊也可得救。」

楊過心中，卻盼望天竺僧先治小龍女內臟所中劇毒，想天竺僧昏迷後必能醒轉，但若竟然不醒，終於死去，那便如何？眼望妻子，心中柔情無限，突然之間，胸口一陣劇痛。他知乃因適才爲救程陸姊妹，花毒加深之故，生怕小龍女憐惜自己而難過，便轉頭瞧著那些光禿禿的花枝，想起情意綿綿之樂，生死茫茫之苦，不由得痴了。

這時絕情谷大廳之中又是另一番光景。裘千尺出言激兄，語氣越來越嚴厲。一燈大師一言不發，任憑慈恩自決。慈恩望望妹子，望望師父，又望望黃蓉，一個是同胞手足，一個是傳法恩師，另一個卻是殺兄大仇。他與大哥年長後雖然失和，幼年、少年、青年之時卻友愛甚篤，心中恩仇起伏，善惡交爭，那裏拿得定主意？自幼至老數十年來的大事，在腦海中此來彼去，忽而淚光瑩瑩，忽而嘴角帶笑，心中這一番火拚，比之他生平任何一場惡戰都更爲激烈。

陸無雙見楊過出廳後良久不回，反正慈恩心意如何，與她毫不相干，輕輕扯了程英的衣袂，悄步出廳。程英隨後跟出。陸無雙道：「傻蛋到那兒去了？」程英不答，只道：「他身中毒刺，不知傷勢怎樣？」陸無雙道：「嗯！」心中也甚牽掛，突然道：「眞想不到，他終於和他師父……」程英黯然道：「這位龍姑娘眞美，人又好，也只這樣的人才，方配得上楊大哥。」陸無雙道：「你怎知道這龍姑娘人好？你話都沒跟她說過幾句。」

忽聽得背後一個女子聲音冷冷的道：「她腳又不跛，自然很好。」陸無雙伸手拔出柳葉刀，轉過身來，見說話的正是郭芙。郭芙見她拔刀，忙從身後耶律齊的腰間拔出長劍，怒目相向，喝道：「要動手麼？」

陸無雙笑嘻嘻的道：「幹麼不用自己的劍？」她幼年跛足，引爲大恨，旁人也從不在她面前提起，這次和郭芙鬥口，卻給她數次引「跛足」爲譏，心中怒到了極處，於是也以對方斷劍之事反唇相稽。郭芙怒道：「我便用別人的劍，領教領教你武功。」說著長劍虛劈，嗡嗡之聲不絕。陸無雙道：「沒上沒下的，原來郭家的孩子對長輩如此無禮。好，今日教訓教訓你，也好讓你知道好歹。」郭芙道：「呸，你是甚麼長輩了？」

陸無雙笑道：「我表姊是你師叔，你若不叫我姑姑，便得叫阿姨。你問問我表姊去！」說著向程英一指。郭芙以母親之命，叫過程英一聲「師叔」，心中早老大不服氣，暗怪外公隨隨便便的收了這樣一個幼徒，又想程英年紀和自己相若，未必有甚麼本領，這時給陸無雙一頂，說道：「誰知道是眞的還是假的？我外公名滿天下，也不知有多少無恥之徒，想冒充他老人家的徒子徒孫呢。」

程英雖生性溫柔，聽了這話也不自禁有些生氣，但此時全心全意念著楊過的安危，無意爭這些閒氣，說道：「表妹，咱們找……找楊大哥去。」陸無雙點點頭，向郭芙道：「你聽明白了沒有？她不是叫我表妹麼？郭大俠和黃幫主名滿天下，也不知有多少無恥之徒，想冒充他們兩位的兒子女兒呢！」說著嘿嘿冷笑，轉身便走。

郭芙一呆，心想：「有誰要冒充我爹爹媽媽的兒女？」但隨即會意：「啊喲！她是罵我野種來著，罵我不是爹媽親生的兒女？」一聽懂她語中含意，那裏還忍耐得住？縱身而上，挺劍往她後心刺去。

陸無雙聽得劍刃破風之聲，回刀擋格，噹的一響，手臂微感酸痲。郭芙喝道：「你罵我是野種麼？」長劍連連進招。陸無雙左擋右架，冷笑道：「郭大俠是忠厚長者，黃幫主是桃花島主的親女，他二位品德何等高超……」郭芙道：「那還須說得？也不用你稱讚我爹娘來討好我。」她只道陸無雙真心頌揚她父母，劍招去勢便緩了，那知陸無雙接著道：「你自己呢？你斬斷楊大哥手臂，不分青紅皂白的便冤枉好人，這樣的行逕跟郭大俠夫婦有何相似之處？令人不能不起疑心。」郭芙道：「疑心甚麼？」陸無雙陰陰的道：「你自己想想去。」

耶律齊站在一旁，知道郭芙性子直爽，遠不及陸無雙機靈，口舌之爭定然不敵，耳聽得數語之間，郭芙便已招架不住，說道：「郭姑娘，別跟她多說了。」他瞧出郭芙武功在陸無雙之上，不說話只動手，定可取勝。豈料郭芙盛怒之際，沒明白他的用意，說道：「你別多事！我偏要問她個明白。」陸無雙向耶律齊瞪了一眼，道：「狗咬呂洞賓，將來有得苦頭你吃的。」耶律齊臉一紅，心知陸無雙已瞧出自己對郭芙生了情意，這句話是說，這姑娘如此蠻不講理，只怕你後患無窮。

郭芙瞥見耶律齊突然臉紅，疑心大起，追問：「你也疑心我不是爹爹、媽媽的親生女兒？」耶律齊道：「不是，不是，咱們走罷，別理會她了。」陸無雙搶著道：「他自然疑心啊，否則何以要你快走？」郭芙滿臉通紅，按劍不語。耶律齊只得明言，說道：「這位陸姑娘說話尖酸刻薄，你要跟她比武便比，不用多說。」陸無雙搶著道：「他說你笨嘴笨舌，多說話只多出醜。」

這時郭芙對耶律齊已有情意，便存患得患失之心，旁人縱然說一句全沒來由的言語，只要牽涉到她意中人，不免要反覆思量，細細咀嚼，聽陸無雙這麼說，只怕耶律齊當眞看低了自己。她自幼得父母寵愛，兩個小伴武氏兄弟又對她千依百順，除了楊過偶然頂撞她之外，從沒跟人如此口角過，今日斗然遇上了一個十分厲害的對手，登時處處落於下風，她也已知道說下去只有多受對方陰損，罵道：「不把你另一隻腳也斬跛了，我不姓郭。」說著運劍如風，向陸無雙刺去。

陸無雙道：「你不用斬我的腳，便已不姓郭了，誰知道你姓張姓李？」轉彎抹角，仍然罵她「野種」。說話之間，兩人刀劍相交，鬥得甚是激烈。

郭靖夫婦傳授女兒的都是最上乘的功夫。這些武功自紮根基做起，一時難於速成。郭芙的天資悟性，多似父親而少似母親，因此根基雖好，學的又是正宗武功，但這時火候未到，許多厲害的殺手還使不出來，饒是如此，陸無雙終究不是她對手，加之左足跛了，縱躍趨退之際不大靈便。郭芙怒火頭上，招數儘是著眼攻她下盤，劍光閃閃，存心要在她右腿上再刺一劍。

程英在旁瞧著，秀眉微蹙，暗想：「表妹罵人雖然刻薄，但這位郭姑娘也太橫蠻了些，無怪他的右臂會給她斬斷。再鬥下去，表妹的右腿難保。」見陸無雙不住倒退，郭芙招招進逼，忽聽得嗤的一聲，陸無雙裙子上劃破了一道口子，跟著輕叫一聲：「啊喲！」踉蹌倒退，臉色蒼白。郭芙搶上兩步，橫腿掃去。

程英見她得勝後繼續進逼，陸無雙已處險境，當即輕輕縱上，雙手一攔，說道：「郭姑娘手下容情。」郭芙提起劍來，見刃上有條血痕，知陸無雙腿已受傷，得意洋洋的指著她道：「今日姑娘教訓教訓你，好教你以後不敢再胡說八道。」陸無雙腿上創傷疼痛，怒道：「但憑你一把劍，就封得了天下人悠悠之口嗎？」她知郭芙深以父母為榮，偏偏就誣她不是郭靖、黃蓉之女。

郭芙喝道：「天下人說甚麼了？」踏上一步，長劍送出，要將劍尖指向她胸口。程英夾在中間，見長劍遞到，伸出三指，搭住劍刃的平面，向旁輕推，將長劍盪開，勸道：「表妹，郭姑娘，咱們身處險地，別作這些無謂之爭了。」

郭芙挺劍刺出，給她空手輕推，竟爾盪開，不禁又驚又怒，喝道：「你要幫她是不是？好好好，你們兩個對付我一個，我也不怕，你抽兵刃罷！」說著長劍指著程英當胸，欲刺不刺，靜待她抽出腰間的銀色短棒。

程英淡淡一笑，道：「我勸你們別吵，自己怎會也來爭吵？耶律兄，你也來勸勸郭姑娘罷！」耶律齊道：「不錯，郭姑娘，咱們身在敵境，還是處處小心爲是。」郭芙急道：「好啊，你不幫我，反而幫外人。」她見程英美貌淡雅，風姿嫣然，突然動念：「難道他是看上了她？」耶律齊半點也沒猜到她念頭，續道：「那慈恩和尚有些古怪，咱們還是瞧瞧令堂去。」

陸無雙只聽得郭芙一句話，見了她臉上神色，立刻便猜到了她心事，說道：「我表姊相貌比你美，人品比你溫柔，武功又比你高，你千萬要小心些！」這四句話每一句都刺中了郭芙的心事，她心頭一震，問道：「我小心些甚麼？」陸無雙冷笑道：「除非我是傻瓜，我才不喜歡我表姊而來喜歡你呢！你橫蠻潑辣，有甚麼好？你給我表姊做個丫鬟也不配。」這兩句話說得過於明顯，郭芙如何能忍？長劍晃動，繞過程英，向陸無雙脅下刺去。

她這一招叫作「玉漏催銀箭」，是黃蓉所授的家傳絕技玉蕭劍法，劍鋒成弧，旁敲側擊，去勢似乎不急，但劍尖籠罩之處極廣，除非武功高於她的對手以兵刃硬接硬架，否則極難閃避。程英眉心一蹙，心道：「這位姑娘怎地儘使這等凶狠招數？我表妹便算言語上得罪於你，終究不是死仇大敵，怎可不分輕重的便下殺手？」好在黃藥師也傳過她這路劍法，於此一招的去勢了然於胸，當下勁蓄中指，待郭芙劍劃弧形，中指彈出，錚的一聲輕響，已將她長劍彈落於地。

這一彈程英使的雖是「彈指神通」功夫，但所得力純在巧勁，只因事先明白對手劍路，恰於郭芙劍上勁力成虛的一霎之間彈出，否則她兩人功力只在伯仲之間，單憑一指之力，可不能彈去郭芙手中兵刃。她跟著左足上前，踏住長劍，銀棒出手，對準了郭芙腰間穴道。彈劍、踏劍、指穴這三下一氣呵成，郭芙給她一佔先機，處境登時極爲尷尬，如俯身搶劍，腰間數處穴道非有一處給點中不可，但若躍後閃避，長劍便給人家奪定了。她武功雖然不弱，臨陣經驗卻少，一時之間俏臉脹得通紅，打不定主意。

耶律齊喝道：「喂，程姑娘，你把我的兵刃踏在地下幹麼？」側身長臂，來抓銀棒。程英手臂回縮，轉身挽了陸無雙便走。郭芙忙搶起長劍，叫道：「慢走，你我好好的比劃比劃。」陸無雙回頭笑道：「還比劃……」程英手臂一抬，帶著她連躍三步，二人已在數丈之外，陸無雙那句話沒能說完。

耶律齊道：「郭姑娘，她僥倖一招得手，其實你們二人勝敗未分。」郭芙恨恨的道：「是啊，我劍劃弧形，尚未刺出，她已乘虛出指。看不出她斯斯文文的卻這麼狡猾。」耶律齊「嗯」了一聲，他性子剛直，不願飾詞討好，說道：「這位程姑娘武功不弱，下次如再跟她動手，不可輕敵。」

郭芙聽他稱讚程英，眉間掠過一陣陰雲，忍不住衝口而出：「你說她武功好嗎？」耶律齊道：「是。」郭芙怒道：「那你不用理我，去跟她好啊。」說著轉過了身子。耶律齊急道：「我勸你不可輕敵，要你留神，那是幫你呢，還是幫她？」郭芙聽他話中含意確是迴護自己，不由得一笑。耶律齊道：「我不是幫你奪劍嗎？你還怪我嗎？」郭芙回過頭來，說道：「怪你，怪你，怪你！」臉上卻堆滿了笑意。

耶律齊心中一喜，忽聽得大廳中傳來吼聲連連，同時嗆啷、嗆啷，鐵器碰撞的響聲不絕。郭芙叫道：「啊喲，快瞧瞧去。」她本來聽裘千尺囉唆不絕，說的都是數十年前舊事，她可不知每句話中實都隱藏危機，越聽越膩煩，便溜了出來，卻無緣無故的和程陸姊妹打了一架，這時猛聽得異聲大作，掛念母親，便即奔回大廳。

只見一燈大師盤膝坐在廳心，手持念珠，口宣佛號，臉色莊嚴慈祥。慈恩和尚在廳上繞圈疾行，不時發出虎吼，聲音慘厲，手上套著一副手銬，兩銬之間相連的鐵鍊卻已掙斷，揮動時相互碰擊，錚錚有聲。裘千尺居中而坐，臉色鐵青，她相貌本來就難看，這時更加猙獰可怖。黃蓉、武三通等站在大廳一角，注視慈恩的動靜。

慈恩奔了一陣，額頭大汗淋漓，頭頂心便如蒸籠般的冒出絲絲白氣，白氣越來越濃，他也越奔越快。一燈突然提氣喝道：「慈恩，慈恩，善惡之分，你到此刻還參悟不透？」慈恩一呆，身子搖晃，撲地摔倒。

裘千尺喝道：「萼兒，快扶舅舅起來。」綠萼上前扶起，慈恩睜開眼來，見綠萼的臉龐在眼前不過尺餘，迷迷糊糊望出來，見她長眉細口，綠鬢玉顏，依稀是當年妹子的容貌，叫道：「三妹，我在那裏啊？」綠萼道：「舅舅，我是綠萼。」慈恩喃喃道：「舅舅，誰是你舅舅？你叫誰啊？」裘千尺喝道：「二哥，她是你三妹的女兒。她要你領她去見大舅舅。」慈恩瞿然而驚，說道：「我大哥麼？你見不到了，他已在鐵掌峯下跌得粉身碎骨……」一躍而起，指著黃蓉喝道：「黃蓉，我大哥是你害死的，你……你……你償他的命來！」

郭芙進廳後靠在母親身邊，接過妹子抱在懷裏，突見慈恩這般凶神惡煞般指著母親喝罵，忍耐不住，走上數步，說道：「和尚，你再無禮，姑娘可容不得你了。」

裘千尺冷笑道：「這小女子可算得大膽……」慈恩道：「你是誰？」郭芙道：「郭

大俠是我爹爹，黃幫主是我媽媽。」慈恩道：「你抱著的娃娃是誰？」郭芙道：「是我妹子。」慈恩厲聲道：「哼，郭靖、黃蓉，居然還生了兩個孩兒。」

黃蓉聽他語聲有異，喝道：「芙兒，快退開！」郭芙見慈恩瘋瘋顛顛，說了半天也不動手，料想他害怕母親了得，心中對他毫不忌憚，反而走上一步，笑道：「你有本事就快報仇，沒本事便少開口！」

慈恩喝道：「好一個有本事便快報仇！」這聲呼喝宛如半空中響了個霹靂，只聽得案上的茶碗噹噹亂響。郭芙絕未料到一個人竟能發出這般響聲，一驚之下，不禁手足無措，但見慈恩左掌拍出，右手成抓，同時襲到，兩股強力排山倒海般壓了過來，待欲退後逃避，卻那裏還來得及？

黃蓉、武三通、耶律齊三人不約而同的縱上。三人於一瞥之間均已看出，慈恩右手這一抓雖然兇猛，但遠不及左掌那麼凌厲，一觸即能制人死命。因此三掌齊出，都擊向他左掌。砰的一聲，四股掌力相撞。

慈恩嘿的一聲，屹立不動。黃蓉等三人卻同時倒退數步。耶律齊功力最淺，退得最遠，其次則爲黃蓉。她未穩身形，先看女兒，見郭襄已給慈恩抓去，郭芙卻兀自呆立當地，驚得慌了，竟忘了躲閃。黃蓉大吃一驚：「莫非芙兒終究還是爲掌力所傷？」立即縱上，伸左手將她拉了回來，右手竹棒護住前身，只要使出打狗棒法「封」字訣，慈恩掌力再猛，一時也已傷她不得。郭芙其實未受損傷，但妹子遭奪，嚇得心中混亂，直至靠到母親身上，方始「啊」的一聲叫了出來。

這時武氏兄弟、耶律齊、完顏萍等見慈恩終於動手，各自拔出兵刃。裘千尺手下衆弟子也都紛紛散開，只待谷主下令，便即上前圍攻。只一燈大師仍盤膝坐在廳心，對周遭的變故便如不見，口誦佛經，聲音不響，卻甚清亮。

慈恩舉起郭襄，大叫：「這是郭靖、黃蓉的女兒，我先殺此女，再殺黃蓉！」裘千尺大喜，叫道：「好二哥！這才是英名蓋世的鐵掌水上飄裘大幫主！」

當此情勢，別說黃蓉等無一人武功能勝過慈恩，即令有勝於他的，投鼠忌器，也難以從這半瘋之人手中搶救嬰兒。

郭芙突然大叫：「楊過，楊大哥，快來救我妹子。」她數次遭逢大難，都是楊過出其不意的救她出來，這時眼見人人無法可施，心中自然而然的盼望楊過來救。但楊過此時卻正和小龍女偷閒相聚，兩人攜手緩行，正自觀賞絕情谷中夕陽下山的晚景，那想到大廳之中竟情勢如此緊逼。

慈恩右手將郭襄高高舉在頭頂，左掌護身，冷笑道：「楊過？楊過是甚麼人？此時便算東邪、西毒、南帝、北丐、中神通一齊來此，也只能傷我裘千仞性命，卻救不了這小女娃娃。」

一燈緩緩抬起頭來，望著慈恩，見他雙目之中紅絲滿布，全是殺氣，說道：「你要找人家報仇，人家來找你報仇，卻又如何？」慈恩喝道：「誰有膽子，那便過來！」這時天將傍晚，暮色入廳，衆人眼中望出來均有矇矓之感，慈恩的臉色更顯得陰森可怖。

突然之間，猛聽得黃蓉哈哈大笑，笑聲忽高忽低，便如瘋子發出來一般。衆人不禁毛骨悚然。郭芙叫道：「媽媽！」武三通、耶律齊同聲叫：「郭夫人！」衆人心中怦怦而跳，均想她女兒陷入敵手，以致神態失常。但見她將竹棒往地下一拋，踏上兩步，拆散了頭髮，笑聲更加尖細悽厲。郭芙叫道：「媽媽！」上前拉她手臂。黃蓉右手一甩，將她揮得跌出數步，隨即張開雙臂，尖聲慘笑，走向慈恩。

這一下連裘千尺也大出意料之外，瞪目凝視，驚疑不定。

黃蓉雙臂箕張，惡狠狠的瞪著慈恩，叫道：「快把這小孩兒打死了，要重重打她背心，不可容情。」慈恩臉無人色，將郭襄抱在懷裏，說道：「你……你……你是誰？」黃蓉縱聲大笑，張臂往前一撲。慈恩的左掌雖擋在身前，竟不敢出擊，向側滑開兩步，又問：「你是誰？」黃蓉陰惻惻的道：「你全忘記了嗎？那天晚上在大理皇宮之中，你抓住了一個小孩兒。對啊，就是這樣……就是這樣……你弄得他半死不活，終於沒法活命……我是這孩子的母親。你快弄死這小孩兒，快弄死這小孩兒，幹麼還不下手？」

慈恩聽到這裏，全身發抖，數十年前的往事驀地兜上心來。

當年他擊傷大理國劉貴妃的孩子，要南帝段皇爺捨卻數年功力爲他治傷，段皇爺忍心不治，那孩子終於斃命。後來劉貴妃瑛姑和慈恩兩度相遇，勢如瘋虎般要抱住他拚個同歸於盡。慈恩武功雖高，卻也不敢抵擋，只有落荒而逃。黃蓉當年在青龍灘上、華山絕頂，曾兩次親聞瑛姑的瘋笑，親見她的瘋狀，知道這是慈恩一生最大的心病，見他手中抱著孩子，無法可施之際便即行險，反而叫他打死郭襄。武三通、裘千尺、耶律齊等都道她是瘋了，以致語出不倫。只一燈才暗暗佩服黃蓉的大智大勇，心想便一等一的鬚眉男子，也未必便有此膽識，有人縱能思及此策，但「快弄死這孩兒」之言勢必不敢出口，眼見慈恩如此怨氣沖天，兇悍可怖，他輕輕一掌，豈不立時送了郭襄性命？

慈恩望望黃蓉，又望望一燈，再瞧瞧手中孩子，倏然間痛悔之念不能自已，嗚咽道：「死了！死了！好好的一個小孩兒，活活給我打死了。」緩步走到黃蓉面前，將郭襄遞了過去，說道：「小孩兒是我弄死的，你打死我抵命罷！」黃蓉歡喜無限，伸手欲接，只聽得一燈喝道：「冤冤相報，何時方了？手中屠刀，何時方抛？」慈恩一驚，雙手便鬆，郭襄便直往地下掉去。

不等郭襄身子落地，黃蓉右腳伸出，將孩兒踢得向外飛出，同時狂笑叫道：「小孩兒給你弄死了，好啊，好啊，妙得緊啊。」她這一腳看似用力，碰到郭襄身上，卻只以腳背在嬰兒腰間輕輕托住，再輕輕往外一送。她知道這是相差不得半點的緊急關頭，如俯身去抱起女兒，說不定慈恩的心神又有變化，難保不會發掌拍向自己頭頂。

郭襄在半空中穩穩飛向耶律齊。他伸臂接住，見郭襄烏溜溜的一對眼珠不住滾動，張開小嘴正欲大哭，鮮龍活跳，不似有半點損傷，一怔之下，隨即會意，料想黃蓉知道郭芙莽撞，才將幼女擲給自己，當即伸掌在嬰兒口上輕按，阻止她哭出聲來，大叫：「啊喲，小孩兒給和尚弄死了。」

慈恩面如死灰，剎時之間大徹大悟，向一燈合什躬身，說道：「多謝和尚點化！」一燈還了一禮，道：「恭喜和尚終證大道！」兩人相對一笑，慈恩揚長而出。

裘千尺急叫：「二哥，二哥，你回來！」慈恩回過頭來，說道：「你叫我回來，我卻叫你回來呢！」說罷大袖一揮，飄然出了大廳。一燈喜容滿臉，說道：「好，好，好！」退到廳角，低首垂眉，再不言語。

黃蓉挽起頭髮，從耶律齊手中抱過郭襄。郭芙見母親如常，妹子無恙，又驚又喜，撲在母親懷裏，說道：「媽，我還道你當眞發了瘋呢！」黃蓉走到一燈身前，行下禮去，說道：「姪女逼於無奈，提及舊事，還請師伯見諒。」一燈微笑道：「蓉兒，蓉兒，有智有勇，眞乃女中諸葛也！」廳中諸人之中，只武三通隱約知道一些舊事，餘人均相顧茫然。

裘千尺見事情演變到這步田地，望著兄長的背影終於在屏門外隱沒，料想此生再無相見之日，胸口不禁一酸，體味他「你叫我回來，我卻叫你回來呢！」那句話，似乎是勸自己懸崖勒馬，回頭是岸，心中隱隱感到一陣惆悵，一陣悔意；但這悔意一瞬即逝，隨即傲然道：「各位在此稍待，老婆子失陪了。」黃蓉道：「且慢！我們今日造訪，乃是爲求絕情丹而來……」裘千尺向身旁隨侍的衆人一點頭。衆弟子齊聲唿哨，每處門口都擁出四名綠衣弟子，高舉裝著利刃的漁網，攔住去路。四名侍女抬起裘千尺的坐椅，退入內堂。

黃蓉、武三通、耶律齊等見到漁網陣的聲勢，心下暗驚，均想：「這漁網陣好不厲害，不知如何方能破得？」便這麼一遲疑，大廳前門後門一齊軋軋關上，衆綠衣弟子縮身退出。武氏兄弟仗劍外衝，砰的一聲，大門合攏，兩兄弟的雙劍給夾在門縫之中，登時折斷，看來大門竟爲鋼鐵所鑄。黃蓉低聲道：「不須驚惶！出廳不難，但咱們得想個法兒，如何破那帶刀漁網，如何盜藥救人？」

綠萼隨著母親進了內堂，問道：「媽，怎麼辦？」裘千尺見兄長已去，對方好手雲集，知道此事甚爲棘手，但殺兄大仇人既然到來，決不能就此屈服，好言善罷，微一沉吟，說道：「你去瞧瞧，楊過和那三個女子在幹甚麼？」此言正合綠萼心意，她點頭答應，向「火浣室」而去。

行到半路，聽到前面有人說話，正是楊過的聲音，接著小龍女回答了一句，好似說到「公孫姑娘」四字。這時天已全黑，綠萼往道旁柳樹叢中一閃，心道：「不知她在說我些甚麼？」放輕腳步，悄悄走近，見楊過和小龍女並肩站立，聽楊過道：「你說此事全仗公孫姑娘從中周旋，委實不錯。但願神僧早日醒轉，大家釋仇解怨，邪毒盡除，豈不是妙？……啊喲！」這「啊喲」一聲驚呼突如其來，綠萼嚇了一跳，不知楊過驀地裏遇上了甚麼怪事。

她心中關切，情不自禁的探頭張望，朦朧中只見楊過摔倒在地，小龍女俯身扶著他的左臂。楊過背部抽搐顫動，似在強忍痛楚。小龍女低聲道：「是情花毒發作了嗎？」楊過只是呻吟：「嗯……嗯……」竟痛得牙關難開。綠萼大是憐惜，心想：「他已服了半枚丹藥，再服半枚，情花之毒便解。這半枚靈丹，說甚麼也得去向媽媽要來。」

過了片刻，楊過站起身來，吁了一口長氣。小龍女道：「你每次發作相距越來越近，更一次比一次厲害。那神僧尚須一日方能醒轉，便算他能配解藥，也未必……也未必……你這番苦楚，可也難受得很啊。」她本想說「也未必來得及」，但終於改了口。

楊過苦笑道：「這位公孫老太太性子執拗之極，她的解藥又藏得隱秘異常，若非她自願給我，否則便是將谷中老幼盡數殺了，鋼刀架在她頸中，也決計不肯拿出來。」小龍女道：「我倒有個法子。」楊過早猜到她的心意，說道：「龍兒，你再也休提此言。

你我夫妻情深愛篤，如能白頭偕老，自然謝天謝地，如有不測，那也是命數使然。咱兩人之間決不容有第三人攔入。」

小龍女嗚咽道：「那公孫姑娘……我瞧她人很好啊，你便聽了我的話罷。」

綠萼心中大震，知道小龍女在勸楊過娶了自己，以便求藥活命。只聽楊過朗聲一笑，道：「公孫姑娘自然是好。不但好，而且非常之好！其實天下好女子難道少了？那程英姑娘，陸無雙姑娘，也都是品貌雙全、重情篤義之人。只是你我既兩心如一，怎容另有他念？你再設身處地想想，若有一個男人能解你體內劇毒，卻要你委身以事，你肯不肯啊？」小龍女道：「我是女子，自作別論。」楊過笑道：「旁人重男輕女，我楊過卻是重女輕男……」說到此處，忽聽得樹叢後瑟的一聲響，楊過問道：「是誰？」

綠萼只道給他發覺了蹤跡，正要應聲，忽聽一個女子的聲音說道：「傻蛋，是我！」只見陸無雙和程英從樹叢後的小路上轉了出來。綠萼乘機悄悄退開，心中思潮起伏不定：「別說和龍姑娘相比，便是這程陸二位姑娘，她們的品貌武功，過去和他的交情，又豈是我所能及？他……他能說我『非常之好』，也就夠了！」她自見楊過，便不由自主的對他一往情深，先前固已知他對小龍女情義深重，但內心隱隱存了二女共事一夫的念頭，此刻聽了這番話，更知相思成空，已成定局。她自幼便鬱鬱寡歡，此刻萬念俱灰，漫步向西走去。

她神不守舍，信步所之，渾不知身在何處，心中一個聲音只是說：「我不想活了，我不想活了！」也不知走了多少時候，山石彼端忽然隱隱傳來說話的聲音。綠萼一凝神間，不禁微微一驚，原來神魂顛倒的亂走，竟已到了谷西自來極少人行之處，抬頭見一座山峯衝天而起，峯前一座高高的懸崖，正是谷中絕險之地的斷腸崖。

這山崖前是一片峭壁，不知若干年代之前有人在崖上刻了「斷腸崖」三字，自此而上，數十丈光溜溜的寸草不生，終年雲霧環繞，天風猛烈，便飛鳥也甚難在峯頂停足。山崖下臨深淵，自淵口下望，黑黝黝的深不見底。「斷腸崖」前後風景清幽，只因地勢實在太險，山石滑溜，極易掉入深淵，谷中居民相戒裹足，便身負武功的衆綠衣弟子也輕易不敢來此，卻不知是誰在此說話？

綠萼本來除死以外已無別念，這時卻起了好奇心，隱身山石之後側耳傾聽，一聽之下，心中怦的一跳，原來說話人竟是父親。她父親雖對不起母親，對她也冷酷無情，但母親以棗核釘射瞎了他一目，又將他逐出絕情谷，綠萼念起父女之情，時時牽掛，此刻忽又聽到了這熟悉的聲音，才知他並未離開絕情谷，卻躲在這人跡罕至之處，想來身子也無大礙，心下暗喜。

只聽他說道：「你遍體鱗傷，我損卻一目，都是因楊過這小賊而起，咱倆不但敵愾同仇，也算同病相憐。」說著笑了起來，對方卻並不回答。綠萼頗感奇怪，暗想父親是在跟誰說話啊？聽他語氣中微帶輕薄之意，難道對方是個女子麼？

只聽他又道：「咱們在這所在重逢，可說天意，當日道上一會，我自此念念不忘。」一個女人「呸」的一聲，嗔道：「我全身爲情花刺傷，你半點也沒放在心上，儘說些風話，拿人取笑。」綠萼心道：「啊，原來是今日闖進谷來的李莫愁。」只聽公孫止忙道：「不，不，我怎不放在心上？自然要盡力設法。你身上痛，我心裏更痛。」

與公孫止說話的正是李莫愁。她遍身爲情花所刺，中毒著實不輕，幸好她滿腔憤怒憎恨，怨天尤人，不動男女之情，身上倒無多大痛楚，但知毒刺厲害，亟於尋覓解藥，谷中道路錯綜，她避開人衆，亂走亂撞，竟到了斷腸崖前。公孫止卻在此已久，他有意來此僻靜之處，以便避過谷中諸人，然後俟機害死裘千尺，重奪谷主之位。兩人曾交過手，都知對方武功了得，見面後均想：「我正有事於谷中，何不倚他爲助？」三言兩語，竟說得投契。

公孫止於當年所戀婢女柔兒死後，專心練武，女色上看得甚淡，但自欲娶小龍女而不可得，抑制已久的情欲突然如堤防潰決，不可收拾，以他堂堂武學大豪的身分竟致出手去強擄完顏萍，已與江湖上下三濫的行逕無異。此時與李莫愁邂逅相遇，見她容貌端麗，又即動念：「殺了裘千尺那惡婦後，不如便娶這道姑爲妻，她容貌武功，無一不是上上之選，正可和我相配。」李莫愁心地狠毒，用情卻是極專，她一生惡孽，便因「情」

之一字而來，聽公孫止言語越來越不莊重，心下如何不惱？但爲求花毒的解藥，只得稍假辭色，敷衍對答。

公孫止道：「我原是本谷的谷主，這情花解藥的配製之法，天下除我之外再無第二人知曉，不過配製費時，遠水救不得近火，好在谷中尚餘一枚，在那惡婦手中。咱們只須除滅了她，便甚麼都是你的了。」最後一句話意存雙關，意思說不但給你解藥，這絕情谷的主婦之位也都屬你。

天下只他一人知曉解藥製法，這話原本不假，情花在谷中生長已久，公孫止上代的祖先損傷了不少人命，才試出解藥的配製之方，爲了情花有阻攔外人入谷之功，因此並不芟除，而解藥的方子也只父子相傳，不入旁人之手。雖是裘千尺，也只道解藥是上代遺存，方子已經失傳。但裘千尺那枚解藥現下只賸半枚，公孫止卻不知悉。

李莫愁沉吟道：「既是如此，你先頭豈非白說？解藥在尊夫人手中，而尊夫人又已與你反目成仇，便算殺她不難，解藥卻如何能到手？」公孫止躊躇未答，過了半晌，說道：「李道友，你我一見投緣，爲了助你，我縱死亦不足惜。」李莫愁淡淡的道：「這個可不敢當。」公孫止道：「我有一計，能從惡婦手中奪得靈丹，但盼你答應我一件事。」李莫愁勃然道：「我一生闖盪江湖，獨來獨往，從不受人要脅。解藥你肯給便給，不肯便索罷休。我李莫愁豈是哀憐乞命之輩？」

公孫止武功雖然甚強，但一生僻處幽谷，江湖上厲害人物之名，均無所知，縱然略有所聞，也是得自數十年前裘千尺的轉述。近十年來赤練仙子李莫愁聲名響亮，武林中無人不知她貌如桃李，心勝蛇蝎，這公孫止卻懵懵懂懂的一無所悉，聽她這幾句話說得甚有氣派，只有更喜，忙道：「你會錯我的意思了。我但盼能爲你稍盡綿薄，歡喜還來不及，豈有要脅之意？不過要奪那絕情丹到手，勢不免傷了我親生女兒的性命，因之我說得不甚妥善，你千萬不可介意。」公孫綠萼隱身大石之後，聽到「勢不免傷了我親生女兒的性命」這話，不禁全身一震。

李莫愁也感詫異，問道：「解藥是在令愛手中麼？」公孫止道：「不是的，我跟你實說了罷！那惡婦性情固執暴戾之極，解藥必是收藏在隱秘無比的處所，強逼要她獻出，勢所不能，只有出之誘取一途。」李莫愁點頭道：「確是如此。」公孫止道：「這惡婦對人人均無情義，心腸惡毒，無所不至，惟有對她親生女兒卻十分愛惜。咱們瞧準了這點，由我去將女兒綠萼誘來，你出手擒她，將她擲入情花叢中。這麼一來，那惡婦不得不取出絕情丹來救治女兒。咱們俟機去奪，便能成功。只可惜這絕情丹世間唯存一枚，既給了你，我那女兒的小命便保不住了。」

李莫愁沉吟道：「咱們也不必用眞的情花來刺傷令愛，只消假意做作，讓她似乎中毒，那便既可奪丹，又能保全令愛。」公孫止嘆道：「那惡婦十分精明，我女兒倘若只中假毒，焉能瞞得過她？」說到這裏，忽然聲音嗚咽，似乎動了眞情。李莫愁道：「爲了救我性命，卻須傷害令愛，我心何忍？原來你也捨不得，此事便作罷休。」公孫止忙道：「不，不，我雖捨她不得，可更加捨你不得。」李莫愁默然，心想除此而外，確也更無別法。公孫止道：「咱們在此稍待，過了夜半，我便去叫女兒出來，憑她千伶百俐，也決想不到她爹爹有此計謀。」

兩人如此對答，每一句話綠萼都聽得淸淸楚楚，越想越害怕。那日公孫止將她和楊過驅入鱷魚潭，她已知父親絕無半點父女之情，但當時還可說出於一時之憤，今日竟然如此處心積慮，要害死親生女兒來討好一個初識面的女子，心腸狠毒，當眞有甚於豺狼虎豹。她本來不想活了，然聽到二人如此安排毒計謀害自己，不由得要設法逃開，好在四下裏山石嶙峋，樹木茂密，隱蔽之處甚多，於是輕輕向後退出一步，隔了片刻，又退出一步，直退至數十丈外，才轉身快步走開。

她走了良久，離斷腸崖已遠，知父親不久便要來相誘，連臥房也不敢回去，淒淒涼涼的坐在一塊石上，寒風侵肌，冷月無情，只覺世間實無可戀，喃喃自語：「我本就不想活了，爹爹你又何必使毒計來害我？你要害死我，儘管來害罷。眞奇怪，我又何必逃？」

突然之間，一個念頭如閃電般射進了心裏：「爹爹用心狠毒，此計果然大妙。反正我要自盡，何不用此計向媽媽騙取靈丹，去救了楊大哥性命？他夫妻團圓，總不免要感激我這一心一意待他的苦命姑娘。」想到此處，又欣喜，又傷心，精神卻爲之一振，舉步走向母親臥房。

她經過情花樹叢之時，折了兩條花枝，提在手中，走到母親房外，低聲叫道：「媽，你睡著了麼？」裘千尺在房中應道：「萼兒，有甚麼事？」綠萼叫道：「媽，媽！我給情花刺傷了。」說著張臂便往情花枝上用力一抱。

花枝上千百根小刺同時刺入了她身體。她自幼便受諄諄告誡，決不能爲花刺刺傷，幼時因無體內情欲誘引，偶爾遭小刺刺中，亦無大礙，後來年紀漸大，旁人的告誡也越加鄭重。十餘年來小心趨避之物，想不到今日自行引刺入體，心中這番痛楚卻更深了一層。她咬緊牙關，又叫了幾聲：「媽！」

裘千尺聽到呼聲有異，忙命侍女扶綠萼進來。綠萼叫道：「我身上有情花花刺，你們不可近前。」兩名侍女駭然變色，大開房門，讓綠萼自行走進，那敢碰她身子？

裘千尺見女兒臉色慘白，身子顫抖，兩枝情花的花枝掛在胸前，忙問：「你怎麼了，怎麼了？」綠萼叫道：「是爹爹，是爹爹！」她怕母親的目光厲害，低下頭不敢望她。裘千尺怒道：「你還叫他爹爹？那老賊怎麼了？」綠萼道：「他……他……」裘千尺道：「你抬起頭來，讓我瞧瞧。」綠萼一抬頭，遇到母親一對凜凜生威的眸子，不禁打了個寒戰，說道：「他……他和今日進谷來的那個美貌道姑，在斷腸崖前鬼鬼祟祟的說話，我躲在大石後面，想聽他說些甚麼……」這幾句話半點不假，此後卻非揑造謊言不可，綠萼只怕給母親瞧出破綻，說到這裏，又低下頭來。

裘千尺道：「他兩個說些甚麼？」綠萼道：「說甚麼同病相憐，甚麼敵愾同仇。他們……他們一起罵你惡婦長、惡婦短的，我聽著氣不過……」說到這裏便嗚嗚咽咽的哭了。裘千尺咬牙切齒，道：「莫哭，莫哭！後來怎樣？」綠萼道：「我不小心身子一動，給他們知覺了。那道姑……那道姑便將我推入了情花叢裏。」

裘千尺聽她聲音有些遲疑，喝道：「不對，你在說謊！到底是怎樣？休得瞞我。」綠萼出了一身冷汗，道：「我沒騙你，這……這難道不是情花麼？」裘千尺道：「你說話的語調不對，你自小便是這樣，說不得謊，做娘的難道不知？」綠萼靈機一動，咬牙道：「媽，我是騙了你，是爹爹推我入情花叢的。他惱我跟你、幫你，跟他作對，說我只要娘，不要爹。他……他拚命要討好那美貌道姑。」

裘千尺恨極了丈夫，綠萼這幾句話恰正打中她心坎，登時深信不疑，忙拉住女兒手掌，溫言道：「萼兒不用煩惱，讓娘來對付這老賊，總須出了咱娘兒倆這口惡氣。」當下命侍兒取過剪刀鉗子，先將花枝移開，然後鉗出肌膚中斷折了的小刺。

綠萼哽咽道：「媽，女兒這番是活不成了。」裘千尺道：「不怕，不怕。咱們還有半枚絕情丹未用，幸好沒給那無情無義的楊過小賊蹧蹋了。你服了這半枚丹藥，花毒雖不能除淨，只要你乖乖的陪著媽媽，對任何臭男子都不理睬，甚至想也不去想他們，那便決計無礙。楊過此人冷血無情，讓他死了，理也別理。」

綠萼皺眉不語。裘千尺又問：「那老賊和那道姑呢，他們在那裏？」綠萼道：「我從情花叢中掙扎著爬起，沒敢回頭再看，他們多半仍在那邊。」裘千尺暗自沉吟：「老賊有了強助，必來奪回此谷。谷中弟子多半是他心腹親信，事到臨頭，必定歸心於老賊，最多是袖手旁觀，兩不相助，決不會出手與他為敵。我手足殘廢，所仗的只是一門棗核釘。這暗器出其不意的射出固威力極大，但老賊既有防備，多半便奈何他不得，如他手持盾牌來攻，我便一籌莫展。那便如何是好？」

綠萼見母親目光閃爍，沉吟不語，還道她在斟酌自己的說話是眞是僞，生怕她問個不休，終於查知眞相，自己一番受苦不打緊，取不到解藥，楊過身上的毒質終是難除。她一想到楊過，胸口一陣大疼，「啊」的一聲叫了出來。裘千尺伸手撫摸她頭髮，道：「咱們取絕情丹去。」雙手一拍，命四名侍女將坐椅抬出房門。

綠萼自楊過去後，一直想知道母親將半枚丹藥藏在何處。曾聽母親說過，丹藥決不能藏在身邊，否則任誰都可殺了她，一搜即得，心想她手足殘廢，行動須人扶持，決不能竄高伏低，也不能藏之於甚麼山洞僻谷，想來定是藏在府第之中。但她數十日來到處查探，丹房、劍室、花園、臥床，沒一處不詳加察看，始終瞧不出半點端倪，這時見母親命侍女將坐椅抬向大廳，不由得大爲訝異，心想大廳是人人所到之處，最難藏物，何況此刻強敵聚集於廳，正是爲這半枚丹藥而來，難道丹藥便在敵人面前麼？

大廳前後鐵門緊閉，衆弟子手提帶刀漁網監守，見裘千尺到來，上前行禮。爲首的弟子躬身道：「敵人絕無聲息，似是束手待斃。」裘千尺哼了一聲，心道：「井底之蛙，當眞不知天高地厚。善者不來，來者不善，今日闖進谷來的這些人物，焉是束手待斃之輩？」沉聲道：「開門！」兩名弟子打開鐵門，另有八名弟子提著兩張漁網，在裘千尺左右護衛，相率進廳。

一燈大師、黃蓉、武三通、耶律齊諸人都坐在大廳一角。裘千尺待椅子著地，舉手說道：「這裏除了黃蓉母女三人，其餘的我可不究擅自闖谷之罪，一齊給我走罷！」黃蓉微笑道：「裘谷主，你大難臨頭，不知快求避解，兀自口出大言，當眞令人齒冷。」裘千尺心中一凜，暗想：「她怎知我大難臨頭？難道她已知那老賊回谷？」冷冷的道：「是福是禍，須待報應到來方知。老婦人肢體不全，早遭大難，更還怕甚麼大難？」

黃蓉自不知公孫止已回絕情谷，但鑑貌辨色，眼見裘千尺眉間隱有重憂，與適才出廳時飛揚狠惡的神態大不相同，料想谷中或有內變，因此出言試探，聽裘千尺雖說得嘴硬，自己所料卻多半不錯，說道：「裘谷主，令兄是自行失足摔下深谷而死，絕非小妹所傷。但若你對此事始終耿耿，小妹不避不讓，任你連打三枚棗核釘如何？打過之後，小妹不論死活，你卻須賜贈解藥，以救楊過之傷。小妹倘若不死，便全力助你；小妹倘若死了，這裏許多朋友決不記恨，仍然助你解脫大禍，以退內敵。這項買賣，你做是不做？」黃蓉這般說，可讓對方佔盡了便宜，裘千尺除核棗釘厲害之外別無傷敵手段，而大聲說出「內敵」兩字，更打中她心坎。

裘千尺心想：「當眞有這麼好？」說道：「你曾是丐幫幫主，諒必言而有信。我打你三枚棗核釘，你當眞不避不讓，亦不用兵器格打？」

黃蓉尚未回答，郭芙搶著道：「我媽只說不避不讓，可沒說不用兵器格打。」黃蓉微笑道：「裘谷主要洩心中惱恨，小妹不用兵刃暗器格打就是。」郭芙叫道：「媽，那怎麼成？」適才她長劍遭棗核釘擊斷，知道這暗器力道強勁無比，倘若眞的不讓不格，母親血肉之軀如何抵擋得了？黃蓉卻想：「過兒於我郭家一門四人均有大恩，此刻他身上劇毒難解，說甚麼也要叫老太婆交出解藥。她這棗核釘自是天下最凌厲的暗器，任她連打三釘確然凶險，稍有疏虞，不免便送了性命。但若非如此，她焉肯交出解藥？」

黃蓉說這番話時，早已替裘千尺設身處地的想得十分週到，既要讓她洩去心中若干怨毒鬱積，又乘著她內變橫生、憂急驚懼之際，允她禦敵解難，而洩憤之法，正是她惟一能以之傷人的伎倆，縱是裘千尺自己，也提不出更有利的方法來。

但裘千尺覺得此事太過便宜，未免不近人情，啞聲道：「你是我的對頭死敵，卻甘心受我三枚棗核釘，到底包藏著甚麼詭計，甚麼禍心？」

黃蓉走上前去，低聲道：「此處耳目衆多，只怕有不少人對你不懷好意，我要在你耳邊說幾句話。」裘千尺向衆弟子掃射了一眼，心想：「這些人大半是老賊的親信，確實不可不防。」便點了點頭。

黃蓉湊過頭去，悄聲道：「你的對頭不久便要發難動手，小妹自己何嘗不是身處險地？咱們快快揭過了這場過節，小妹不論死活，大夥兒便可並肩應敵。再者楊過於我曾有大恩，我便送了性命，也要求得絕情丹給他。人生在世，有恩不報，豈不與禽獸無異？」說罷便退開三步，凝目以望。

裘千尺聽了「有恩不報，豈不與禽獸無異」這話，心中也是一動，暗想：「若不是楊過這小子相救，我此刻仍孤另另的在地底山洞中挨苦受難。」但這念頭便如閃電般一瞬即過，善念消退，惡心立生，冷冷的道：「任你百般花言巧語，老婦人鐵石心腸，不改初衷，來來來，你站開了，吃我三釘！」

黃蓉衣袖一拂，道：「我拚死挨你三釘便了。我不論死活，你都須給楊過解藥。」

說著縱身退後，站在大廳正中，與裘千尺相距約莫三丈，說道：「請發射罷！」

武三通等雖然素知黃蓉足智多謀，但裘千尺棗核釘的厲害各人親眼所見，這時見黃蓉空手站立，無不心中惴惴。郭芙更加著急，走過去一拉黃蓉衣袖，低聲道：「媽，咱們找個地方，我把軟蝟甲脫下來給你換上，那就不怕老太婆的棺材釘了。」黃蓉微微一笑，道：「以軟蝟甲擋棗核釘，那又何足為奇？你且看媽媽的手段。」

只聽得裘千尺道：「各人閃……」那「開」字尚未出口，棗核釘已疾射而出，直指黃蓉的小腹。這枚棗核釘的去勢當真悍猛無倫，雖只極小的一枚鐵釘，但破空之聲有如尖嘯。黃蓉「啊」的一聲高叫，彎腰捧腹，俯下身去。

郭芙和武三通等一齊大驚，待要上前相扶，嘯聲又起，這第二枚棗核釘卻射向黃蓉的胸口。黃蓉又一聲大叫，搖搖晃晃的退後幾步，似欲摔倒。

裘千尺見黃蓉果然如言不閃不格，兩枚鐵釘已打中她身上要害，這兩枚鐵釘的力道，便岩石也射入了，何況血肉之軀？然黃蓉身中兩釘，雖似已受重傷，但竟不摔倒，顯在苦苦支撐，要再受自己一釘，裘千尺心下駭然，暗想：「先前見這女子嬌怯怯的模樣，不信她有甚能耐可當丐幫的幫主。如此看來，當真是個了不起的人物！」但想她身中兩釘，決計性命不保，就此報了深仇，不禁欣然喜色，波的一聲，第三枚棗核釘又從口裏噴出。這一次卻是射向黃蓉的咽喉，要使鐵釘透喉而過，令殺害兄長的大仇人立斃於當場。

黃蓉說出甘受三釘之時，尚未籌得善策，只知非此不足以換得解藥，縱然身死，也報了楊過的大恩，但其後與裘千尺一番低語，稍有餘裕，心念電閃，已有了計較。先一陣郭芙的長劍為棗核釘打斷，黃蓉拾起劍頭，藏在衣袖之中，待棗核釘打到，一彎臂便將劍頭擋在鐵釘射到之處。但釘劍相撞，必有金鐵之聲，她兩次大聲叫喚，便將這聲音掩蓋了過去。這一巧招裘千尺果然並未發覺。

黃蓉有意裝得身受重傷，既可稍減對方怒氣，也可保全她一谷之主的身份。但第三枚棗核釘直指咽喉，倘若舉起衣袖，以袖中暗藏的劍頭擋格，必遭裘千尺瞧出破綻，自己便算毀了「不避不格」的諾言，處此情境，只得行險，雙膝微微一曲，待棗核釘對準嘴唇飛到，她胸腹之間早已真氣充溢，張口發勁吐出，一股真氣噴出。她知這棗核釘來勢所以這般凌厲，全憑真氣激發，以氣敵氣，敵遠我近，大佔便宜，棗核釘縱不從空墮落，來勁也必急減。那知裘千尺獨居山洞，手足既廢，整日價除了苦練這門棗核功夫之外，心不旁騖。黃蓉功力既不及她深厚，又須處分幫務、助守襄陽，生兒育女、伴夫課徒，那能如她這般苦心致志？因此一股真氣噴出，棗核釘來勢只略略一緩，勁力仍猛惡無比。

黃蓉一驚，鐵釘已到唇前，當這千鈞一髮之際別無他法，只得張口急咬，硬生生將鐵釘咬住了。這一下只震得滿口牙齒生疼，立足不穩，倒退了兩步。這次眞是給鐵釘來勢衝擊而退，也幸好她應變奇速，退步消勢，否則上下四枚門牙非當場跌落不可，饒是如此，也已震得牙齒出血。

旁觀衆人齊聲驚呼，圍了攏來。黃蓉一仰頭，波的一聲，將棗核釘噴出，釘入橫樑，皺眉道：「裘谷主，小妹受了你這三釘，命不久長，盼你依言賜藥。」

裘千尺見她竟能將棗核釘一口咬住，也自駭然，眼見先前兩枚棗核釘明明射入她體內，何以仍直立不倒？側目向綠萼望了一眼，心想：「我兒中了情花之毒，別說楊過不允婚事，他便眞是我女婿，這半枚絕情丹又豈能給他？」但自己親口答應給藥，言入衆人之耳，總不能立時反悔，她雙眼一轉，已有計較，說道：「郭夫人，咱二人雖是女流，但行事慷慨有信，當勝鬚眉。你挺身受我三釘，如此氣概，世所罕有，我十分佩服，解藥便可給你。我若少待有事，仍盼各位援手。」

郭芙只道母親當眞中了鐵釘，叫道：「我媽媽若受重傷，這裏大夥兒都要跟你拚命。」轉頭向黃蓉道：「媽，老太婆的釘子打中了你身上何處？」

黃蓉不答女兒的問話，向裘千尺道：「小女胡言，谷主不必當眞。小妹生平說一是一，自當相助谷主退敵，便請賜藥是幸。」武三通等聽黃蓉說話中氣充沛，聲音爽朗，半點不像受了傷的模樣，漸漸寬心。這一層裘千尺也已瞧出，心下驚疑不定，想道：

「她有如此武功，我縱要反悔，也不容易，只有以詐道相待。」點頭說道：「那麼我先多謝了。」轉頭向女兒道：「萼兒過來，我有言吩咐。」

黃蓉一生之中，不知對付過多少奸猾無信之徒，裘千尺眼光閃爍不定，如何逃得過她雙目？她知裘千尺決不肯就此輕易交出解藥，但要怎生推托欺詐，一時猜想不出。

只聽裘千尺道：「將我面前數過去的第五塊青磚揭開了。」綠萼大奇：「難道那絕情丹竟藏在磚下？」黃蓉一聽，暗讚裘千尺心思靈巧：「這絕情丹如此寶貴，不知有多少人在亟亟圖謀。她藏在這當眼之處，確使人猜想不到，磚下所藏當是眞藥無疑。她決不會事先料到有此刻情勢，因而在磚下預藏假藥。」裘千尺如命人赴丹房或是內室取藥，黃蓉倒也難知取來的丹藥是眞是假，這時見她命女兒揭開青磚，卻少了一層顧慮。

綠萼數到第五塊青磚，拔出腰間匕首，從磚縫中揷入，揭起磚塊，只見磚下鋪著灰泥，全無異狀。裘千尺道：「磚下藏藥之處，大有機密，不能爲外人所知。萼兒，俯耳過來。」

黃蓉知道裘千尺狡計將生，當下叫聲「哎喲」，捧腹彎腰，裝得身上傷勢發作，好讓裘千尺防備之心稍殺，以便凝神聽她對女兒的說話。豈知裘千尺也已料到了此節，在綠萼耳畔說得聲音極輕，黃蓉雖全神貫注，也只聽到「絕情丹便在青磚之下」九字。但她早料到絕情丹是在青磚之下，這九個字聽來一無用處，此後只見裘千尺的嘴唇微微顫動，半個字也聽不出來，再看綠萼時，但見她眉尖緊蹙，只「嗯、嗯、嗯」的答應。

黃蓉知道眼前已到了緊急關頭，卻不知如何是好，正自惶急，忽聽得一燈大師道：「蓉兒過來，我瞧瞧你的傷勢如何？」黃蓉回過頭來，見一燈坐在屋角，臉上頗有關切之容，心想：「他一搭我的脈搏，便知我非受傷。」於是走過去伸出手掌。一燈伸出三指搭住她的腕脈，念道：「阿彌陀佛……阿彌陀佛……老婆婆說……阿彌陀佛……磚下有兩瓶……阿彌陀佛，阿彌陀佛……東首的藏眞藥……阿彌陀佛……西首的藏假藥……阿彌陀佛……叫女兒取西首假藥……阿彌陀佛……假藥給你……阿彌陀佛……」

一燈大師口誦佛號之時，聲音甚響，說到「磚下有兩瓶」這些話時，聲音放低。黃蓉只聽他說了「老婆婆說」那四個字，即明其理，知道一燈大師數十年潛修，內功深厚之極，耳聰目明，遠勝常人。佛家原有「天眼通」、「天耳通」之說，佛經上言道，具此大神通者，當深處禪定之際，「能聞六道衆生語言及世間種種音聲，通達無礙」。這般說法過於玄妙，自不可信，但內功深厚、心田澄明之人耳音特強，能聞常人之所不能聞，卻非奇事。裘千尺對女兒低聲細語，一燈大師在數丈外閉目靜坐，一字一語聽得明明白白。他知丹藥眞假關連楊過性命，佛家有好生之德，豈能見死不救，於是告知了黃蓉。

黃蓉待他唸兩句佛號，便問：「我的傷能好麼？」「棗核釘能起出麼？」每問一句，剛好將一燈所說「東首的藏眞藥」、「西首的藏假藥」那些話掩蓋了。裘千尺向兩人望了幾眼，但見黃蓉臉有憂色，只詢問自己的傷勢，一燈不住的唸「阿彌陀佛」，那料得到自己奸計已爲對方知悉。

綠萼聽母親說完，點頭答應，彎下腰來，伸手到磚底的泥中一掏，果有兩個小瓶並列；她心中一酸，暗道：「楊郎啊楊郎，今日我捨卻性命，取眞藥給你。這番苦心，你未必知道罷？」當下摸了東首那瓷瓶出來，說道：「媽，絕情丹在這兒了！」她伸手在土下掏摸，只有她才知這瓶子原在東首，裘千尺和黃蓉卻都以爲是從西首取出。

兩個瓷瓶外形全然相同，瓶中的半枚丹藥模樣也無分別，裘千尺倘不以舌試舐藥味，也難分眞假。她見綠萼取出瓷瓶，心道：「先前我還防這丫頭盜丹藥去討好情郎，現下她也中了情花之毒，自是救自己性命要緊了。」她生性偏狹狠惡，刻薄寡恩，決不信世上有人甘願捨卻自己性命以救旁人，說道：「咱們信守諾言，丹藥交給郭夫人。」綠萼道：「是！」雙手捧著瓷瓶，走向黃蓉。

黃蓉先歛衽向裘千尺行禮，說道：「多謝厚意。」心中卻想：「既知眞藥所在，難道還盜不到麼？」

正要伸手去接瓷瓶，突然屋頂喀喇一聲響，灰土飛揚，登時開了一個大洞，一人從空躍落，挾手便將綠萼手中的瓷瓶奪了去。綠萼大驚失色，叫道：「爹爹！」

黃蓉見公孫綠萼臉色大變，極爲惶急，不禁一怔：「公孫止奪去的瓷瓶，明明裝的是假藥，她何必如此著急？」便在此時，大廳廳門轟的一聲巨響，震得廳上每一枝紅燭搖晃不已，火燄忽明忽暗，跟著又是一響，門閂從中截斷，兩扇大門左右彈開，走進一男三女。男的正是楊過，女的則是小龍女、程英和陸無雙。

綠萼見楊過進來，失聲叫道：「楊大哥……」迎上前去，只踏出兩步，立覺不妥，要說的那句話縮回了口中，腳步也即停止。黃蓉一直注視著綠萼的神色，只見她瞧著楊過的眼光之中流露出無限深情、無限焦慮，登時恍然，心道：「蓉兒啊蓉兒，難道你做了媽媽，連女兒家的心事也不懂了？她媽媽命她給我們假藥，但她痴戀過兒，遞過來的卻是眞藥，公孫止搶去的正是續命靈丹，她如何不急？」

楊過眼望對面斷腸崖，茫茫白霧之中，隱隱約約間似見一個白衣姑娘鬢佩紅花、身形飄忽，手執雙劍和公孫止激鬥。

# 第三十二回　情是何物

當黃蓉、一燈、郭芙等受困大廳之時，楊過和小龍女在花前並肩共語。不久程英和陸無雙到來。小龍女見程英溫雅靦腆，甚是投緣，拉住她手說話。陸無雙向楊過述說適才跟郭芙比武之事，怎樣譏刺得她哭笑不得，程英又怎樣制得她失劍輸陣。楊過這番再和程陸二女相會，想到她二人對己情意深重，而自己無以還報，心中不免歉仄，眼見陸無雙明知自己已娶小龍女為妻，卻無怨懟之狀，對小龍女也不表妒恨，口口聲聲的說要懲戒郭芙為自己出氣，而程英與小龍女相互間也神情親切，不禁大為欣慰。

四人坐在石上，小龍女和程英說話，楊過和陸無雙說話。但龍程二人性子沉靜，均不擅言辭，只說得幾句便住了口。楊過和陸無雙卻你一句「傻蛋」、我一句「媳婦兒」的有說有笑。程英突然揷口笑道：「楊大哥，你現下有了楊大嫂，再叫我表妹可得改改口了。」

楊過「啊」的一聲伸手按住了口。陸無雙也突然驚覺，羞得滿臉飛紅。程英心中暗悔，想道：「他們隨口說笑，原無他意，我這麼一提，反著了痕跡。」忙打岔道：「楊大哥，你中了花毒，現下覺得怎樣？」楊過道：「沒甚麼。郭伯母足智多謀，定能設法給我求到靈丹妙藥，我擔心的倒是她的傷勢。」說著向小龍女一指。

程英和陸無雙一齊失驚，問道：「怎麼？楊大嫂也受了傷嗎？我們竟一點沒瞧出來。」小龍女微笑道：「也沒怎樣。我運內力裹住毒質，不讓它發作，幾天之中，諒沒大礙。」陸無雙道：「是甚麼毒？也是情花之毒麼？」小龍女道：「不是，是我師姊的冰魄銀針。」陸無雙道：「原來又是李莫愁這魔頭。傻……楊大哥，你不是瞧過她那本《五毒祕傳》麼？冰魄銀針之毒雖厲害，卻也並不難解。」楊過歎了口氣，說道：「毒質侵入了臟腑，非尋常解藥可治。」於是將小龍女如何逆轉經脈療傷、郭芙如何誤發毒針之事說了。陸無雙伸手在石上重重一拍，恨恨的道：「郭芙仗著父母之勢，竟如此無法無天。表姊，咱們不能便此跟她罷休。她父母是當世大俠，那又怎樣？」

小龍女道：「這件事也怪不得她，倒和斬斷他的手臂不同。」程英道：「楊大嫂，我師父曾說，以內力裹住毒質，雖可使得一時不致發作，但毒質停留愈久，傷身愈重，須得及早設法解毒才是。」神色甚是憂慮。小龍女「嗯」了一聲。楊過心想：「天竺僧醒轉之後，是否有法可以解毒，實所難言。」他不願多談此事，以增小龍女煩惱和自己傷心，說道：「郭伯母和一燈大師等對付那瘋和尚不知怎樣了，咱們瞧瞧去。」

四人覓路回向大廳，離廳尚有十餘丈，見廳頂上人影一閃，認出是公孫止，接著垮喇喇一聲響，見他打破屋頂，跳了下去。楊過生怕公孫止在這屋頂破洞下布置了帶刀漁網陣，引自己入彀，挺玄鐵重劍撞開鐵門，昂首直入。

公孫止奪得絕情丹到手，雖見黃蓉等好手羣集，卻也不以爲意，心想：「我便打不過，難道還跑不了麼？」正要奪路外闖，猛見楊過破門直入，聲勢威猛之極。他一驚之下，雙足一點，騰身而起，要從屋頂洞中重行躍出，心想眼下首要之事，是將絕情丹送去給李莫愁服食解毒，至於殺裘千尺、奪絕情谷，那便來日方長，不必急急。

他身子甫起，黃蓉已搶過竹棒跟著躍高，使個「纏」字訣，往他腳上纏去。裘千尺喝道：「老賊！」呼的一聲，一枚棗核釘往公孫止小腹上射去。公孫止縱起時便已防到此著，揮刀格開鐵釘，上躍之勢絲毫不緩，耳聽得風聲勁急，第二枚棗核釘又從斜刺裏射到，但金刀已擊出在外，不及收回再格，黃蓉的竹棒又跟著纏到，拚著大腿洞穿，也決不能讓鐵釘射入小腹，側身橫腿，抵擋鐵釘。

豈知裘千尺這一釘竟不是射向公孫止，準頭卻對住了黃蓉。這一下奇變橫生，連黃蓉也萬萬料想不到，急揮竹棒擋格，但棗核釘勁力實在太強，只感全身一震，手臂酸軟，啪的一聲，竹棒脫手掉落，身子跟著落地。公孫止上躍之力也盡，落在黃蓉身側，橫刀向她砍去。楊過玄鐵劍疾指，一股勁風直掠出去，公孫止的金刀登時給這股凌厲的劍勢逼得盪開了三尺。公孫止只覺敵人劍上勁力有如排山倒海，心下驚駭無已，想不到相隔不到三月，這小子斷了右臂，武功反精進若斯。

綠萼站在父親與母親之間，她平素對嚴父甚是害怕，從不敢對他多說一言半語，但自從聽了他在斷腸崖前對李莫愁所說的那番話後，傷心到了極處，竟懼怕盡去，向公孫止道：「爹爹，你打斷媽媽四肢，將她囚禁在地底山洞之中，如此狠心，已世間罕有。今晚你在斷腸崖前，跟李莫愁又說些甚麼話來？」公孫止心中一凜，他與李莫愁在那隱僻之極的處所說話，萬料不到竟會言入旁人之耳。他雖狠毒，但對女兒如此圖謀，總不免心虛，突然間聽她當眾叫破，不由得臉色大變，道：「甚……甚麼？你胡說甚麼？」

綠萼淡淡的道：「你要害死女兒，去討好一個全不相干的女子。女兒是你親生，你要我死，女兒也不敢違抗。但你手中的絕情丹，卻是媽媽已經答應了給旁人的，你還給我罷！」說著走上兩步，向著他伸出手來。公孫止將瓷瓶揣入懷中，冷笑道：「你母女心向外人，一個叛夫，一個逆父，都不是好東西。今日我暫且不來跟你們計較，日後報應到頭，自見分曉。」說著刀劍互撞，發出嗡嗡之聲，大踏步便往外闖。

楊過聽綠萼直斥公孫止之非，但不明其中原委，當即橫過玄鐵劍，攔住公孫止去路，向綠萼道：「公孫姑娘，我有言請問。」

公孫綠萼聽了他這句話，一股自憐自傷之意陡然間湧上心頭，暗道：「我捨命爲你取丹之事，決不能讓你知曉。過了幾年，你子孫滿堂，自早把我這苦命女子忘了，又何必爲了此事，使你終生耿耿於懷？」低聲道：「楊大哥有何吩咐？」楊過道：「你適才言道：令尊要害你性命，去討好一個毫不相干的女子，那女子是誰？此事從何說起？」綠萼道：「那女子是李莫愁，至於其中原委……」頓了一頓，說道：「我爹爹雖如此待我，但終是我親生之父，此事做女兒的不便再說……」

裘千尺喝道：「你說啊！他能做得，你便說不得？」綠萼搖頭道：「楊大哥，那半枚絕情丹，在我爹爹懷中的瓷瓶之內。我……我是個不孝的女兒。」說到此處，再也忍耐不住，縱聲叫道：「媽！」奔向裘千尺身前，撲入她懷中。她說「我是個不孝的女兒」，在裘千尺聽來還道是指違抗父親，其實綠萼心中卻說的是不遵母命。滿廳數十人中，只黃蓉一人才明白她的眞意。

公孫止見強敵環伺，心下早有計較：「天幸惡婦痰迷心竅，在這緊急關頭去打了郭夫人一枚棗核釘，只要引得她們雙方爭鬥，我便可乘機脫身。」縱聲笑道：「好好好，乖女兒，眞不枉了爹爹疼愛。你和媽媽守住這邊，要令今日來到咱們絕情谷的外人，個個來得去不得。」說著舉刀提劍，突向倚在椅上的黃蓉殺去。

黃蓉右臂兀自酸軟，提不起竹棒，只得側身而避。郭芙手中一直握有耶律齊的長劍，當即挺劍護母。公孫止黑劍疾刺郭芙咽喉，郭芙舉劍擋格。黃蓉急叫：「小心！」錚的一聲輕響，郭芙長劍立斷，公孫止的黑劍去勢毫不停留，直往她頭頸削去。黃蓉急得一顆心幾乎要從脖子中跳了出來，在這一刹那間竟無解救之方。陸無雙在旁喝道：「舉右臂去擋！」

郭芙眼見敵劍削到頸邊，那容細辨是誰呼喝，不由自主的舉臂一擋。

程英喝道：「表妹，你怎地……」她知陸無雙惱恨郭芙斬斷楊過的手臂，存心擾亂郭芙心神，要她舉臂擋劍，那麼一條手臂也非送掉不可。程英對楊過斷臂，心中自也十分傷痛，適才黑暗中言念及此，曾悄悄哭了一會，但她只覺這事甚是不幸，雖惱恨郭芙下手太狠，但決沒想要斷她一臂來報復，因此聽得陸無雙的呼喝，忙出口喝阻，但爲時已經不及，公孫止的劍刃已掠上了郭芙手臂。

但聽得嗤的一聲響，郭芙衣袖上劃破了一條極長的口子，同時身子給劍刃震得立足不定，向旁跌出，但說也奇怪，她手臂竟沒給削斷，連鮮血也沒濺出一點。程英、陸無雙固然吃驚，公孫止和裘千尺等也心頭大震。郭芙斜退數步，站穩身子，還道陸無雙是好意相救，心中好生感激，叫道：「多謝姊姊！可是你怎知……」

楊過忙接口道：「這公孫老兒不知你武功如此了得。」他知道黃蓉有一件寶刀利刃不能損傷的軟蝟甲，郭芙所以能保全手臂，定係軟蝟甲之功，她問「可是你怎知……」下面自是要說「我有軟蝟甲護身？」楊過心想公孫止利劍不能傷她，其膽已寒，可不能讓他知悉其中原委，向公孫止道：「這位姑娘是郭大俠和黃幫主之女，桃花島島主黃藥師的外孫女，她家傳絕藝，週身刀槍不入，你這口破銅爛劍的玩意兒，怎能傷她？」

公孫止怒道：「哼，適才我手下留情，難道當眞便傷她不得。」說著抖動黑劍，發出嗡嗡之聲。郭芙暗想：「我既不怕他刀劍，只須上前猛攻便是。跟他打有贏無輸，這便宜如何不撿？」說道：「小武哥哥，你的劍給我，這老兒不信我家桃花島功夫，且讓他見識見識。」武修文倒轉長劍，將劍柄送了過去。郭芙伸手接住，挽個劍花，說道：「公孫老兒，你再上罷！」得意洋洋，有恃無恐，便似高手戲弄庸手一般神態。

公孫止見她這劍花一挽，便知她劍術的火候甚淺，喝道：「好，我再領敎！」舉刀向她面門砍去，郭芙身形斜閃，還了一劍。公孫止黑劍倒翻上來，往她劍上震去。郭芙心道：「不好！我身上有軟蝟甲，劍上卻無護劍寶甲，雙劍一交，我手中長劍又非斷不可。」當即迴劍避開。公孫止雙手一併，刀劍均已握在右掌之中，跟著左掌拍出。郭芙大喜：「你這掌拍在我軟蝟甲上，那可倒了大霉啦！」但恐他掌力厲害，拍在身上不免內臟受震，身子略側，要先卸去他七成掌力，然後再受他這掌。

那知公孫止一掌尙未使老，突然倒縱丈餘，說道：「好丫頭，暗箭傷人！」身子向前直跌。郭芙愕然說道：「我沒傷到你啊！」不禁大奇：「難道軟蝟甲眞有如此妙用，他手掌尙未沾及我衣，便已受傷？」

她又怎知公孫止老奸巨猾，心中只是念著要將絕情丹儘速送去給李莫愁服食，那有閒心來跟郭芙這等小姑娘爭強鬥勝？他假裝受傷摔跌，腳下似乎站立不定，幾個踉蹌，跌跌撞撞的衝向後堂。他在這片刻之間，已將敵情審察淸楚，正面楊過和黃蓉是厲害人物，還有那長眉老僧雖似神遊入定，但決非易與之輩，正好乘著郭芙似乎得手之際，便此從後堂溜走。

綠萼見他懷了絕情丹要走，忙縱身向前，說道：「爹爹慢走！」便在此時，尖嘯聲起，兩枚棗核釘也已襲向公孫止。裘千尺生怕公孫止一閃避，鐵釘便打中女兒，因此鐵釘噴出時取勢甚高，射向他後腦。公孫止一低頭，兩枚鐵釘從綠萼鬢上掠過，叮叮兩響，釘入了石壁。公孫止喝道：「讓開！」腳下毫不停留。綠萼道：「你把絕情丹……」話未說完，公孫止左手前伸，扣住她手腕脈門，轉過身來，將女兒擋在胸前，喝道：「惡婦，你眞要拚命，大家同歸於盡罷！」

裘千尺口中兩枚棗核釘已噴到唇邊，突見變生不測，收勢不及，急忙側頭，將兩枚鐵釘向旁射出。在這千鈞一髮之際，她只求棗核釘不打到女兒，那裏還顧得取甚麼準頭，但聽得「啊、啊」兩聲大叫，兩名綠衣弟子一中腦門，一中前胸，立時斃命。

公孫止知道要奪回絕情谷，除了仗李莫愁爲助之外，必須衆弟子歸心，眼下這事正是激怒衆弟子的良機，叫道：「惡婦，你辣手殺我弟子，決不能跟你干休！」

這時楊過已截住了他去路，說道：「咱們萬事須得有個了斷，別忙便走！」公孫止將女兒舉起，獰笑道：「你敢攔我？」以左腳爲軸，滴溜溜轉了個圓圈，跟著又以右腳爲軸，再轉一圈，兩個圈子一轉，已向前趨進四尺，離楊過已近。楊過見他又是一個圈子轉上，惟恐傷了綠萼，忙向旁躍開。

綠萼身在父親手中，動彈不得，一個圈子轉過來時，斗然見到楊過跳躍相避，讓開了去路，眼光中充滿著關懷之情，不禁芳心大慰：「他爲了我，寧可不要解藥！我死也瞑目了。」她手足雖不能動，頭頸卻能轉動，低聲叫道：「楊大哥！」額頭撞向公孫止挺起的黑劍。黑劍鋒銳異常，綠萼登時香消玉殞，死在父親手裏！

楊過大叫一聲：「啊喲！」搶上欲救，那裏還來得及？公孫止也吃了一驚，心中微微酸痛，耳聽得背後怒喝，三枚棗核釘電閃而至，當即將女兒的屍體向身後拋出，三枚鐵釘盡數打在她身上。衆人見他如此狠毒，綠萼身死之後尚對她這般蹧蹋，無不大憤，紛紛拔出兵刃擁上。

公孫止叫道：「衆弟子，惡婦勾結外敵，要殺盡我絕情谷中男女老幼。漁網刀陣，一齊圍上了。」衆弟子自來對他奉若神明，那日他爲裘千尺打瞎眼睛逃走，衆弟子無所適從，只得遵奉裘千尺號令，這時聽得他一叫，誰也不及細想，執起帶刀漁網從四角圍了上來。

每張漁網都是兩丈見方，網上明晃晃的綴滿了尖刀利刃。衆人武功雖強，實不知如何應付才是，眼見四周漁網向中間一合，每人身上難免洞穿十來個窟窿。這一包上來，連裘千尺也圍在其內。她大聲呼喝：「衆弟子別聽老賊胡言亂語，大家停步，快停步！」但衆弟子充耳不聞，只聽得公孫止喝著號令：「坤網向前，坎網斜退向左，震網轉右！」衆弟子應聲施爲，一張張帶刀漁網漸漸逼近。

黃蓉從懷中摸出一把鋼針，揚手向西首八名綠衣弟子射去，眼見相距既近，鋼針又多，八名弟子至少也會有五六人受傷，漁網陣打出缺口，便可由此衝出。卻聽得叮叮、錚錚錚幾聲響，黃蓉所發鋼針，裘千尺對綠衣弟子所噴鐵釘，全讓漁網上的吸鐵石收了去。黃蓉暗叫：「不好！」喝道：「芙兒，舉劍護住頭臉，強攻破網。」

郭芙聽了母親的呼喝，抖動長劍，向東北角疾衝。四名弟子張開漁網，向她兜去，五六把尖刀碰到她身上軟蝟寶甲，漁網反彈，但持網的弟子跟著分從左右搶前，尖刀雖傷她不得，漁網卻仍要將她裹住。

楊過站在公孫止身後，本在漁網陣之外，但八張漁網隨著公孫止的號令左兜右轉，已將他圍入陣內。楊過見情勢危急，提起玄鐵重劍，運勁往郭芙身前的漁網上斬去。垮喇喇一聲響，漁網裂成兩片，拉著網角的四名弟子同時摔倒。武三通、耶律齊等更不怠慢，拳掌齊施，摧筋斷骨，將這四名弟子手足打傷，以防他們更攜新網，再來圍攻。楊過縱聲長嘯，兩劍揮過，又是兩張漁網散裂破敗。這漁網以金絲和鋼線絞成，極堅極韌，但玄鐵重劍無堅不摧，三劍斬出，三網立破。衆弟子齊聲驚呼，向後退開。

公孫止喝道：「五網齊上！他一劍難破五網！」楊過心想：「五張漁網一齊捲上，確也難擋。」隨即斜步向左，制敵機先，砰的一聲，又斬破了一張。漁網拉得甚緊，一劍斬落，破網聲如裂金石。

便在此時，忽聽得廳外一人厲聲叱道：「往那裏走？」黃影晃動，一人從廳門中竄了進來，仗劍傲立，正是赤練仙子李莫愁。

她剛立定，廳門中又衝進一人，滿身血污，散髮披頭，卻是朱子柳。他一雙空手，左指右掌，狠狠向李莫愁撲去。李莫愁手中雖有兵刃，但見朱子柳發瘋般勢同拚命，竟不敢接招，繞著廳邊閃避。兩人輕功都是極高，頃刻間已在大廳上兜了六七個圈子。楊過大感驚疑：「李莫愁的武功未必不及朱大叔，何以對他如此懼怕？那天竺僧呢？」

兩人武功各有所長，但輕功顯是李莫愁強多了，幾個圈子一奔，人人都看出朱子柳決計追她不上，而且他身上流下點點鮮血，濺成了一個圓圈，看來受傷竟自不輕。武三通父子三人分從左右圍上。朱子柳叫道：「師哥，這毒婦害死了師叔。咱們無論如何⋯⋯

……」一口氣喘不過來，站立不定，身子不住搖晃。

一燈聽到天竺僧的死訊，饒是他修爲深湛，竟也沉不住氣，立即站起。

楊過頭腦一陣暈眩，轉頭向小龍女望去，小龍女的眼光正也轉過來望著他。兩人四目交投，都心中一冷，全身如墮冰窖。小龍女緩緩走過去靠在他身上。楊過一聲長嘆，攜著她的手，往外便走。

原來天竺僧平時多近毒藥，體內抗毒之力甚強，他以大量情花自刺，預定昏暈三日夜方醒，但兩日兩夜過後不久，便即醒轉。他沉思半晌，便道：「這情花之毒雖甚厲害，卻比我所設想的爲輕，該當有法可解。」朱子柳大喜，當即稟告一燈等已來到絕情谷中，而火浣室的石門也已爲楊過破去。

天竺僧道：「事不宜遲，咱們便去設法配藥救人。」兩人走出火浣室，天竺僧便到情花樹之下低頭尋覓藥草。他知一物剋治一物，毒蛇出沒處必有化解蛇毒的草藥，而配製情花解藥所需的藥草，主要的一味多半也會恰正生長在情花之下或其旁。豈知李莫愁正躲在花樹旁山石之後，眼見天竺僧低頭走近，不問情由便射出一枚冰魄銀針。天竺僧不會武功，銀針透胸而入，登時斃命。

朱子柳聽得嗤的一聲響，師叔便即不動，知道山石後伏有敵人，但不知天竺僧已死，不顧自身安危，搶前救人。李莫愁知他心意，又是一針向天竺僧的屍體射去。朱子柳手中沒有兵刃，忙搶前劈出一掌將銀針擊落，肩背卻就此賣給了敵人。李莫愁長劍乘勢揮出，正中他右肩。朱子柳急忙沉肩卸勁，終究已深入寸許，當下連出數指，點向敵人腰間，招招均搶先著。他肩頭已傷，倘再退縮閃避，固然救不得天竺僧，而敵人連綿進招，兇險殊甚。

兩人劍來指去，拆了數招，朱子柳見天竺僧俯伏地下，毫不動彈，叫道：「師叔，師叔！」天竺僧並無應聲。李莫愁笑道：「你要他答應，倒也容易。只消你也吃我一枚毒針，到陰世去叫他便是。」朱子柳心中悲痛，更增敵愾之念，出指時勁力反加。星月微光之下，李莫愁見他眼神如電，招招搶攻，竟是同歸於盡的拚命打法，再拆數招，不禁害怕起來，長劍急攻兩招，轉身便走。朱子柳俯身一搭師叔手腕，脈息全無，已死去多時，一聲悲嘯，提氣向李莫愁疾追。兩人一前一後的奔進大廳。

公孫止見李莫愁趕到，又驚又喜，叫道：「李道友到這邊來！」說著迎將上去。黃蓉一見公孫止的神氣，已自猜到幾分，叫道：「過兒，隔開這兩個魔頭，別讓他們湊近！」楊過聽得天竺僧的死訊，已萬念俱灰，絕情丹是公孫止得去也好，不是他得去也好，全沒放在心上，聽到黃蓉的呼喝，只微微苦笑，卻不出手。

耶律齊拾起半張斬裂的帶刀漁網，叫道：「敦儒兄，拉住這邊。」他和武敦儒、完顏萍、耶律燕四人各自抓住漁網一角，攔在公孫止和李莫愁之間。

廳上這麼一亂，衆綠衣弟子錯了步伐。裘千尺乘機噴吐棗核鐵釘，衆弟子忙亂中不及張網收釘，接連有五人中釘斃命，帶刀漁網陣七零八落，登時潰散。

公孫止大聲叫道：「李道友，咱們分路出去，到適才見面之處相會。」兩人齊聲唿哨，分自左右掠過楊過和小龍女身畔，竄出廳去。楊過視而不見，毫不理會。黃蓉叫道：「龍家妹子，截住公孫止，絕情丹在他身上。」小龍女一驚，心想：「天竺僧既死，過兒身上的花毒全仗這半枚絕情丹化解。」掙脫楊過的手，飛步向公孫止追去。楊過叫道：「由得他去罷！」小龍女道：「怎能由得他去？」楊過只得跟隨在後。

公孫止和李莫愁一個奔向西北，一個奔向東北，衆人也分頭追趕。小龍女、楊過、程英、陸無雙四人追趕公孫止。武氏父子、朱子柳、完顏萍五人追趕李莫愁。耶律齊兄妹和郭芙留著陪伴一燈和黃蓉，監視裘千尺。

武氏父子一行五人之中，朱子柳肩頭受了劍傷，適才奮戰，流血甚多，奔了一陣，漸感難支。衆人停步爲他裹傷，稍一躭擱，已失了李莫愁的蹤跡。

朱子柳恨恨的道：「今日若教這魔頭逃脫了，咱們怎對得起師叔？」五人在花叢樹木間穿來揷去，不見李莫愁影跡。武三通怒火衝天，奮力拔起一根樹幹，將花木打得東倒西歪。朱子柳道：「那公孫止叫她到適才見面之處相會。咱們雖不知這二人在何處見過面，但只須釘住公孫止，那女魔頭爲求解藥，遲早會去尋他。」武三通道：「師弟此言甚是，咱們這便去找公孫止。」五人向西北方尋去。

走不多時，果聽得前面隱隱傳來呼喝之聲。武三通扶住朱子柳加快腳步，但呼喝之聲忽遠忽近，一霎時竟又寂靜無聲，半點也聽不到甚麼了。五人覓路而行，擾攘了一夜，天色漸明，正行之間，忽聽得前面高處有人縱聲長笑，聲音尖厲，有若梟鳴。衆人停步抬頭，只見對面懸崖上站著一人仰天發笑，卻不是公孫止是誰？那懸崖下臨深谷，上面山峯筆立，峯頂深入雲霧之中，不知盡頭。

朱子柳見他狀若顛狂，心下暗驚：「倘若他一個失足，跌入了下面萬丈深谷，這人死不足惜，那半枚絕情丹卻要隨之而逝了。」如飛奔前，轉了個彎，只見楊過、小龍女、程英、陸無雙四人站在山邊，一齊仰頭瞧著公孫止。

小龍女見朱子柳等到來，低聲道：「朱大叔，你快想個法子，怎生引他下來。」朱子柳一瞧周遭情勢，但見有道寬不逾尺的石樑通向公孫止站立之處，石樑和山崖上都生滿了青苔，定然滑溜，便一人轉折也有所不便，除非他自願出來，否則絕難過去動手。

武三通想起楊過救了二子性命，全了他兄弟之情，今日之事義不容辭，當下捋袖說道：「我去揪他過來。」剛跨出兩步，身邊人影閃動，程英已搶在他面前，說道：「我去！」她身法好快，一縱身便踏上了石樑。那知她快楊過更快，程英但覺腰間一緊，身子已被楊過的袍袖纏住，給他拉回，耳邊聽楊過說道：「我值得甚麼，何苦如此？」程英一張俏臉脹得緋紅，說不出話來。

便在此時，只聽得小龍女道：「借劍一使！」掠過武敦儒和完顏萍身邊，雙手伸出，已將二人手中長劍奪了過去。這一下手法當眞捷逾電閃，武敦儒和完顏萍一愕之下，已見小龍女輕飄飄的奔過石樑，到了公孫止身前。

公孫止身處絕地，見小龍女竟敢過來，一驚之下，搶上攔在石樑的盡頭，橫劍護身，獰笑道：「你當眞不要命了麼？」小龍女心道：「無論如何，我得奪回絕情丹才死。」柔聲說道：「公孫先生，你於我有救命之恩，不料我反而害得你多受折磨，我……我心中好生歉仄。我不是來跟你拚命的。」公孫止道：「那你要幹甚麼？」小龍女道：「我是來求你賜予絕情丹，救我夫郎。小女子永感大恩大德。」楊過在石樑彼端叫道：「龍兒回來，半枚丹藥救不得你我二人之命，要來何用？」

公孫止見小龍女俏立石樑之上，衣襟當風，飄飄然如欲乘風而去，這般丰姿，李莫愁又豈能及得萬一？他張著獨目痴痴而望，說道：「你叫那姓楊的小子作夫郎？」小龍女道：「是啊，我跟他成了親啦。」公孫止道：「你若允我一事，這丹便可給你。」小龍女見他眼珠骨溜溜轉動，已知其意，搖頭道：「我已有夫，豈能嫁你？公孫先生，你對我有情，可是我心另有所屬，只有辜負你一片好意。」公孫止獨眼一翻，喝道：「那你快快退去，若再與我爲敵，莫怪我刀劍無情。」

小龍女道：「你定要動手，和我翻臉成仇，咱們豈不枉自相識了一場？」她語音柔和，在她心中，確是記著公孫止以前那番相救之德。

公孫止冷笑道：「我要親自見到楊過這小子毒發呻吟而死，要見他痛得在地下翻來翻去的打滾，要見你這位賢德妻子，終於成爲個披痲帶孝的俏寡婦。」他越說越惡毒，咬牙切齒，面目猙獰。楊過不住叫道：「龍兒！回來，跟這人多說甚麼？」若不是石樑實在太窄，容不得兩人立足，他早已奔過去拉她回頭了。小龍女淒然一笑，說道：「你聽！他在叫我回去。他只顧惜我，可不在乎自己身上劇毒能不能治好。」

公孫止和小龍女相距不過半丈，心想只要跨上一步，便能將她擒住，但站立處地勢實在太險，地下滑溜，她稍一掙扎，勢必兩人同時摔下深谷，但若不擒她爲質而使敵人有所顧忌，自己困於這斷腸崖上又如何脫身？當前敵人之中只楊過一人厲害，自己奮力衝闖，他未必便攔阻得住，最好是緊隨小龍女過了石樑，然後出手擒她，再去和李莫愁會合。他心下如意算盤一打定，刀劍互擊，金鐵交鳴之聲震得山谷響應，喝道：「還不退去！」劍隨聲至，向小龍女刺去。小龍女左劍擋格，右劍還擊。

她自跟周伯通習了分心合擊之術後，武功陡增一倍。雖臟腑潛毒，內力消減，但雙手同使「玉女素心劍法」，其神妙處又豈是公孫止的金刀黑劍所能敵。他的刀劍雖變幻百端，其實刀仍是刀、劍仍是劍，只不過刀劍幻象甚多而已。霎時之間，小龍女手中雙劍舞成兩團白影，攻拒擊刺，宛似兩大高手聯手進攻一般，公孫止越鬥越心驚，暗暗生悔：「早知她忽然學會了這等厲害劍術，便不能跟她動手了。」總算「玉女素心劍法」招數雖精妙，傷人的威力不強，小龍女也無殺他之意，因此上公孫止還支撐得一時。

他二人在山崖上鬥得正急，不久一燈大師、黃蓉、郭芙、耶律齊、耶律燕也均趕到。各人仰頭觀戰，眼見山崖之險，兩人鬥得如此之兇，無不駭然。

郭芙向耶律齊道：「咱們快上去幫手！」耶律齊搖頭道：「石樑上已沒法插足。」郭芙和公孫止交過手，知他武功極高，連母親也非敵手，小龍女一人如何鬥得過他？急得只叫：「媽，媽，快想法子幫龍姊姊啊。」

其實不用她呼叫，這邊人人都急盼設法使小龍女得脫險境，可是對面石樑上決不能多容一人立足。但見公孫止金刀黑劍連使殺手，小龍女雙劍縱橫，迴旋之際似乎嬌柔無力，只一燈、楊過、黃蓉、朱子柳四人才瞧出小龍女招數實大佔上風，而輕功更遠勝敵人，但激鬥之際，若足下一個滑溜，立時跌落深谷，每一瞬間都有生死大險。眼見兩團白影裹著一道黃光、一道黑氣，人人屏息凝氣，手心中揑著一把冷汗。

再鬥片刻，黃蓉瞧出小龍女雙劍所使的竟是分心合擊之術，這門武功舉世除周伯通和郭靖外無第三人會得，小龍女自是得了周伯通的傳授。雙劍合璧，本來威力奇大，但她重傷之後加上中毒，內力大損，出劍乏勁，始終無法取勝。黃蓉心念一動，說道：

「過兒，你和我同時向公孫止說話，你用言語恐嚇，我卻引他高興，叫他分心。」當下大聲說道：「公孫先生，裘千尺那惡婦已給我殺死了。」公孫止隔著山谷聽見，心中一震，將信將疑。楊過叫道：「公孫止，李莫愁說你不肯拿解藥給她，要來尋你晦氣。」黃蓉叫道：「不，李莫愁說，只要你消解了她情花之毒，她便委身嫁你。」楊過叫道：「我們大夥兒拿到你之後，要將情花刺你肌膚。」黃蓉叫道：「此事大可善罷，公孫先生，你不用躭心，大家化敵爲友如何？」楊過叫道：「你從前害死的那個使女柔兒，變成厲鬼來找你啦，喏喏喏，柔兒就在你背後，你快轉過身來瞧瞧！」

他二人你一言我一語，黃蓉說話之後，公孫止心中一喜，待得楊過說話，他又是一驚。小龍女於每一句話也都聽在耳裏，但一來事不關己，二來分心二用之際，心田一片空明，是以劍勢絲毫不緩。公孫止本已左支右絀，擋架爲難，這一來更加心亂如麻，大聲喝道：「你們胡言亂語叫嚷些甚麼？快閉嘴！」楊過叫道：「喂！公孫止，你背後那個披頭散髮的姑娘是誰，她爲甚麼伸長舌頭，滿面血污？啊，啊，她手爪好長，來抓你的頭頸了！」突然間提氣喝道：「好，柔兒！抓公孫止頭頸。」

公孫止明知他是在擾亂自己心神，但斗然間聽他這麼一聲呼喝，禁不住打個冷顫，回頭斜目一瞥。便在此時，小龍女長劍斜出，劍尖顫處，已刺中他左腕。公孫止把捏不定，金刀直飛起來，在初升朝陽的照耀之下，金刀閃爍，掉入了崖下山谷，過了良久，才傳來極輕微的一響，隱隱似有水聲，似乎谷底是個水潭。武三通、朱子柳等相顧駭然，心想那金刀掉下去隔了這麼久聲音才傳上來，這山谷可不知有多深。

公孫止金刀脫手，別說進攻，連守禦也已難能。小龍女左一劍、右一劍，連刺四劍，公孫止身子搖晃，右腕中劍，黑劍又掉下了谷去。小龍女右劍對著他前胸，左劍指住他小腹，說道：「公孫先生，你將絕情丹給我，我不傷你性命。」公孫止顫聲道：「你雖有善心，旁人呢？」小龍女道：「都不傷你便是。」

至此地步，公孫止只求自己活命，那裏還去顧念李莫愁？從懷中掏出那個小瓷瓶遞過。小龍女左手劍仍指住他小腹，右手接過瓷瓶，心中又甜蜜，又酸楚，心想：「我自己雖然難活，但終於奪到了絕情丹，救了過兒。」雙足一點，提氣從石樑上奔回。

武三通、朱子柳等早知小龍女武功了得，可是說甚麼也想不到竟如此出神入化，兩手同使雙劍，劍法竟能截然不同、分進合擊，這等功夫生平從所未見。他們固曾聽說周伯通和郭靖雙手能分使不同武功，但得之傳聞，也只將信將疑，今日親眼目睹，無不歎服，看到奥妙凶險處，既感驚心動魄，又覺心曠神怡。耶律兄妹、武氏兄弟、程英、陸無雙、郭芙等小一輩更瞧得目爲之眩，見她年紀與自己相若，武功之高簡直無可形容，盡皆死心塌地的欽佩。但見她手持瓷瓶，飄飄若仙的從石樑上過來，衆人齊聲喝采。

楊過搶上前去拉住了她。衆人圍攏來慰問。小龍女拔開瓷瓶的瓶塞，倒出半枚丹藥，笑吟吟的道：「過兒，這藥不假罷？」楊過漫不經心的瞧了一眼，道：「不假。龍兒，你覺得怎樣？為甚麼臉色這樣白？你運一口氣試試。」小龍女淡淡一笑，她自石樑上奔回之時，已覺丹田氣血逆轉，煩惡欲嘔，試運眞氣強行壓住，竟氣息不調，自知受毒已深，天幸將半枚絕情丹奪來，此外也顧不得這許多了。

楊過握著她右手，但覺她手掌冰冷，驚問：「你覺得怎樣？」小龍女道：「沒甚麼，你快把丹藥服了。」楊過接過瓷瓶，顫聲說道：「半枚丹藥難救兩人之命，要它何用？難道你死之後，我竟能獨生麼？」說到此處，傷痛欲絕，左手一揚，竟將這世上僅此半枚能解他體內毒質的丹藥，擲入了崖下萬丈深谷之中。

這一下變故人人都大出意料之外，一呆之下，齊聲驚呼。

小龍女知他決意與自己同生共死，心中又傷痛，又感激，惡鬥之後劇毒發作，再也支持不住，身子微微一晃，暈倒在楊過懷中。

郭芙、武氏兄弟、完顏萍、耶律燕等不明其中之理，七張八嘴的詢問議論。

便在此時，武三通大聲喝道：「李莫愁，今日你再也休想逃走了。」吆喝著飛步向左首山崖邊趕去，衆人回過頭來，只見公孫止正沿著山坡小徑向西疾奔，那邊山畔斜坡上站著一個道姑，正是李莫愁。眼見兩人便要會合，武三通和她卻相距尚遠。

忽聽得山後一個蒼老的聲音哈哈大笑，轉出一人，肩頭掮著一隻大木箱，白鬚拂肩，卻是老頑童周伯通。

黃蓉叫道：「老頑童，把那個道姑趕過來。」周伯通叫道：「妙極！大夥兒瞧瞧老頑童的本領。」揭開木箱箱蓋，雙手揮動，一羣蜜蜂飛出，直向李莫愁衝去。原來蒙古大軍焚燒終南山，全真教道士全身而退，所攜出的都是教中的道藏經籍，周伯通卻掮了一隻木箱，將小龍女養馴的玉蜂裝了不少而來。他孜孜不倦的玩弄多日，領會了指揮蜂羣的若干法門，這時聽黃蓉叫嚷，旁觀之人又多，正好大顯身手。

公孫止見到蜂羣，吃了一驚，不敢再向李莫愁走近，往山坳中縮身躲開。李莫愁見玉蜂嗡嗡飛近，前無去路，只得沿山路向東退來。武氏父子、程英、陸無雙等各執兵刃迎近。耶律齊叫道：「師父，你老人家好本事，快把蜜蜂羣收了罷！」

周伯通大呼小叫，要收回蜂羣，但他驅蜂之術究未十分到家，大出風頭之後，心中萬分得意，呼喝更加不對，蜂羣怎肯聽他號令？仍嗡嗡振翅，向李莫愁飛去。

楊過抱著小龍女，低聲喚道：「龍兒，龍兒。」小龍女悠悠睜眼，耳畔聽得玉蜂嗡嗡聲響，便似回到了終南故居一般，喜道：「咱們回家了嗎？」定了定神，才想起適才之事，於是低嘯數聲，跟著又呼喝幾下，那羣玉蜂立時繞著李莫愁團團打轉，不再亂飛。

小龍女道：「師姊，你生平行事如此，今日總該後悔了罷？」李莫愁臉如死灰，問道：「絕情丹呢？」小龍女淒然一笑，道：「絕情丹已投入了谷底的深淵之中。你爲甚麼要害死天竺僧？他如不死，不但救得楊過和我性命，也能解你之毒。」李莫愁一顆心如鉛之重，料知小師妹此言不假，萬萬想不到一枚冰魄銀針殺了天竺僧，到頭來竟害了自己。

這時武氏父子、程英、陸無雙等已四面合圍，周伯通兀自在指手劃腳的呼叫。小龍女道：「周老爺子，是這般呼嘯。」於是撮唇作嘯。周伯通學著呼了幾聲，千百頭玉蜂果然紛紛回入木箱。周伯通大喜，手舞足蹈。一燈大師微笑道：「伯通兄，多年不見，你仍淸健如昔。」周伯通一怔，登時滿臉通紅，忙合上箱蓋，說道：「段皇爺，你也好，我也好，大家都好。」捐起木箱，向小龍女道：「龍姑娘，我教你雙手使不同武功，你教我指揮蜜蜂。你是我的師父，我又是你師父，我變成了我自己的祖師爺，一塲裏胡塗，哈哈！」遠遠的去了。

李莫愁眼瞧周遭情勢，單是黃蓉、楊過、小龍女任誰一人，自己便抵敵不住，何況羣敵合圍？把心橫了，說道：「各位枉自稱作俠義中人，嘿嘿，今日竟如此倚多爲勝，仗勢欺人！小師妹，我是古墓派弟子，不能死在旁人手下，你上來動手罷！」說著倒轉長劍，將劍尖對準了自己胸膛。小龍女搖頭道：「事已如此，我殺你作甚？」

武三通突然喝道：「李莫愁，我要問你一句話，陸展元和何沅君的屍首，你弄到那裏去了？」李莫愁斗然聽到陸展元和何沅君的名字，全身一顫，臉上肌肉抽動，說道：「都燒成灰啦。一個的骨灰散在華山之巔，一個的骨灰倒入了東海，叫他二人永生永世不得聚首。」衆人聽她如此咬牙切齒的說話，怨毒之深，當眞刻骨銘心，無不心下暗驚。

陸無雙道：「龍家姊姊心好，不肯殺你。你殺光了我父母親人，只剩下我一人，今日我可要報仇了。表姊，咱們上！」武氏兄弟齊聲道：「我媽媽死在你手下，別人饒你，我兄弟倆決計饒你不得。」李莫愁淡然道：「我一生殺人不計其數，倘若人人要來報仇，我有多少性命來賠？便算是千仇萬怨，我終究也不過是一條性命而已。」陸無雙和武修文叫道：「那就便宜了你。」一個持刀，一個挺劍，同時舉步上前。

李莫愁手腕一振，啪的一聲，手中長劍竟自震斷，嘴角邊意存輕蔑，雙手負在背後，不作抵禦，只待刀劍砍到，此生便休。

就在此時，忽見東邊黑煙紅焰衝天而起。黃蓉叫道：「啊喲，莊子起火。」朱子柳道：「暫緩殺她，搶救師叔的遺體要緊。」說著縱身上前，以一陽指手法連點李莫愁身上三處穴道，令她無法再逃。程英道：「還有公孫姑娘的遺體。」衆人都道：「不錯！」飛步奔回。武氏兄弟押著李莫愁。楊過、小龍女、黃蓉、一燈大師四人緩步在後而行。

離莊子尚有半里，已覺熱氣撲面，只聽得呼號喧嘩、樑瓦倒塌聲不絕於耳。武三通道：「公孫止這老兒奸惡如此，龍姑娘該當殺了他才是。」朱子柳道：「這場火多半不是公孫止放的，我猜是那光頭老太婆的手筆。」武三通愕然道：「裘千尺？她自己一個好好基業，何必要放火燒了？」朱子柳道：「谷中弟子都不服她，便算咱們殺了公孫止，那老太婆也不能再在此處安居，我瞧這婦人心胸狹窄之極……」

說話之間，已奔近情花叢畔天竺僧喪生之處。朱子柳抱起天竺僧的遺體，見他面目如生，臉上猶帶笑容。武三通道：「師叔死得極快，倒沒受甚麼苦楚。」朱子柳沉吟道：「師叔那時正在尋找解除情花之毒的草藥……」

這時黃蓉和一燈也已趕到，黃蓉聽了朱子柳的話，在天竺僧身周細看，並未發見有何異狀，伸手到天竺僧的衣袋中去，也尋不到甚麼東西，問朱子柳道：「令師叔沒留下甚麼言語麼？」朱子柳道：「沒有。我和師叔從那磚窯中出來，誰也沒料到竟會有大敵窺伺在側。」黃蓉瞧瞧天竺僧含著笑容的臉色，突然心念一動，俯身翻過天竺僧的手掌，只見他右手拇指和食指之間拿著一株深紫色的小草。黃蓉輕輕扳開他手指，拿起小草，問道：「這是甚麼草？」朱子柳搖搖頭，並不識得。黃蓉拿近鼻邊一聞，覺得有一股惡臭，中人欲嘔。

一燈忙道：「郭夫人小心，這是斷腸草，含有劇毒。」黃蓉一怔，好生失望。武氏兄弟押著李莫愁到來，武修文聽一燈說這草含有劇毒，說道：「師娘，不如叫這萬惡的女魔頭把草吃了。」一燈道：「善哉！善哉！小小孩兒，不可多起毒心。」武修文急道：「師祖爺爺，難道對這惡魔，你也要心存慈悲麼？」

這時四周樹木著火，畢卜之聲大作，熱氣越來越難忍受。黃蓉道：「大夥先退向東北角石山上再說。」各人奔上斜坡，眼見屋宇連綿，已盡數捲入烈火之中。

李莫愁給點中了穴道，雖能行走，武功卻半點施展不出，暗自運氣，想悄悄衝開穴道，乘人不防便突然發難，縱然傷不了敵人，自己便可脫身逃走，那知眞氣一動，胸口小腹之中立時劇痛，忍不住「啊」的一聲叫了出來。她遍身受了情花之刺，先前還仗眞氣護身，花毒一時不致發作，這時穴道受制，眞氣渙散，花毒越發越猛。她胸腹奇痛，遙遙望見楊過和小龍女並肩而來，一個是英俊瀟洒的美少年，一個是嬌柔婀娜的俏姑娘，眼睛一花，模模糊糊的竟看到是自己刻骨相思的意中人陸展元，另一個卻是他的妻子何沅君。她衝口而出，叫道：「展元，你好狠心，這時還有臉來見我？」心中一動激情，花毒發作得更厲害了，全身打顫，臉上肌肉抽動。衆人見她模樣可怖已極，都不自禁的退開幾步。

李莫愁一生倨傲，從不向人示弱，但這時心中酸苦，身上劇痛，熬不住叫道：「我好痛啊，快救救我。」朱子柳指著天竺僧的遺體道：「我師叔本可救你，然而你殺死了他。」李莫愁咬著牙齒道：「不錯，是我殺了他，世上的男人女人我都要殺。我要死了，我要死了！你們爲甚麼活著？我要你們一起都死！」她痛得再也忍耐不住，突然間雙臂一振，猛向武敦儒手中所持長劍撞去。武敦儒無日不在想將她一劍刺死，好替亡母報仇，但忽地見她向自己劍尖上撞來，出其不意，吃了一驚，自然而然的縮劍相避。

李莫愁撞了個空，一個觔斗，骨碌碌的便從山坡上滾下，直跌入烈火之中。衆人齊聲驚叫，從山坡上望下去，只見她霎時間衣衫著火，紅燄火舌，飛舞身周，但她站直了身子，竟動也不動。衆人無不駭然。

小龍女想起師門之情，叫道：「師姊，快出來！」但李莫愁挺立在熊熊大火之中，竟絕不理會。瞬息之間，火燄已將她全身裹住。突然火中傳出一陣淒厲的歌聲：「問世間，情是何物，直教生死相許？天南地北……」唱到這裏，聲若遊絲，悄然而絕。

小龍女拉著楊過手臂，怔怔的流下淚來。衆人心想李莫愁一生造孽萬端，今日喪命實屬死有餘辜，但她也非天生狠惡，只因誤於情障，以致走入歧途，愈陷愈深，終於不可自拔，思之也不禁惻然生憫。陸無雙對滿門被害之仇一直念念不忘，然見她下場如此之慘，大仇雖然得報，心中卻無喜悅。黃蓉懷中抱著郭襄，想及李莫愁無惡不作，但生平也有一善，於郭襄有月餘養育之恩，於是拿著郭襄的兩隻小手，向火燄中拜了幾拜。

楊過從斷腸崖前趕回之時，本想到大廳去搶出綠萼的遺體，但火頭從大廳而起，沒行到半路，已望見廳堂四周烈燄衝天，這時火勢愈大，想起綠萼和李莫愁一善一惡，同爲殉情而死，同歸葬身火窟，心下黯然，不禁一聲長嘆。

便在此時，猛聽得東北角山頂上有人縱聲怪笑，有若梟鳴，極是刺耳。楊過衝口而出：「是裘千尺！她怎地到了那邊山頂上去？」小龍女心念一動，道：「咱們再問問她去，是否尚有絕情丹留下？」楊過苦笑道：「龍兒，龍兒，你到這時還想不透麼？」

黃蓉、武三通、朱子柳等聽小龍女如此說，均想：「何不便問問她去？倘若再求得丹藥，定要迫楊過服食，不容他再這般自暴自棄的毀丹尋死了。」人人心念相同，好幾人齊聲說道：「過去瞧瞧。」武氏父子、耶律齊、完顏萍等搶先拔足便奔。楊過嘆了口氣，微微搖頭，心想：「除非你們能求得仙丹靈藥，使我夫妻同時活命。」

程英一直在旁默默的瞧著他，突然道：「楊大哥，你不可不理大家的好心。咱們都過去罷！」她自來待楊過甚厚，楊過心中一直好生感激，雖他情有獨鍾，不能移愛，但對這位紅顏知己相敬殊深。兩人相識以來，她從沒求過他做甚麼事，這句話教楊過萬難拒卻，只得點頭應道：「好，大夥去瞧瞧她在山頂搗甚麼鬼。」

一行人依循裘千尺的笑聲奔向山頂。楊過見這山頂草木蕭瑟，正是當日他和公孫綠萼、裘千尺三人從洞中逃出生天之處。今日風物無異，而綠萼固已不在，自己在世上也已為日無多了。

衆人行到離山頂約有里許之處，已看清楚裘千尺獨自坐在山巔一張太師椅中，仰天狂笑，狀若瘋顛。陸無雙道：「她只怕是失心瘋了。」黃蓉道：「大家別走近了，這人心腸毒辣，須防有甚詭計。我瞧她未必便眞是瘋顛。」衆人怕她棗核釘厲害，遠遠的站住了腳。黃蓉提一口氣，正欲出言，忽見對面山石後轉出一人，藍衫方巾，正是公孫止。

他脫下長袍，拿在右手一揮，勁透衫尾，長袍登時挺得筆直，衆人暗暗喝采。只聽他大聲獰笑，喝道：「惡毒老婦，你一把大火，將我祖先數百年相傳的大好基業燒得乾乾淨淨，今日還饒得過你麼？」說著揮動長衫，向裘千尺奔去。

只聽得颼的一聲響，裘千尺吐出一枚棗核釘，向公孫止激射過去。破空之聲在高山之巓發出，鐵釘射程又遠，颼颼聲響，尖銳淩厲。公孫止長袍抖動，已將鐵釘裹住。棗核釘力道極強，但長袍將它勁力拉得偏了，雖刺破了數層長袍，卻已打不到身上。公孫止初時還料不定手中長袍是否眞能擋得住棗核釘，但心中惱怒已極，見她獨坐山巓，孤立無援，正是殺她的良機，否則待山下敵人趕到便不能下手了，是以冒險疾衝而上，待見棗核釘傷不得自己，腳下奔跑更速。

裘千尺見他奔近，驚叫：「快救人哪！」神色惶恐之極。郭芙道：「媽，這老頭兒要殺人了！」黃蓉心中不解：「這老婦明明沒瘋，卻何以大聲發笑，將他招來？」只聽得呼呼兩聲，裘千尺接連發出兩枚棗核釘，兩人相距近了，鐵釘去勢更急。公孫止長衫連揮，一一盪開，忽地裏他長聲大叫，身子猛然不見，縮入了地中。裘千尺哈哈大笑。

那笑聲只發出「哈哈……」兩響，地底下忽然飛出一件長袍，裹住裘千尺的坐椅，將她連人帶椅的拖進了地底。裘千尺的笑聲突然變爲尖叫，夾著公孫止驚惶恐怖的呼聲從地底傳上。兩股怪叫夾在一起，好一陣不絕，驀地裏一片寂靜，無聲無息。

衆人在山腰間看得清楚、聽得明白，面面相覷，不明其理，只楊過懂得其中緣故，不禁暗嘆：「報應，報應！」衆人加快腳步，奔到山巔，只見四名婢女屍橫就地，旁邊一個大洞，向下望去，黑黝黝的深不見底。

原來裘千尺在地底山洞中受盡了折磨，怨毒極深，先是一把火將絕情莊燒成了白地，再命婢女將自己抬到這山巔之上。當日楊過和綠萼從地洞中救她出來，便由這山巔的孔穴中脫身。她命四名婢女攀折樹枝，拔了枯草，將孔穴掩沒，然後以棗核釘射殺婢女，縱聲發笑，至於她發釘、吃驚，全是假裝，好使公孫止不起疑心。

公孫止不知這荒山之巔有此孔穴，飛步奔來時終於踏上了陷阱。但他垂死尚要掙扎，揮出長袍想拉住裘千尺的坐椅，以便翻身而上，豈知一拉之下，兩人一起摔落。想不到兩人生時切齒爲讎，到頭來卻同刻而死，同穴而葬。這一跌百餘丈，一對生死冤家化成一團肉泥，你身中有我，我身中有你，再也分拆不開。

楊過說出原委，衆人盡皆歎息。程英、耶律齊兄妹等掘了一個大坑，將四名婢女葬了。眼見絕情谷中火勢正烈，已無可安居之處，衆人於一日之間見了不少人死亡，覺得這谷中處處隱伏危機，均盼儘早離去。

朱子柳又道：「楊兄弟受毒後未獲解藥，我們須得及早去尋訪名醫，好爲他醫治。」衆人齊聲稱是。黃蓉卻道：「不，今日還去不得。」朱子柳道：「郭夫人有何高見？」黃蓉皺眉道：「我受了裘千尺棗核釘的震盪，一直內息不調，今晚委屈各位便在谷中露宿一宵，待明日再行如何？」衆人聽得她身子不適，自無異議，當下分頭去尋山洞之類的住宿之地。

小龍女和楊過並肩而行，正要下山，黃蓉道：「龍家妹妹，你過來，我有幾句話跟你說。」說著將郭襄交給郭芙抱著，過去攜了小龍女的手，向楊過微微一笑，道：「過兒，你放心，她既已和你成婚，我決不會勸她跟你離異。」楊過一笑不答，心中奇怪：「郭伯母又要跟她說些甚麼了？」見兩人攜手走到山下一株大樹下坐下，雖然納悶，卻也不便過去，轉念一想：「龍兒甚麼也不會瞞我，待會何愁她不說？」

黃蓉拉著小龍女的手坐下，說道：「龍家妹妹，我那莽撞胡塗的女孩兒對你和過兒多有得罪，我委實萬分過意不去。」小龍女道：「那沒甚麼。」心中卻道：「她一枚毒針要了我們兩人的性命，你縱然說萬分過意不去，又有甚麼用了？」

黃蓉見她神色黯然，心中更加歉仄。她當時未入古墓，未悉原委，只道銀針雖毒，亦不難治，當年武三通、楊過等均受其毒，後來一一治愈，那想得到小龍女卻是適當經脈逆轉之際為郭芙發針射中，實已制了她死命，說道：「有一件事我不明白，要向妹妹請教。你辛辛苦苦的奪得了絕情丹，過兒卻不肯服，竟投入了萬丈深淵之中，那是甚麼緣故？」小龍女輕嘆口氣，心想：「我性命已在旦夕之間，過兒對我情意深重，焉肯獨活？但事已至此，我又何必多說，徒然多起波瀾？」只道：「他脾氣有點古怪。」

黃蓉道：「過兒是個至性至情之人，想是他見公孫姑娘為此丹捨身，心中不忍，因此情願不服，以報答這位紅顏知己。妹妹，他這番念頭固令人起敬，但人死不能復生，他如此堅執，反倒違逆公孫姑娘捨身求丹之意了。」小龍女點了點頭。

黃蓉又道：「過兒只聽你一人的話，你好好勸勸他罷。」小龍女淒然道：「他便肯聽我的話，這世上又那裏再有絕情丹？」黃蓉說道：「絕情丹雖然沒有，他體內情花之毒未必便不能解，所難者是他不肯服藥。」小龍女又驚又喜，站起身來，說道：「那……那是甚麼解藥啊？」黃蓉拉著她手，道：「你坐下。」從懷中取出一株深紫色的小草，說道：「這是斷腸草，那位天竺師叔臨死之際，手中持著這棵小草。朱子柳大哥言道，他出去找尋解藥，突然中針而斃。你可見到他人雖斷氣，臉上猶帶笑容？自是因找到此草而喜。我師父洪七公他老人家曾道：凡毒蛇出沒之處，七步內必有解救蛇毒之藥，其他毒物，無不如此，這是天地間萬物生剋的至理。這斷腸草正好生在情花樹下，雖說此草具有劇毒，但我反覆思量，此草以毒攻毒，正是情花的對頭剋星。」

這番話只聽得小龍女連連點頭。黃蓉道：「服這毒草自是干冒大險，但反正已然無藥可救，咱們死裏求生，務當一試。據我細想，十成中倒有九成生效。」小龍女素知黃蓉多智，她既說得如此斷定，諒無乖誤，何況除此之外亦無他法。眼見李莫愁身上情花之毒發作，其疼痛難當之狀令人心悸魂飛，萬一斷腸草治不好情花之毒，楊過反而爲草藥毒斃，那也勝於因情花之毒發作而死。她低頭沉吟，心意已決，道：「好，我便勸他服食。」

黃蓉又從懷中取出一大把斷腸草來，交給了小龍女，說道：「我一路拔取，這許多總該夠了。你要他先服少量，運氣護住臟腑，瞧功效如何，再行酌量增減。」小龍女收入懷中，向黃蓉盈盈拜倒，低聲道：「過兒他……他一生孤苦，行事任性。郭夫人你要好好照看他些。」黃蓉忙伸手扶起，笑道：「你照看著他，勝我百倍，待襄陽圍解之後，咱們同到桃花島上盤桓些時。」

她雖聰明，卻那想得到小龍女自知命不久長，這幾句話是全心全意的求她照顧楊過。黃蓉抬起頭來，只見楊過遠遠站在對面山之中，凝望著小龍女。

楊過一直便望著小龍女，只聽不見她和黃蓉的說話，見黃蓉走開，便緩緩過來。小龍女站起身來，說道：「今兒見了許多慘事，可是咱們自己的日子也不多了。過兒，旁人的事兒，咱們一概不提，你陪我走走。」楊過道：「好，我也正是這個意思。」兩人手攜著手，順著山腰的幽徑走去。

行不多時，見一男一女並肩在山石旁喁喁細語，卻是武敦儒和耶律燕。楊過微微一笑，加快腳步，走過兩人身畔。忽聽前面樹叢中傳出嬉笑之聲，完顏萍奔了出來，後面一人笑道：「瞧你逃到那兒去？」完顏萍見到楊過二人，臉上一紅，叫道：「楊大哥、大嫂！」轉身奔入左首林中，跟著武修文從樹叢中出來，追入林去。

楊過低聲吟道：「問世間，情是何物？」頓了一頓，道：「沒多久之前，武氏兄弟爲了郭姑娘要死要活，可是一轉眼間，兩人便移情別向。有的人一生一世只鍾情於一人，但似公孫止、裘千尺這般，卻難說得很了。唉，問世間，情是何物？這一句話也眞該問。」小龍女低頭沉思，默默無言。

兩人緩緩走到山腳下，回頭只見夕陽在山，照得半天雲彩紅中泛紫，藍天薄霧襯著山頂積雪，美艷難言，兩人想到在世之時無多，對這麗景更是留戀。

小龍女痴痴的望了一會，忽問：「你說人死之後，眞要去陰世，眞有個閻羅王麼？」楊過道：「但願如此。陰世便有刀山油鍋諸般苦刑，也還是有陰世的好。否則，渺渺茫茫，咱倆可永不能相見聚會了。」小龍女道：「是啊，但願得眞有個陰世才好。聽說黃泉路上有個孟婆，她讓你喝一碗湯，陽世種種你便盡都忘了。這碗湯啊，我可不喝。過兒，我要永永遠遠記著你的恩情。」她善於自制，雖心中悲傷，語氣還是平平淡淡。楊過卻實在忍耐不住了，轉過身去，拭了拭眼淚。

小龍女嘆道：「幽冥之事，究屬渺茫，能夠不死，總是不死的好。過兒，你瞧這朵花兒多好看。」楊過順著她的手指，見路邊一朵深紅色的鮮花正自盛放，直有碗口來大，在風中微微顫動，似牡丹不是牡丹，似芍藥不是芍藥，說道：「這花當眞少見，隆冬之際，尙開得這般燦爛。我給他取個名兒，便叫作龍女花罷。」說著走過去摘下，插在小龍女鬢邊。小龍女笑道：「多謝你啦。給了我一朵好花，給花取了個好名兒。」

兩人又行一陣，在一片草地上坐了下來。小龍女道：「你還記得那日拜我爲師的情景麼？」楊過道：「怎不記得？」小龍女道：「你發過誓，說這一生永遠聽我的話，不管我說甚麼，你總是不會違拗。現下我做了你的媳婦，你說該當由我『出嫁從夫』呢，還是由你『不違師命』？」楊過笑道：「你說甚麼，我便做甚麼，師命不敢違，妻命更加不敢違。」小龍女道：「嗯，你可要記得才好。」

兩人偎倚著坐在草地上，遙遙聽見武三通高呼兩人前去用膳，楊過和小龍女相視一笑，均想：「何必爲了一餐，捨卻如此美景？」過了一會，天色漸黑，兩人累了一日一夜，身上又各受傷，終於都慢慢合上眼睛睡著了。

睡到中夜，楊過迷迷糊糊道：「龍兒，你冷嗎？」要伸手把她摟在懷裏，那知一摟卻摟了個空。楊過吃了一驚，睜開眼來，身邊空空，小龍女已不知到了何處。他急躍而起，轉身四望，冷月當空，銀光遍地，空山寂寂，花影重重，那裏有小龍女在？楊過急奔上山，大聲呼道：「龍兒，龍兒！」

他在山巔大叫：「龍兒，龍兒！」四下裏山谷鳴響，傳回來「龍兒，龍兒！」的呼聲，但小龍女始終沒回答。楊過心中驚詫：「她到了那裏去呢？這山中不見得有甚麼猛禽怪獸，便是有，也傷她不得。倘若夜中猝遇強敵，她睡在我身旁，我決不致毫無知覺。」

他這麼大聲呼叫，一燈、黃蓉、朱子柳等盡皆驚醒。衆人聽說小龍女突然不知去向，個個都大感詫異，分頭在絕情谷四周尋找，卻那有她的蹤跡？

楊過急奔疾走，如顛如狂。終於各人重行會聚，楊過也靜了下來，心想：「她必是自行離去，我才一無所知。但爲甚麼要走？此事定與郭夫人日間跟她所說的話有關。當日她悄然遠行，終於到這絕情谷來，也便因郭夫人一番說話而起。」大聲問道：「郭伯母，你日間到底跟她說了些甚麼話？」

黃蓉也想不出小龍女何以會忽地失蹤，見楊過額上青筋爆起，更是躭心，說道：「我要她勸你服那斷腸草，或可解你體內情花之毒。」楊過衝口而出：「她既活不成，我又何必獨自活在世間？」黃蓉安慰道：「你不用心急。龍姑娘一時不知去了那裏，她武功高強，那裏會有不測？怎說得上『活不成』三字？」楊過焦急之下，難以自制，大聲道：「你的寶貝女兒用冰魄銀針打中了她，那時她正當逆轉經脈療傷，劇毒盡數吸入了丹田內臟。她又不是神仙，怎麼還活得成？」

黃蓉怎料得到竟有此事？她雖聽女兒說在古墓中以冰魄銀針誤傷了楊龍二人，但想他夫妻均是古墓派傳人，與李莫愁同出一派，自有本門解藥，只不過一時疼痛，決無後患，這時聽楊過一說，驚得臉都白了。她動念極快，立時想到：「原來過兒不肯服那絕情丹，是爲了妻子性命難保，是以不願獨生。那麼龍姑娘去了那裏呢？」抬頭向公孫止和裘千尺失足墮入深洞的那山峯望了一眼，不禁打了個寒戰。

楊過目不轉瞬的凝視著她，黃蓉望著那山峯發顫，這心意他如何不知？霎時之間又驚又怒，說道：「她既性命難保，你便勸她自盡，好救我一命，是不是？你自以爲是對我一番善心，你……你……爲甚麼自始至終對我這麼狠毒……」說到這裏，氣塞胸臆，仰天便倒，竟暈了過去。

一燈伸手在他背上推拿了一會，楊過悠悠醒轉。黃蓉說道：「我只勸她救你性命，決沒勸她自盡，你如不信，也只由得你。」衆人面面相覷，不知該當如何。黃蓉道：「咱們上這山峯去瞧瞧。」衆人一齊上峯，向深洞中望下去，黑黝黝的甚麼也瞧不見。

程英忽道：「咱們搓樹皮打條長索，讓我到那深洞中去探一探。楊大嫂萬一……萬一不幸失足……」黃蓉點頭道：「咱們總須查個水落石出。」

各人舉刀揮劍，割切樹皮搓結繩索，人多力強，到天明時便已結成一條百餘丈的繩索。衆小輩紛紛請纓，自願下洞。楊過道：「我下去瞧。」衆人望著黃蓉，聽她示下。黃蓉知楊過對自己已然起疑，若出言阻止，他必不肯聽，但若讓他下去，說不定小龍女當眞跌死在內，他怎肯再會上來？一時躊躇不語。

程英毅然道：「楊大哥，我下去。你信得過我麼？」除小龍女外，楊過最服的便是程英，自己也確憂心如焚，手足無力，便點了點頭。武氏父子和耶律齊等拉住長索，將程英緩緩縋將下去。長索直放到只餘十多丈，程英方始著地。

衆人團團站在洞口周圍，誰都不開口說話，怔怔的望著山洞，只待程英上來傳報消息。各人盡皆心焦，程英始終遲遲不上。黃蓉和朱子柳對望一眼，兩人同樣的心思：「倘若小龍女眞的死在下面，楊過定要躍下洞去，須得及時拉住了他。」

楊過向黃蓉和朱子柳望了一眼，心道：「我要尋死，自會悄悄的自求了斷，難道會在這兒跟你們拉拉扯扯，效那愚夫愚婦所爲麼？」

只見武三通手中執著的繩索突然晃動，郭芙、武氏兄弟等齊聲叫道：「快拉她上來。」各人合力拉繩，將程英吊上。程英未出洞口，已大聲叫道：「沒有，楊大嫂不在。」衆人大喜，不約而同吁了口長氣。片刻間程英鑽出洞來，說道：「楊大哥，我到處都仔細瞧過了，下面只有公孫止夫婦粉身碎骨的遺骸，再無別物。」

朱子柳沉吟道：「咱們四下裏都找遍了，想來龍姑娘此時定已出谷。」陸無雙忽道：「還有一處沒去瞧過，說不定她正在設法撈那顆絕情丹上來……」

楊過心頭一震，沒聽她說完，發足便往斷腸崖奔去。他一面急奔，一面大呼：「龍兒，龍兒！」到得崖前，俯視深谷，但見灰霧茫茫，那有人影？

尋思：「龍兒心思單純，如有甚麼心事，決計不會對我隱瞞。」逐一回想小龍女說過的言語：「她只說過，要我記得永遠聽她吩咐的誓言。我自是永不違拗她的心意，那又何消說得？可是她並沒吩咐過我甚麼啊？」抬起頭來，低聲道：「龍兒，龍兒，你到底去了那裏？要我遵從你甚麼話呢？」眼望著對面的斷腸崖，隱隱約約間便似見一個白衣姑娘鬢佩紅花、身形飄忽，手執雙劍正與公孫止激鬥。他大叫一聲：「龍兒！」一定神，那裏有小龍女在？只見一團團白霧隨風飄盪而已，但那朵紅花卻當眞是在對面山崖之下。

他心中奇怪：「昨日龍兒與公孫止在此相鬥，明明未見有此花在。此處全是山石，草木不生，怎會有花？若說是風吹來，又怎能如此湊巧？」提一口氣，從石樑奔到崖上。走到臨近，不禁胸口騰的一震，這正是他昨日摘來插在小龍女鬢邊那一朵，左側兩片花瓣微現憔悴之色，他認得清清楚楚，昨晚臨睡，這朵紅花仍在小龍女鬢邊，花既在此，小龍女昨夜自是到過此處了。

楊過俯身拾起花朵，只見花下有個紙包，忙打開紙包，裏面包著一束深紫色的小草，正是情花樹下的斷腸草。他心中怦怦亂跳，拿著那張包草的白紙翻來覆去細看，上面並無字跡，忽聽得隔崖陸無雙叫道：「楊大哥，你在那邊幹麼啊？」楊過一回頭，猛見崖壁上用劍尖刻著兩行字，一行大的寫道：「十六年後，在此重會，夫妻情深，勿失信約。」另一行較小的字寫道：「小龍女囑夫君楊郎，珍重萬千，務求相聚。」

楊過痴痴的望著那兩行字，一時間心慌意亂，實不明是何用意，心想：「她約我十六年後在此重會，那麼她到那裏去了呢？她身中劇毒，難以痊可，十天半月都未必挨得到，怎能有十六年之約？她明明知道我已將絕情丹擲去，又怎能期我於十六年之後？」他越想心緒越亂，身子搖搖欲墜。

衆人在對崖見他如痴如狂，深怕他一個失足，便此墮入谷底深淵。倘若過去相勸，那崖上只能再容一人，如楊過眞的發起狂來，他武功又高，沒人制他得住，勢必爲他一同拖墮深淵。黃蓉眉頭微蹙，對程英道：「師妹，他似乎還肯聽你話。」程英點點頭，道：「是！我過去瞧瞧。」說著飛身上了石樑，向楊過走去。

楊過聽得背後腳步聲，大聲喝道：「誰也不許過來！」猛地轉身，眼中射出兇光。程英柔聲道：「楊大哥，是我啊。我來幫你尋找楊大嫂，別無他意。」楊過凝視著程英，過了半晌，眼色漸漸柔和。

程英向前走了一步，問道：「這朶紅花，是楊大嫂留下的麼？」楊過道：「是啊。爲甚麼要十六年？爲甚麼要十六年？」程英緩步走到崖上，順著楊過的目光，向石壁上那兩行字低聲讀了一遍，也大惑不解，說道：「郭夫人足智多謀，料事如神，誰也比她不上。咱們問她去，必有明解。」楊過道：「不錯。石樑滑溜，你腳下小心。」飛身回到對山，將崖壁的兩行字對黃蓉說了。

黃蓉默默沉思了一會，突然兩眼發亮，雙手一拍，笑道：「過兒，大喜，大喜！」楊過驚喜交集，顫聲道：「你說……說是喜訊麼？」黃蓉道：「這個自然。龍家妹子遇到了南海神尼，當眞曠世奇緣。」楊過臉色迷惘，問道：「南海神尼？那是誰？」

黃蓉道：「南海神尼是佛門中的大聖，佛法與武功上的修爲都深不可測。只因她足跡罕履中土，是以中原武林人士極少有人知她老人家的大名。我爹爹當年曾見過她一面，承蒙授以一路掌法，一生受用無窮。嗯，那是十六、三十二，不錯，是三十二年之前的事了。」楊過將信將疑，喃喃的道：「三十二年？」

黃蓉道：「是啊，這位神尼只怕已近百歲高齡。我爹爹說，每隔十六年，她老人家便來中土一行，惡人撞到了她那是前世不修。好人遇到了，她老人家必有慈悲。龍家妹子這等美艷如仙的人物，她老人家一定十分喜歡，將她收作徒兒，帶到南海去了。」楊過喃喃的道：「隔十六年，隔十六年。一燈大師，此事當真麼？」一燈「嗯」的一聲。

黃蓉搶著道：「這位神尼佛法雖深，脾氣卻有點古怪。大師，你見過她老人家麼？」一燈搖頭道：「老衲無緣，未曾得見。」黃蓉嘆道：「她老人家便是有一點不通情理，想人家少年夫妻，如花年華，卻要他們生生的分隔十六年，那不是太殘忍了麼？龍妹妹武功已這麼高，再學十六年，難道真要把丈夫制得服服貼貼才罷手麼？」說著哈哈一笑。楊過道：「不，郭伯母，那倒不是的。」黃蓉問道：「怎麼？」楊過道：「龍兒毒入臟腑，性命難保，倘若真的蒙神尼她老人家垂青，那麼這十六年之中，定是神尼以大神通驅除她體內劇毒。我總道……總道那是再也治不好的了。」

黃蓉嘆了口氣，說道：「芙兒莽撞傷人，我……我真慚愧無地。過兒，你這番猜測似乎更近情理。龍妹妹毒入臟腑，神尼便有仙丹妙藥，也非短時能將劇毒除盡。只盼她早日康復，神尼忽發善心，不用這麼久，便放她和你相會了。」

楊過從未聽說過「南海神尼」的名字，心頭恍恍惚惚，欲待不信，但花草在手，字跡在石，卻是千真萬確，小龍女如真遇到不測，又怎能有十六年之約？他沉吟半晌，又問：「郭伯母，你怎知是南海神尼收了她去？她又怎地不在壁上書下真情，也好免我牽掛？」黃蓉道：「我是從『十六年後』這四字中推想出來的。我只知南海神尼每隔十六年一履中土，除她之外，並無別人有此等奇習。一燈大師，你想得起另有旁人麼？」

一燈搖頭道：「沒有。」黃蓉道：「這位神尼連她名字也不准旁人提，怎許龍妹妹在石上書她名號？就可惜這斷腸草不知能否解得你體內之毒，倘若……唉，十六年後龍妹妹欣然歸來，要是見不到你，只怕她也不肯再活了。」

楊過眼眶淚水充盈，望出來模糊一片，依稀若見對面崖上有個白影徘徊，似是十六年後小龍女在此尋覓，卻失望傷心，尋不到自己。一陣冷風吹來，他機伶伶打個冷戰，毅然道：「郭伯母，那我便到南海去找她，但不知神尼她老人家駐錫何處？」

黃蓉道：「你千萬莫作此想，南海神尼所住的大智島豈容外人涉足？而男子一登此島，更立召殺身之禍。我爹爹頗蒙神尼青目，也從未敢赴大智島拜謁。龍妹妹既蒙神尼她老人家收留，相見有日，十六年彈指即過，又何必急在一時？」

楊過瞪著黃蓉，厲聲道：「郭伯母，你這番話到底是眞是假？」黃蓉道：「你再去瞧瞧石壁上的字跡，若非龍家妹子所書，我說的自然也未必是眞。」楊過道：「那字跡沒錯。她寫我這『楊』字，右邊那『日』字下總是少寫一畫，這不是別人假冒的。」黃蓉拍手道：「那便好了。不瞞你說，我只覺此事太過湊巧，一直還疑心是朱大哥暗中布置了來讓你寬心的呢。」

楊過低頭沉思半晌，說道：「好，我便服這斷腸草試試，倘若無效，十六年後，請郭伯母告知我那苦命的妻子罷！」轉頭向朱子柳說道：「朱大叔，但不知這草如何服法？」朱子柳只知這斷腸草劇毒無比，如何用來以毒攻毒卻全無頭緒，向一燈道：「師父，此事須聽你老人家示下。」

一燈伸出右手食指，在楊過的「少海」、「通里」、「神門」、「極泉」四處穴道上緩緩各點一指。這四穴都屬於陽氣初生的「手少陰心經」。楊過但覺一股暖氣自四穴通向胸口，心中悶塞之意立時大減。一燈道：「情花之毒既與心意相通，料想斷腸草解毒之時也必攻心。我點你四穴，護住心脈。你先服一棵試試。」楊過躬身道謝。一燈嘆道：「我師弟若在，他必能配以君臣調和的良藥，也不用咱們這般提心吊膽的暗中摸索了。」

楊過當得悉天竺僧為李莫愁打死之時，料知小龍女無法治愈，死志早決，但此刻想到十六年之約，求生意念復又大旺，取出一棵斷腸草來，放入口中慢慢咀嚼，但覺奇臭無比，而其味苦極，遠勝黃連。他連草帶汁吞入肚中，此前他不願獨活，這時卻惟恐先死，只怕十六年後小龍女重來斷腸崖時找不到自己，那時她傷心失望，如何能忍？盤膝坐下，潛運內力，護住心脈和丹田，過不多時，腹中猛地一動，跟著便即大痛。

這痛楚就如千萬枚鋼針同時在腹中扎刺，又如肚腸寸寸斷絕，「斷腸」二字，實非虛言。楊過一聲不哼，出力強忍，約莫過了一盞茶時分，疼痛更遍及全身，四肢百骸，盡受荼毒，但一塊心田始終暖和舒暢，足見一燈大師的一陽指神功委實精深卓絕。這番疼痛足足持續了小半個時辰，他才覺痛楚又漸漸回歸肚腹，忽地哇的一聲，吐出一大口血來。這口血殷紅燦爛，比尋常人血鮮艷得多。

程英、陸無雙等見他吐血，都「啊」的一聲輕呼。一燈大師卻臉有喜色，低聲道：「師弟，師弟，你雖身死，仍有遺惠於人。」楊過一躍而起，說道：「我這條命是天竺神僧、大師和郭伯母三位救的。」

陸無雙喜道：「你身上的毒質都解去了嗎？」楊過道：「那有這麼快？但既知此草有效，每日服他一棵，毒性總能逐步減輕。」陸無雙道：「你怎知毒性何日除淨？如果體內已經無毒，你仍吃之不已，豈不是肚腸都爛斷了麼？」楊過道：「這個我可自知，如毒性未淨，倘若……倘若心中情欲不淨，胸口便會劇痛。」

郭芙一直在旁怔怔聽著，突然插口道：「楊大哥只想念楊大嫂，他才不會想念你呢。」昨日公孫止以黑劍削來，郭芙得陸無雙提醒，舉臂擋過，當時只道她是好意，倒也頗爲感激，但後來越想越不對，陸無雙既不知道自己身披軟蝟甲，更不會好心提醒，自然是想爲楊過報斷臂之仇，要自己也斷一臂，用心甚惡，心中怒氣鬱積已久，這時忍不住出言譏嘲。黃蓉忙喝：「芙兒你瞎說甚麼？」陸無雙卻已滿臉飛紅。

郭芙仍不住口，說道：「十六年後楊大嫂便要回來，你不用痴心妄想。」陸無雙再也忍耐不住，戟指喝道：「若不是你，楊大哥又何用與楊大嫂分手一十六年？你自己想想，你害得楊大哥可有多慘？」郭芙秀眉一揚，待要反唇相稽。黃蓉厲聲喝道：「芙兒，你再對人無禮，你立時自行回桃花島去，不許你去襄陽。」郭芙不敢再說，只對陸無雙怒目而視。

楊過長嘆一聲，對陸無雙道：「這件事陰差陽錯，郭姑娘也不是有意害人。無雙妹子，此事今後不用再提了。」陸無雙聽他叫自己為「無雙妹子」，而叫郭芙為「郭姑娘」，顯然分了親疏，心中一喜，向郭芙扮個鬼臉。

一燈道：「楊少俠服斷腸草而身子不損，看來這草確有解毒之效，但為求萬全，不宜連續服食，等七日之後，再服第二次。那時你仍須自點這四處穴道護住心脈，所服藥草，份量也須酌減。」楊過躬身道：「多謝大師教誨。晚輩遵行。」

黃蓉見太陽已到了頭頂，說道：「咱們離襄陽已久，不知軍情如何，我甚是牽掛，今日便要回去。過兒，你也一起去襄陽罷，郭伯父想念你得緊呢。」楊過道：「我要在這裏等候我妻子。」郭芙奇道：「你要在此等她十六年？」楊過道：「我不知道，反正我也沒別的地方好去。」黃蓉道：「你在這裏再等十天半月，也是好的。只盼龍家妹子途中能差人傳個訊或寫封信來。如龍家妹子眞無音訊，你便到襄陽來。」楊過怔怔瞧著對面山崖，並不答應。

眾人與楊過作別。郭芙見陸無雙並無去意，忍不住問道：「陸無雙，你在這裏陪伴楊大哥麼？」陸無雙臉上一紅，道：「跟你有甚麼相干？」程英接口道：「楊大哥尚未痊愈，我和表妹留著照料他幾天。」

黃蓉知道這個小師妹外和內剛，要是女兒惹惱了她，說不定後患無窮，忙向郭芙橫了一眼，不許她多說多話，說道：「過兒有小師妹和陸姑娘照料，那再好也沒有了。待他體內毒性全解之後，三位請結伴到襄陽來，我們夫婦掃榻相候。」

楊過、程英、陸無雙三人佇立山邊，眼望一燈、黃蓉等一行人漸行漸遠，終於為林梢遮沒。山林中大火燒了一夜，這時已漸熄滅。

楊過道：「兩位妹妹，我有一個念頭，說出來請勿見怪。」陸無雙道：「誰會見怪你了？」楊過道：「咱三人相識以來，甚是投緣，我並無兄弟姊妹，意欲和兩位義結金蘭，從此兄妹相稱，有如骨肉。兩位意下如何？」程英心中一酸，知他對小龍女之情生死不渝，因有十六年遙遙相待，故要定下兄妹名份，以免日久相處，各自尷尬，但見陸無雙低下了頭，眼中含淚，忙道：「咱兩人有這麼一位大哥，眞是求之不得。」

陸無雙走到一株情花樹下，拔了三棵斷腸草，並排插好，笑道：「人家結拜時撮土為香，咱三人別開生面，插草為香。」她雖強作歡顏，但說到後來，聲音已有些哽咽，不待楊過回答，先盈盈拜了下去。楊過和程英也在她身旁跪倒，拜了八拜，各自敘禮。

楊過道：「二妹、三妹，天下最可惡之物，莫過於這情花花樹，倘若樹種傳出谷去，流毒無窮。咱們發個願心，把它盡數毀了，你說可好？」程英道：「大哥有此善願，菩薩必保佑你早日和大嫂相聚。」楊過聽了這話，精神爲之一振。

當下三人到火場中撿出三件鐵器，折下樹枝裝上把手，將谷中尙未燒去的情花花樹一株株砍伐下來燒毀。谷中花樹爲數不少，又要小心防備花刺，因此直忙到第六日，方始砍伐燒毀乾淨。三人惟恐留下一株，禍根不除，終又延生，在谷中到處尋覓，再無情花花枝和果實種子的蹤跡，這才罷手。經此一役，這爲禍世間的奇樹終於在楊程陸三人手下滅絕，後人不復再睹，三人當眞做了一件極大善舉。

次日清晨，陸無雙取出一棵斷腸草，道：「大哥，今天你又要吃這毒草了。」

楊過有了七日前的經歷，知道斷腸草雖毒，自己儘可抵禦得住，於是自點護心的四處穴道，取過一棵斷腸草，摘去少許，嚼爛嚥下。這一次他體內毒性已經減輕，所服草藥已減，疼痛也不若上次那麼厲害，過了小半個時辰，嘔出一口鮮血，疼痛即止。

楊過站直身子，舒展了一回手腳，見程英和陸無雙都滿臉喜色，心想：「這兩個義妹如此待我，生平有這樣一個紅顏知己，已可無憾，何況兩個？只是我卻無以爲報。」微一沉吟，心想：「二妹得遇明師，所學大是不凡，只須假以時日，循序漸進，便能達一流高手之境。三妹遭際卻遠不如她。」說道：「三妹，你的師父和我師父是師姊妹，說起來咱二人還是師兄妹。咱們古墓派最精深的武功，載在《玉女心經》之中。李莫愁畢生心願，便是想一讀此經，卻到死未能如願。左右無事，我便傳你一些本門的武功如何？」陸無雙大喜，道：「多謝大哥，下次再撞到郭芙，便不怕她無禮了。」

楊過微微一笑，當下將《玉女心經》中的口訣，自淺至深的說給她聽，說道：「你先把口訣記熟，練功之時可請二妹助你。這谷中無外人到來，正是練功的絕妙所在。」

此後數日，陸無雙專心致志的記誦《玉女心經》，她所學本是古墓派功夫，一脈相通，易於領會。漸漸學到深奧之處，陸無雙不能明曉，楊過便加指點。楊過又教她儘管囫圇吞棗的硬記，日久自通。如此教了將近一月，陸無雙將整部心經從頭至尾的記全了，反覆背誦，再無遺漏。

《玉女心經》的精要本在兩人聯手拒敵，兩心相通，當年林朝英便未能與王重陽在這最要緊的關鍵上心心相印，終於遺恨而終。傳到小龍女、楊過手裏，方得完成。楊過深知陸無雙對己鍾情，自己卻未能回報，於這《玉女心經》中兩心相通的部分，便草草略過，不加詳述，以免更惹陸無雙煩惱。好在《玉女心經》中其他神妙武功尚多，陸無雙習到之後，武功大進，此後雖不再與郭芙動手，但自知已高出她何止倍蓰，再不屑以她爲對手，見之只微微一笑，便不加理睬了。

這些日中，楊過每隔七日，便服一次斷腸草解毒，服量逐次減少。

一日早晨，陸無雙與程英煮了早餐，等了良久，不見楊過到來，二人到他所歇宿的山洞去看時，只見地下泥沙上劃著幾個大字：「暫且作別，當圖後會。兄妹之情，皎如日月。」

陸無雙一怔，道：「他……他終於去了。」發足奔到山巔，四下遙望，程英隨後跟至。兩人極目遠眺，惟見雲山茫茫，那有楊過的人影？陸無雙心中大痛，哽咽道：「你說他……他到那裏去啦？咱們日後……日後還能再見到他麼？」

程英道：「三妹，你瞧這些白雲聚了又散，散了又聚，人生離合，亦復如斯。你又何必煩惱？」她話雖如此說，卻也忍不住流下淚來。

楊過在斷腸崖前留了兩月有餘，將《玉女心經》傳了陸無雙，始終沒再得到小龍女半點音訊蹤跡，知道再等也無用，拔了一束斷腸草藏在懷中，沙上留字，飄然離去。他心總不死，盼望小龍女又回到了終南山，當下又去古墓，但見鳳冠在床，嫁衣委地，徒增一番傷心而已。

下得山來，在江湖上東西遊蕩，忽忽數月，這日行近襄陽，見蒙古軍燒成白地的廢墟中已新添了些草舍茅寮，人煙漸聚，顯是近數月中蒙古鐵蹄並未南下。他雖牽記郭靖，但不願見郭芙之面，心想：「與鵰兄睽別已久，何不前去一訪？」當下覓路赴荒谷而來。

行近劍魔獨孤求敗昔年隱居之所，便縱聲長嘯，邊嘯邊走，過不多時，只聽得前面山腰中傳來呱呱鳴聲。一抬頭，見神鵰蹲在一株大樹之下，雙爪正按住一頭豺狼。神鵰見到楊過，放開豺狼，大踏步過來。那豺狼死裏逃生，夾著尾巴鑽入草叢。楊過抱住神鵰，一人一禽，甚爲親熱，一齊回到石室。他想離此不過數月，卻已自生入死，自死出生，悲歡聚散，經歷了無數變故，只可惜神鵰不會說話，否則大可向牠一吐心懷。

如此數日，他便在荒谷中與神鵰爲伴，這日閒著無事，漫步來到獨孤求敗埋劍的山崖之前。縱躍上崖，看到朽爛木劍下的石刻：「四十歲後，不滯於物，草木竹石均可爲劍。自此精修，漸進於無劍勝有劍之境。」心想：「我持玄鐵重劍，幾已可無敵於天下，但瞧獨孤前輩遺言，顯是木劍可勝玄鐵重劍，而最後無劍卻又勝於木劍。龍兒既說須十六年後方得相見，這漫漫十餘年中，我就來鑽研這木劍勝鐵劍、無劍勝有劍之法便了。」

於是折攀樹枝，削成一柄木劍，尋思：「玄鐵劍重逾八十斤，這柄輕飄飄的木劍要能以輕制重，只有兩途：一是劍法精奧，以快打慢；一是內功充沛，恃強克弱。」

自此而後，他日日夜夜勤修內功，精研劍術，每逢大雨之後，即到山洪之中與水相抗，以增出招之力，不覺夏盡秋來，自秋而冬，楊過用功雖勤，內力劍術卻進展均微。

心知自己修爲本來已至頗高境界，百尺竿頭再求進步，實甚艱難，倒也並不煩躁。

這一日天下大雪，神鵰歡呼一聲，躍到曠地上，展開雙翅，捲起一股勁風，將雪片吹了開去，楊過心念一動：「冬日並無山洪，雪中練劍也是絕妙法門。」但見神鵰雙翅捲動之力越來越大，雪花下得雖密，竟沒半片飄落身上。

楊過興起，提起木劍，也到雪中舞了起來，同時右手袖子跟著揮動，每見雪花飄落，或以劍風、或用袖力盪開雪花，如此玩了半日，木劍和袖子的力道均覺頗有增進。

這雪一連下了三日，楊過每日均在雪中練劍。到第三日下午，雪下得更加大了，楊過正凝神揮劍擊雪，神鵰突然揮翅向他掃來。楊過沒加防備，險些掃中，縱身急躍相避，但額頭上微感冰涼，已有兩片雪花黏了上來，立時想到：「那日在懸崖之上，鵰兄揮翅與我搏擊，令我劍術大進，今日又在和我練劍了。」伸出木劍還刺，喀喇一響，木劍與鵰翅相碰，立時折斷。神鵰不再進擊，卻翅而立，啾啾低鳴，神色間竟有責備之意。

楊過心想：「要以木劍和你的驚人神力相抗，只有側避閃躍，乘隙還擊。」又削了一柄木劍，在雪地中再與神鵰鬥了起來。這一次卻支持到十餘招，木劍方斷。

如此勤練不休，楊過見神鵰毫無怠意，督責甚嚴，心中又感激，又慚愧，暗想：「我若練不成木劍，如何對得住鵰兄一番美意？而這番曠世難逢的奇緣，又怎能任他白白錯過？」因此縱在睡夢之中，也在思索如何避招出招，如何增厚內力。練功既勤，對小龍女的相思倒也不再如數月前那麼心焦如焚了。這時體內情花之毒早已盡解，內力既增，體魄日壯，已非復昔日的憔悴容顏。

眼見天寒地凍，與小龍女分手將屆周年，楊過道：「鵰兄，我欲去絕情谷一行，今日和你暫別。」攜了木劍，出谷而去。神鵰跟了出來，行到岔道，楊過向神鵰一揖，踏上向北的大道，不料神鵰咬住他衣衫，拉他向南。楊過道：「鵰兄，我往北有事，咱們就此別過。」但神鵰不住拉他往南。楊過奇怪：「鵰兄往日甚是解事，何以此刻卻如此固執？」苦在言語不通，只得跟著牠向南。神鵰見他跟來，便放開口不再拉他衣衫，但只要楊過轉身向北，便咬住他衫角不放。楊過心想：「鵰兄至為神異，拉我向南，必有深意，我跟牠前往便是了。」消了赴絕情谷之意，跟著神鵰，直往東南方而來。

行了十餘里，楊過驟然間心中一動：「鵰兄壽高通靈，莫非牠引我到南海去和龍兒相會麼？」想到此處，胸口熱血奔騰，難以抑止，邁開大步，隨著神鵰疾馳。只兩個月間，已抵東海之濱。

他站在海邊石上，遠眺茫茫大海，眼見波濤洶湧，心中憂喜交集。過不多時，耳聽得遠潮隆隆，聲如悶雷，連續不斷。他幼時曾在桃花島住過，知道海邊潮汐有信，每日子午兩時各漲一次，這時紅日當空，又是漲潮之時。潮聲愈來愈響，轟轟發發，便如千萬隻馬蹄同時敲打地面一般，但見一條白線向著海岸急衝而來，這股聲勢，比之雷震電轟更爲厲害。楊過見天地間竟有如斯之威，臉上不禁變色。

一轉瞬間，海潮已衝至身前，似欲撲上岩來。楊過縱身後躍，突覺背心一股極大勁力推到，正是神鵰展翅撲擊。他身在半空，不由自主，噗通一聲，跌入了滔天白浪，口中一鹹，喝下了兩口海水。

此時處境甚危，幸好在山洪之中習劍已久，當即打個「千斤墜」，在海底石上牢牢釘住身軀。海面上波濤山立，海底卻較爲平靜。他略一凝神，已明其理：「原來鵰兄引我到海畔來，是要我在怒濤中練劍。」雙足一點，竄出海面，勁風撲臉，迎頭一股小山般的大浪當頭蓋下。他沉下海底，雙足在海底岩石上使勁一撐，出水躍過浪頭，急吸一口長氣，重又回入海底。

如此反覆換氣，待狂潮消退，他也已累得臉色蒼白。當晚子時潮水又至，他攜了木劍，躍入白浪之中揮舞，潮水之力四面八方齊至，渾不如山洪般只自上衝下，每當抵禦不住，便潛入海底暫且躲避。

似此每日習練兩次，未及一月，自覺功力大進，若在旱地上手持木劍擊刺，隱隱似有潮湧之聲。此後神鵰與他撲擊爲戲，便避開木劍正面，不敢以翅相接。

一日楊過殺得興起，揮劍削出，使上了十成力氣。神鵰呱的一聲大叫，向旁閃躍。楊過收勢不及，一劍斬在一株小樹上，木劍破折，小樹的樹幹卻也從中斷截。楊過手執斷劍的劍柄，心想：「這木劍脆薄無力，竟能斷樹，自是憑藉了我手上勁力，將來樹斷而劍不斷，那便可差近獨孤前輩當年神技了。」

春去秋來，歲月如流，楊過日日在海潮之中練劍，日夕如是，寒暑不間。木劍擊刺之聲越練越響，到後來竟有轟轟之聲，響了數月，劍聲卻漸漸輕了，終於寂然無聲。又練數月，劍聲復又漸響，自此從輕而響，從響轉輕，反覆七次，終於欲輕則輕，欲響則響，練到這地步時，屈指算來在海邊已有六年了。

這時候楊過手仗木劍，在海潮中迎波擊刺，劍上所發勁風已可與撲面巨浪相拒，神鵰縱然力道驚人，也已擋不住他木劍的三招兩式，這時他方體會到劍魔獨孤求敗暮年心境：「以此劍術，天下復有誰能與抗手？無怪獨孤前輩自傷寂寞，埋劍窮谷。」又想：「若不是鵰兄當年目睹獨孤前輩練劍法門，我又焉能得此神技？我心中稱牠為鵰兄，其實牠乃是我的良師。說到年歲，更不知牠已有多大，只怕叫牠鵰公公、鵰爺爺，便也叫得。」

在海畔練劍之時，不斷向海船上的歸客打聽南海島中可有一位神尼。但數年中問過千百個舟師海客，竟沒半點音訊，便也漸漸絕了念頭，心想不到十六年期限，終究難與小龍女相會。

某一日風雨如晦，楊過心有所感，當下腰懸木劍，身披敝袍，一人一鵰，悄然西去，自此足跡所至，踏遍了中原江南之地。

注：「問世間，情是何物，直教生死相許？」一詞，調寄〈邁陂塘〉，作者是金人元好問，作於金泰和五年，其時李莫愁尚未出生。元好問到山西太原應試，路上見有捕雁者，稱今日捕一雁，殺之，脫網一雁，悲鳴不去，竟投地自殺。元好問買之而葬，樹一碑，書「雁丘」，其詞上闋「……生死相許，天南地北雙飛客，老翅幾回寒暑，歡樂趣，離別苦，就中更有癡兒女，君應有語，渺萬里層雲，千山暮雪，隻影向誰去？」意思說，本來是雙宿雙飛，今後飛渡萬里層雲，千山暮雪，只有孤孤單單，獨個兒到那裏去呢？

風陵渡的客店中，郭芙、郭襄、郭破虜三姊弟坐在火堆旁烤火，聽衆客述說神鵰俠的種種豪俠義舉。郭襄悠然神往，只盼能見一見這位神鵰大俠。

# 第三十三回　風陵夜話

大宋理宗皇帝開慶元年，是爲蒙古大汗蒙哥接位後的第九年，時值三月殘春，黃河北岸的風陵渡渡頭擾攘一片，驢鳴馬嘶，夾著人聲車聲，這幾日天候乍暖乍寒，黃河先曾解了凍，但這日北風一颳，天時驟寒，忽然下雪，河水重又凝冰。冰雖不厚，但水面不能渡船，冰上又不能行車，許多要渡河南下的客人都給阻在風陵渡口，沒法啓程。風陵渡頭雖有幾家客店，但南下行旅源源不絕，不到半天，早住得滿了，後來的客商已無處可以住宿。

鎮上最大的一家客店叫作「安渡老店」，取的是平安過渡的采頭。這家客店客舍寬大，找不到店的商客便都湧來，因此分外擁擠。掌櫃的費盡唇舌，每一間房中都擠了五六人，餘下的二十來人委實無可安置，只得都在大堂上圍坐。店夥搬開桌椅，在堂中生了一堆大火。門外北風呼嘯，寒風挾雪，從門縫中擠將進來，吹得火堆時旺時暗。衆客看來明日多半仍不能成行，眉間心頭，均含愁意。

天色漸暗，雪卻越下越大，忽聽得馬蹄聲響，三騎馬急奔而至，停在客店門口。堂上一個老客皺眉道：「又有客人來了。」

果然聽得一個女子聲音說道：「掌櫃的，給備兩間寬敞乾淨的上房。」掌櫃的陪笑道：「對不住您老，小店早住得滿滿的，委實騰不出地方來啦。」那女子說道：「好罷，那麼便一間好了。」那掌櫃道：「當眞對不住，貴客光臨，小店便要請也請不到，可是今兒實在是客人都住滿了。」那女子揮動馬鞭，啪的一聲，在空中虛擊一記，叱道：「廢話！你開客店的，不備店房，又開甚麼店？你叫人家讓讓不成麼？多給你錢便是了。」說著便向堂上闖了進來。

衆人見到這女子，眼前都斗然一亮，只見她年紀三十有餘，杏臉桃腮，容顏端麗，身穿寶藍色錦緞皮襖，領口處露出一片貂皮，服飾頗爲華貴。這少婦身後跟著一男一女，都是十五六歲年紀，男的濃眉大眼，神情粗豪，女的卻淸雅秀麗。那少年和少女都穿淡綠緞子皮襖，少女頸中掛著一串明珠，每顆珠子都一般的小指頭大小，發出淡淡光暈。衆客商爲這三人氣勢所懾，本在說話的人都住口不言，呆呆望著三人。

店伴躬身陪笑道：「奶奶，你瞧，這些位客官們都是找不到店房的。你三位倘若不嫌委屈，小的讓大家挪個地方，就在這兒烤烤火，胡亂將就一晚，明兒天時轉暖，河面融了冰，說不定就能過河。」那少婦心中好不耐煩，但瞧這情景卻也屬實情，蹙起眉頭不語。坐在火堆旁的一個中年婦人說道：「奶奶，你就坐到這兒，烤烤火，趕了寒氣再說。」那美貌少婦道：「好，多謝你啦。」坐在那中年婦人身旁的男客趕緊向旁挪移，讓出老大一片地方來。

三人坐下不久，店夥在他們身前放下一張矮几，布上碗筷，再送上飯菜。菜餚倒也豐盛，鷄肉俱有，另有一大壺白酒。那美貌少婦酒量甚豪，喝了一碗又一碗，那少年和那文秀少女也陪著她喝些，聽他三人稱呼，乃是姊弟。那少年年紀似較少女爲大，卻叫她「二姊」。衆人圍坐在火堆之旁，聽著門外風聲虎虎，一時都無睡意。

一個山西口音的漢子說道：「這天氣當眞折磨人，一會兒解凍，一會兒結冰，老天爺可眞不給人好日子過。」一個湖北口音的矮個子道：「你別怨天怨地啦，咱們在這兒有個熱火兒烤，有口安穩飯吃，還爭甚麼？你只要在我們襄陽圍城中住過，天下再苦的地方都變成了安樂窩。」那美貌少婦聽到「襄陽圍城」四字，向弟妹二人望了一眼。

一個廣東口音的客人問道：「請問老兄，那襄陽圍城之中，卻是怎生光景？」那湖北客人說道：「蒙古韃子的殘暴，各位早已知聞，那也不用多說了。那一年蒙古十多萬大軍猛攻襄陽，守軍統制呂大人昏庸無能，幸蒙郭大俠夫婦奮力抗敵……」那少婦聽到

「郭大俠夫婦」的名字，神色又是一動。聽那湖北客人續道：「襄陽城中數十萬軍民也人人竭力死守，沒一個畏縮退後的。像小人只是個推車的小商販，也搬土運石，出了一身力氣來協助守城。我臉上這老大箭疤，便是給蒙古韃子射的。」衆人一齊望他臉上，見他左眼下果然有個茶杯口大小的箭創，不由得都肅然起敬。

那廣東客人道：「我大宋地廣人多，倘若人人都像老兄一樣，蒙古韃子再兇狠十倍，也不能佔我江山。」那湖北人道：「是啊，你瞧蒙古大軍連攻襄陽十餘年，始終打不下，別的地方卻手到拿來。聽說西域域外幾十個國家都給蒙古兵滅了，我們襄陽始終屹立如山。蒙古四王子忽必烈親臨城下督戰，可也奈何不了我們襄陽人。」說著大有得意之色。那廣東客人道：「老百姓都是要跟韃子拚命的，韃子倘若打到廣東來，我們廣東佬也會好好跟他媽的幹一下子。」

那湖北人道：「不跟韃子拚命，一般的沒命。蒙古韃子攻不進襄陽，便捉了城外的漢人，綁在城下一個個的斬首，還把四五歲、六七歲的小孩兒用繩子綁了，讓馬匹拉著，拖到城下繞城奔跑，繞不到半個圈子，孩兒早沒了氣。我們在城頭聽到孩兒們啼哭呼號，眞如刀割心頭一般。韃子只道使出這等殘暴手段，便能嚇得我們投降，可是他越狠毒，我們越守得牢。那一年襄陽城中糧食吃光了，水也沒得喝了，到後來連樹皮污水也吃喝乾淨，韃子卻始終攻不進來。後來韃子沒法子，只有退兵。」那廣東人道：「這十多年來，若不是襄陽堅守不屈，咱們大宋半壁江山，只怕早不在了。」

衆人紛紛問起襄陽守城的情形，那湖北人說得有聲有色，把郭靖、黃蓉夫婦誇得便如天神一般，衆人讚聲不絕。

一個四川口音的客人忽然嘆道：「其實守城的好官勇將各地都有，就只朝廷忠奸不分，往往奸臣享盡榮華富貴，忠臣卻含冤而死。前朝的岳爺爺不必說了，比如我們四川，朝廷就屈殺了好幾位守土的大忠臣。」那湖北人道：「那是誰啊？倒要請教。」那四川人道：「蒙古韃子攻打四川十多年，全賴余玠余大帥守禦，全川百姓都當他萬家生佛一般。那知皇上聽信了奸臣丁大全的話，說余大帥甚麼擅權，又是甚麼跋扈，賜下藥酒，逼得他自殺，換了一個懦弱無能的奸黨來做元帥。後來韃子一攻，川北當場便守不住。陣前兵將是余大帥的舊部，大家一樣拚命死戰。但那元帥只會奉承上司，一到打仗，調兵遣將甚麼都不在行，自然抵擋不住了。丁大全、陳大方這夥奸黨庇護那狗屁元帥，反冤枉力戰有功的王惟忠將軍通敵，竟將他全家逮京，把王將軍斬首了。」他說到這裏，聲音竟有些嗚咽，衆人同聲嘆息。

那廣東客人憤憤的道：「國家大事，便壞在這些奸臣手裏。聽說朝中三犬，這奸臣丁大全便是其中一犬了。」一個白淨面皮的少年一直在旁聽著，默不作聲，這時插口道：「不錯，朝中奸臣以丁大全、陳大方、胡大昌三人居首。臨安人給他們名字中那個

『大』字之旁都加上一點，稱之爲丁犬全、陳犬方、胡犬昌。」衆人聽到這裏都笑了起來。那四川人道：「聽老弟口音，是京都臨安人氏了。」那少年道：「正是。」那四川人道：「然則王惟忠將軍受刑時的情狀，老弟可曾聽人說起過？」那少年道：「小弟還親眼看見呢。王將軍臨死時臉色兀自不變，威風凜凜，罵丁大全和陳大方禍國殃民，而且還有一件異事。」衆人齊問：「甚麼異事？」

那少年道：「王將軍是陳大方一手謀害的。王將軍給綁赴刑場之時，在長街上高聲大叫，說死後決向玉皇大帝訴冤。王將軍死後第三天，那陳大方果然在家中暴斃，他的首級卻高懸在臨安東門的鐘樓簷角之上，在一根長竿上高高挑著。這地方猿猴也爬不上去，別說是人了，若不是玉皇大帝派的天神天將，卻是誰幹的呢？」衆人嘖嘖稱奇。那少年道：「此事臨安無人不曉，卻非我生安白造的。各位若到臨安去，一問便知。」

那四川人道：「這位老弟的話的確不錯。只不過殺陳大方的，並不是天神天將，卻是一位英雄豪傑。」那少年搖頭道：「想那陳大方是朝中大官，家將親兵，防衛何等周密，常人怎殺得了他？再說，要把這奸臣的首級高高挑在鐘樓的簷角之上，除非是生了翅膀，才有這等本領。」那四川人道：「本領非凡的奇人俠士，世上畢竟還是有的。但小弟若不是親眼目睹，可也眞的難以相信。」那少年奇道：「你親眼見他把陳大方的首級掛上高竿？你怎會親眼看見？」

那四川人微一遲疑，說道：「王惟忠將軍有個兒子，王將軍遭逮時他逃走在外。朝中奸臣要斬草除根，派下軍馬追拿。那王將軍之子也是個軍官，雖會武藝，卻寡不敵眾，眼見便給抓到，卻來了一位救星，赤手空拳的將數十名軍馬打得落花流水。小王將軍便將父子衛國力戰、卻讓奸臣陷害之情說了。那位大俠連夜趕赴臨安，想要搭救王將軍，但終於遲了兩日，王將軍已經遭害。那大俠一怒之下，當晚便去割了陳大方的首級。那鐘樓簷角雖猿猴所不能攀援，但那位大俠只輕輕一縱，就跳了上去。」

那廣東客人問道：「這位俠客是誰？怎生模樣？」那四川人道：「我不知這位俠客的姓名，只見他少了一條右臂，相貌……相貌也很奇特，他騎一匹馬，牽一匹馬，另外那匹馬上帶著一頭模樣希奇古怪的大鳥……」他話未說完，一個神情粗豪的漢子大聲插嘴：「這便是江湖上赫赫有名的『神鵰俠』！」

那四川人問道：「他叫做『神鵰俠』？」那漢子道：「是啊，這位大俠行俠仗義，好打抱不平，可是從來不肯說自己姓名，江湖上朋友見他和一頭怪鳥形影不離，便送了一個外號，叫作『神鵰大俠』。他說『大俠』兩字決不敢當，旁人只好叫他作『神鵰俠』，其實憑他的所作所爲，稱一聲『大俠』又有甚麼當不起呢？他要是當不起，誰還當得起呢？」

那美貌少婦突然插口道：「你也是大俠，我也是大俠，哼，大俠也未免太多啦。」

那四川人凜然道：「這位奶奶說那裏話來？江湖上的事兒小人雖然不懂，但那位神鵰大俠為了救王將軍之命，從江西趕到臨安，四日四夜之中，拚命趕路，沒睡上半個時辰。他和王將軍素不相識，不過憐他盡忠報國，卻遭奸臣陷害，便這等奮不顧身的干冒大險，為王將軍伸冤存孤，你說該不該稱他一聲大俠呢？」那少婦哼了一聲，待要駁斥，她身旁的文秀少女說道：「姊姊，這位英雄如此作為，那也當得起稱一聲『大俠』了。」她語音清脆，一入耳中，人人都覺說不出的舒服好聽。

那少婦道：「你懂得甚麼？」轉頭向那四川人道：「你怎能知道得這般清楚？還不是道聽塗說？江湖上的傳聞，十成中倒有九成靠不住。」

那四川人沉吟半晌，正色道：「小人姓王，王惟忠王將軍便是先父。小人的性命是神鵰大俠所救。小人身為欽犯，朝廷頒下海捕文書，要小人頸上的腦袋。但既涉及救命恩人的名聲，小人可不敢貪生怕死，隱瞞不說。」衆人聽他這麼說，都是一呆。

那廣東人大拇指一翹，大聲道：「小王將軍，你是個好漢子，有那個不要臉的膽敢去向官府出首告密，大夥兒給他個白刀子進，紅刀子出。」衆人轟然稱是。那美婦人聽他如此說，也已不能反駁。

那文秀少女望著忽明忽暗的火光，悠然出神，輕輕的道：「神鵰大俠，神鵰大俠……」轉頭向小王將軍道：「王大叔，這位神鵰大俠武功既然這等高強，又怎地會少了一條手臂？」那美婦人神色大變，嘴唇微動，似要說話，卻又忍住。小王將軍搖頭道：「我連神鵰大俠的姓名也問不到，他老人家的身世是更加不知了。」那美婦人哼了一聲，道：「你自然不知。」

那臨安少年道：「神鵰俠誅殺奸臣，是小王將軍親眼目睹，那麼自然不是天神天將所爲了。但奸臣丁大全一夜之間面皮變青，卻必是上天施罰之故。」那廣東人道：「他怎麼一夜之間面皮變青？這可眞奇了。」那臨安少年道：「從前臨安人都叫丁大全爲丁犬全，但現今卻叫作『丁青皮』。他本來白淨臉皮，忽然一夜之間變成了青色，而且從此不褪，憑他多麼高明的大夫也醫治不了。聽說皇上也曾問起，那奸臣奏道：他一心一意爲皇上效力，憂心國事，數晚不睡，以致臉色發青。可是臨安城中個個都說，這奸相禍國殃民，玉皇大帝遣神將把他的臉皮打青了。」

那廣東人笑著搖頭，道：「這可愈說愈奇了。」那神情粗豪的漢子突然哈哈大笑，拍腿叫道：「這件事也是神鵰俠幹的，嘿嘿，痛快，痛快。」衆人忙問：「怎麼也是神鵰俠幹的？」那大漢只是大笑，連稱：「痛快，痛快。」那廣東客人欲知詳情，命店小二打來兩斤白乾，請那大漢喝酒。

那大漢喝了一大碗白乾，意興更豪，大聲說道：「這件事不是兄弟吹牛，兄弟也有一點小小功勞。那天晚上神鵰俠突然來到臨安，叫我帶領夥伴，把臨安錢塘縣衙門中的孔目差役一起綁了，剝下他們的衣服，讓衆夥伴喬扮官役。大夥兒又驚又喜，不知神鵰俠何以如此吩咐，但想來必有好戲，自然遵命辦理。到得三更過後，神鵰俠到了錢塘縣衙門，他老人家穿起縣官服色，坐上正堂，驚堂木一拍，喝道：『帶犯官丁大全！』」他說到這裏，口沫橫飛，喝了一大口酒。

那廣東客人道：「老兄那時在臨安作何營生？」那漢子橫了他一眼，大聲道：「作甚麼營生？大碗喝酒，大塊吃肉，大秤分金，做的是沒本錢買賣。」那廣東客人吃了一驚，不敢再問。

那大漢又道：「那時我聽到『丁大全』三字，心中一怔，尋思：『丁大全這狗官是當朝宰相啊，神鵰俠怎地將他拿來了？』只見神鵰俠又一拍驚堂木，兩名漢子果然把一個身穿大臣服色的傢伙揪了上來。早一年丁大全到佑聖觀燒香，我在道觀外見過他的面目，這時一看，可不是丁大全是誰？他嚇得渾身發抖，想跪又不想跪。一名兄弟在他的膝彎裏踢了一腳，他撲地便跪倒了，哈哈，痛快，痛快！神鵰俠問道：『丁大全，你知罪了麼？』丁大全道：『不知。』神鵰俠喝道：『你營私舞弊，屈殺忠良，殘害百姓，通敵誤國，種種奸惡情事，快快給我招來。』丁大全道：『你到底是甚麼人？劫侮大臣，可不知王法麼？』神鵰俠道：『你還知道王法？左右，打他四十大板再說！』大夥兒素來恨這奸臣，這時候下板子時加倍出力，只打得這奸相暈去數次，連連求饒。神鵰俠問他一句，他便答一句，再也不敢倔強。神鵰俠命取過紙筆，叫他寫供狀。他稍一遲疑，神鵰俠便喝令我們打他屁股，掌他嘴巴。」

那文秀少女噗哧一笑，低聲道：「有趣，有趣！」

那大漢咕嘟喝了一大口酒，笑道：「是啊，原本有趣得很。那丁大全吃打不過，只得親筆招供，可是他拖拖挨挨，寫得極慢，神鵰俠連聲催促，他總不肯快寫。不久天色將明，衙門外人聲喧嘩，到了大批軍馬，想是風聲洩漏了出去。神鵰俠怒起上來，喝道：『把他腦袋砍了！』跟著向我使個眼色。我知神鵰俠輕易不傷人性命，便拔出鋼刀，在丁大全頸中唰的一刀，這一刀下去時，鋼刀在半空中轉了個圈兒，砍在頭頸中的不是刀鋒，而是刀背。但這一下丁大全可嚇破了膽，只見他臉色突然轉藍，暈了過去。神鵰俠哈哈一笑，說道：『這也夠他受的了，咱們不用殺他，要朝廷將他明正典刑。』叫我們便穿著衙役衣服，從邊門溜走，各自回家。他老人家親自斷後，也沒交鋒打仗，大夥兒平平安安的退走。聽說神鵰俠第二天親入皇宮，把丁大全的供狀交給皇帝老兒。但不知丁大全如何花言巧語，皇帝老兒竟信了他的，還是叫他做宰相做下去。」

小王將軍嘆道：「主上若不昏庸無道，奸臣便不能作惡。去了個秦檜，來個韓侂胄；去了韓侂胄，來個史彌遠；去了史彌遠，又來丁大全。眼見賈似道日漸得勢，這又是個禍國殃民之徒。唉，奸臣一個接著一個，我大宋江山，眼見難保呢。」那大漢道：

「除非請神鵰俠做宰相，那才能打退韃子，天下太平。」

那美貌少婦插口道：「哼，他也配做宰相？」那大漢怒道：「他不配難道你配？」那少婦怒氣上衝，喝道：「你是甚麼東西，膽敢對我無禮？」眼見那大漢手中執著根撥火鐵棒，隨手從地下拾起一段木柴，在撥火棒上一敲。那大漢手臂一震，只覺半身酸麻，噹的一聲，火棒脫手落在地下，火堆中火星濺了起來，燒焦了他數十根鬍子。衆人失聲驚叫。那大漢性子雖躁，但領教了她如此武功，吃了虧竟不敢發作，只咕咕噥噥的摸著鬍子，連酒也不想喝了。

那文秀少女道：「姊姊，人家說那神鵰俠說得好好地，你幹麼老是不愛聽？」她轉頭向那大漢嫣然微笑，道：「大叔，你請別見怪。」那大漢本來滿腔怒氣，但見她這麼甜甜一笑，怒火登時消於無形，咧著大口報以一笑，想說句客氣話，卻不知如何措詞才好。那少女道：「大叔，那神鵰俠你怎麼認得他的？」那大漢向少婦望了一眼，遲疑著不說。那少女道：「你說好啦，只要不得罪我姊姊便成。神鵰俠多大年紀啦？他的神鵰好不好看？」不等大漢回答，轉頭向那少婦道：「姊姊，不知他那頭神鵰跟咱們一對白鵰兒比起來又怎樣？」

那少婦道：「跟咱們的雙鵰比？天下有甚麼鵰兒鷹兒，能比得上咱們的雙鵰。」那少女道：「那也不見得。爹爹常說：學武之人須知天外有天，人上有人，決計不可自滿。人既如此，比咱們的鵰兒更好的禽鳥，想來也是有的。」那少婦道：「你小小年紀，懂得甚麼。咱們出來之時，爹媽叫你聽我的話，你不記得了麼？」那少女笑道：「那也得瞧你說得對不對啊。弟弟，你說我的話對，還是姊姊的話對？」

她身旁那少年雖生得高大壯實，卻滿臉稚氣，遲疑了一會，道：「我不知道。爹爹說咱兩個該聽大姊姊的話，叫你別跟大姊姊頂嘴。」那少婦甚是得意，道：「可不是麼？」那少女見弟弟幫著大姊，也不生氣，笑道：「你甚麼也不懂的。」回頭又向那粗豪漢子道：「大叔，你再說神鵰俠的故事罷！」

那大漢道：「好，既然姑娘要聽，我便說說，我姓宋的雖本事低微，可也是個響噹噹的漢子，生平說一是一，決沒半句虛言。姑娘倘若不信，那便不用聽了。」

那少女提起酒壺給他斟了一碗酒，笑道：「我怎會不信？快點兒請講罷！」又叫道：「店小二，再打十斤酒，切二十斤牛肉，我姊姊請眾位伯伯叔叔喝酒，驅驅寒氣。」店小二連聲答應，吆喝著吩咐下去。眾人笑逐顏開，齊聲道謝。過不多時，三名店伴將酒肉送了上來。

那美貌少婦沉臉道：「我便要請客，也不請胡說八道之人。店小二，這酒肉的錢可不能算在我帳上。」店小二一楞，望望少婦，又望望少女，不知如何是好。那少女從頭上拔下一枚金釵，遞給店小二，說道：「這是真金的釵兒，值得十幾兩銀子罷。你拿去給我換了。再打十斤酒，切二十斤羊羔。」店小二只笑著答應，卻不敢伸手去接金釵。

那少婦怒道：「妹妹，你定要跟我賭氣，是不是？單是釵頭這顆明珠，總值得百多兩銀子，你死皮活賴的跟朱伯伯要來，卻這麼隨隨便便的請人喝酒。瞧你回到襄陽時，媽問起來時怎麼交代？」那少女伸伸舌頭，笑道：「我說在道上掉了，找來找去找不到。」那少婦道：「我才不跟你圓謊呢。」那少女伸筷夾了塊牛肉，放在口中吃了，說道：「吃也吃過了，難道還能退麼？各位請啊，不用客氣。」

眾人見她姊妹二人鬥氣，都覺有趣，心中均喜那少女天真瀟洒，便不能喝酒之人也都端起酒碗喝了幾口，暗中幫那少女。那少婦賭氣閉上眼睛，伸手塞住耳朵。

那少女笑道：「宋大叔，我姊姊睡著了，你大聲說也不妨，吵不醒她的。」那少婦睜開眼來，怒道：「我幾時睡著了？」那少女道：「那更好啦，越發不會吵著了你啦。」那少婦大聲道：「襄兒，我跟你說，你再跟我抬槓，明兒我不要你跟我一塊走。」那少女道：「我也不怕，我自和小弟同行便是。」那少婦道：「小弟跟著我。」那少女道：「小弟，你說跟誰一起走？」

那少年左右做人難，幫了大姊，二姊要惱，幫了二姊，大姊又要生氣，囁嚅著道：「媽媽說的，咱們三人一塊兒走，不可失散了。」那少婦向妹子瞪了一眼，恨恨的道：「早知你這般不聽話，你小時候給壞人擄了去，我才不著急要找你回來呢。」

那少女聽她這般說，心腸軟了，摟著少婦的肩膀，央求道：「好姊姊，別生氣啦，算是我錯了。」那少婦氣鼓鼓的不理，那少女道：「你不笑，我可要呵你癢了。」那少婦反而更轉過頭去。那少女突伸右手，向少婦背後襲到她的腋底。那少婦頭也不回，左手向後掠出。那少女出左手拿她手腕，右手繼續向前。那少婦右肘微沉，壓向妹子的臂彎。那少女手掌轉個圓圈，避開了她的一壓，姿式好看之極。頃刻之間，兩人你來我去的拆解了七八招，使的都是挺巧妙的「小擒拿手法」。那少女固然呵不到姊姊腋底，那少婦也抓不著妹子手腕。

突然屋角有人低低喝了聲：「好俊功夫！」姊妹倆同時住手，向屋角望去，只見一人蜷成一團，腦袋埋在雙膝之間，正自沉沉大睡。姊妹倆在火堆旁坐下之時即便見他如此睡著，始終沒動過一動，旁人固然瞧不見他臉孔，他也見不到姊妹倆的玩鬧，看來這一聲喝采不是他所發。那少女斟了一碗酒，拿了一碗肉，再拿一雙筷子，送到那人面前，說道：「大叔，賞臉請喝碗酒。」那人伸出一隻大手掌接過，說聲：「謝了！」卻不抬頭。

那少年道：「大姊、二姊，爹爹叫咱們不可隨便顯露功夫。」那少女微笑道：「小老頭兒，少年老成，算你說得對。」轉頭向那粗豪大漢道：「宋大叔，對不起，咱姊妹倆忙著鬥嘴，忘了聽你講故事，你請快說罷。」那姓宋的大漢道：「我可不是講故事，那是千眞萬確的經歷。」那少女道：「是啦，你宋大叔說的，自然千眞萬確。」

那大漢喝了口酒，笑道：「吃了姑娘這許多酒肉，要不說也不成的啦。若不是昨晚三粒骰子上輸了個乾乾淨淨，我也眞該請還姑娘才是。你大叔長，大叔短，難道是白叫的麼？說到我怎樣識得神鵰俠，我跟這位小王將軍差不多，也是神鵰俠救了我的性命。不過這一次他倒不是使武功，卻是出錢去買的。」那少女笑道：「咦，這倒奇了，他出錢買你？你値多少銀子一斤啊！」

那大漢呵呵大笑，說道：「我姓宋的這身賤肉，比牛肉豬肉可貴得多了，神鵰俠居然出到二千兩銀子。五年多前，我在山東濟南府打抱不平，殺了一個地痞，殺人償命，判了個斬決，那也沒話好說。那知道過了幾天，歷城縣的縣官審訊一個無惡不作的土豪，又將我提上堂去一頓拷打，說那土豪謀財害命、擄人勒贖、強搶民女、包娼包賭的事全是我做的，當堂將那土豪放了。後來牢頭跟我說，原來那土豪送了一千兩銀子給縣官，縣官便把他的罪名都加在我身上。反正犯一條死罪是殺頭，十條死罪也是殺頭，這叫作兩人作事一人當。我一聽之下冤氣衝天，在獄中大喊大叫，痛罵贓官，可是那又有甚麼用？過了幾天，贓官又提堂再審，那土豪又跟我並排跪著。我破口大罵：『賊贓官，你貪贓枉法，日後不得好死！』那贓官笑嘻嘻的道：『宋五，你不用這般火爆，本縣已查得清清楚楚，你是冤枉的。那個地痞不是你殺的，全是該犯所爲！』說著向那土豪一指，命衙役重重責打，又上夾棍，逼他招認殺那地痞，跟著便將我放了出來。這一下我可摸不著頭腦了，那地痞明明是我挺刀子殺的，怎地又去算在別人帳上？」

那少女聽到這裏，格的一聲笑，說道：「這縣官可眞算得胡塗透頂！」

宋五道：「他才不胡塗呢。我回到家裏，我老娘才跟我說，原來我判了死罪之後，我娘天天在街上痛哭，這天適逢神鵰俠經過，問起原因。神鵰俠再去一打聽，明白了其中道理，他老人家說他有事在身，這當兒沒空去跟這贓官算帳，他給了我娘二千兩銀子，將我買了出來。過了三個月，縣中沸沸揚揚的傳說，說縣官大發脾氣，氣得嘔血，原來有一晚給盜去了四千兩銀子。我知道定是神鵰俠所爲，不敢再在原籍居住了，便搬去江南臨安府。過了一年多，有人跟我說，海邊有一位斷了臂的相公，帶著一頭大怪鳥，呆呆的望著海潮，一連幾天都是如此。我連忙趕去，果然見到他老人家，這才能向他磕頭道謝呢。」

那少婦忽道：「你謝甚麼？他付出二千兩，收進四千兩，還淨賺二千兩銀子呢。這姓楊的豈肯做賠本之事？」那少女道：「姓楊的，神鵰俠姓楊麼？」那少婦說：「我不知道，我又沒說他姓楊。」那少女道：「我明明聽見你說的。」那少婦道：「定是你聽錯了。」那少女道：「好罷！我不跟你爭。那位神鵰俠就算賺了二千兩銀子，也必是用來救困濟貧，他是位慷慨瀟洒的大俠，難道還會自己貪圖財物？」衆人齊聲喝采，都道：「姑娘說得是！」

那少女問道：「宋大叔，神鵰俠望著大海幹麼？他在等人嗎？」宋五搖頭道：「這個我可不知道了，這種事我們是不敢問的。」那少女拿起兩根木柴投在火裏，望著火光由暗轉紅，輕輕的道：「那神鵰俠雖然急人之難，解人之困，說不定他自己卻有一件爲難的心事呢？他爲甚麼要呆呆的望著海潮？」

坐在西首角裏的一個中年婦人突然說道：「小婦人有個表妹，有緣見過神鵰俠，她也曾見神鵰俠呆望大海，神色奇怪，因而親口問過他。神鵰俠說道：『我的結髮妻子在大海彼岸，日夜記掛，不能相見。』」衆人不約而同的「哦」了一聲。

那文秀少女道：「原來他有妻子的，不知道爲甚麼會在大海彼岸。他本領這樣高強，幹麼不渡海去找她啊？」那中年婦人道：「我表妹也這般問過他。他說道：『大海茫茫，不知到何處方能得見。』」那少女輕輕嘆道：「我料想這樣的人物，必是生具至性至情，果然不錯。」又問：「你表妹生得很俊罷？她心中暗暗的在喜歡神鵰俠，是不是？」那美貌少婦喝道：「二妹，你又在異想天開啦！」

那中年婦人道：「我表妹的相貌，原也可算是個美人。神鵰俠救了她母親，殺了他父親。我表妹是不是暗中喜歡神鵰俠，旁人可沒法知道，現下她嫁了一個忠厚老實的莊稼人。神鵰俠給了她一大筆錢，日子過得挺不錯呢。」那少女道：「神鵰俠救了她母親，殺了他父親，這事可眞奇了。」

那美貌少婦道：「這人脾氣古怪得很，好起來救人性命，惡起來揮劍殺人。是啊，他從小便這樣。」那少女奇道：「他從小便這樣？你怎知道？」那少婦道：「我知道的。」那少女連連追問原因，那少婦總不肯說。那少女道：「好，你不說便不說，我才不希罕聽呢！反正你便說了，我也未必就信。」轉頭向那中年婦人道：「大嫂，把你表妹的事說給我聽，好不好？」

那婦人道：「好啊。我表妹和我是姑表姊妹，我二人年紀差了十七歲，她媽媽是我的姑母……」那少女笑道：「她爹爹便是你姑丈了。」那婦人笑道：「你瞧，我囉裏囉唆的，莫怪姑娘不耐煩了。我姑丈是河南人，那一年蒙古韃子打到內黃，把我姑丈擄去了當奴隸。我姑母帶了我表妹，沿路討飯，從河南尋到山東，又從山東尋到山西，尋訪我姑丈的下落。」小王將軍嘆道：「萬里尋夫，那可難得之極啊。」那婦人道：「只因我姑母和表妹容貌不錯，在道上奔波加倍的不易。兩人用污泥塗黑了臉，以免壞人見色起意……」那少女問道：「甚麼見色起意？」火堆旁圍坐的衆人中倒有一半笑了起來。

那美貌少婦慍道：「二妹，你不懂便別瞎說，大姑娘家，這不教人笑話嗎？」那少女咕噥道：「我不懂才問啊，懂了還問甚麼？」

那中年婦人微笑道：「這些難聽話，姑娘不懂才好。嗯，我姑母和表妹足足尋了四年，皇天不負苦心人，終於在淮北尋到了姑丈，原來他是在一個蒙古千戶手下爲奴。那千戶兇惡得緊，我姑母見到我姑丈之時，他剛給千戶打折了一條左腿。我姑母自然萬分心痛，求那千戶釋放歸家。那千戶那肯答應，說道這奴才是用一百兩銀子買來的，除非有五百兩銀子來贖，否則寧可打死，也不能放。我姑母連五兩銀子也拿不出，那裏有五百兩銀子？左思右想，只得做起那不要臉的勾當，將自己和女兒都賣入了勾欄……」

那少女又不懂了，但適才一句問話惹起了許多人的哄笑，這時不敢再問，聽那婦人續道：「這樣過了數年，母女倆雖略有積蓄，但要貯足五百兩銀子，卻談何容易？幸好客人子弟們知道了她母女這番贖夫救父的苦心，給錢時往往多給了些。母女倆挨盡辛苦屈辱，這年大年晚，終於湊足了五百兩銀子。兩人捧到千戶府中，當著千戶的面，交給了帳房，心想一家人從此可以團聚，歡歡喜喜的過新年了。」

那少女聽到這裏，也代那母女兩人歡喜。卻聽那婦人說道：「那蒙古千戶收了五百兩銀子，便叫姑丈出來，讓他夫妻父女相見。我姑丈一家三口，向那千戶磕頭辭別。怎知道那千戶見了我表妹，忽起歹心，說道：『好，你們來贖這奴才，那是再好不過，五百兩銀子兌上來罷！』我姑母大吃一驚，五百兩銀子早已交給了千戶的帳房收下，怎麼還兌銀子？那千戶臉色一變，喝道：『我是堂堂蒙古的千戶老爺，難道還會混賴奴才們的銀子？』我姑母又害怕又傷心，當下在廳堂上放聲大哭。那千戶道：『也罷，今日大年夜晚，我便開恩讓你們夫妻團聚，但怕這奴才一去不歸，且把你們的閨女抵押在這裏。』我姑母知他不懷好意，怎肯答應？那千戶呼喝軍健，將我姑丈姑母趕出府門。

「我姑母捨不得女兒，在千戶府前呼天搶地的號哭。眾百姓明知她受了冤屈，但這淮北之地已不是我大宋所有，蒙古官兵殺個漢人便如踐踏螻蟻，有誰敢出來說句公道話？我姑丈卻反而說道：『千戶老爺既然瞧上咱們閨女，那是旁人前生修不到的福份，你哭甚麼？』原來他做奴才做得久了，竟染上了一身奴才氣。他接著問那五百兩銀子從何而來。我姑母初時不肯說，但給逼得緊了，終於說了出來。我姑丈大怒，說我姑母敗壞名節，不守婦道，竟然自甘墮落，去做這般低三下四之事，當即寫了一紙休書，把我姑母休了。」眾人齊聲嘆息，都說她姑母一生遭際當眞不幸到了極處。

那中年婦人道：「我姑母千辛萬苦的熬了七八年，落得這等下場，實在不想活了，便到樹林中解下腰帶上了吊。皇天有眼，那位神鵰俠正好經過，救了她下來，問明原委，只聽得他怒氣沖天。當晚便跳進千戶府中，見那千戶正在逼迫我表妹，我姑丈居然在旁勸我表妹依從，說道她在勾欄裏這些年，又不是良家閨女，難道還想起甚麼貞節牌坊麼？神鵰俠一拳打死了我姑丈，抓起那千戶投入淮河之中，把我表妹救了出來。他說我姑母賣身救夫，可比一般貞女節婦更加令人起敬。他又說生平最恨的便是負心薄倖之人、奴顏事敵之輩，我姑丈兩者齊犯，他下手可不能容情了。」

那少女聽得悠然神往，隨手端起酒碗，喝了一大口，輕輕說道：「你們許多人都見過神鵰俠，我卻沒福見過。若能見他一面，能聽他說幾句話，我……我又可比甚麼都歡喜。」

那少婦大聲道：「這人武功自然是高的，但跟爹爹相比，可又差得遠啦。你小娃兒不知世事，讓人家加油添醬的一說，便道這人如何如何了不起。其實這人你也見過的，他還抱過你呢。」那少女紅暈雙頰，啐道：「你做姊姊的，說話也這般顛三倒四，有誰信你的？」那少婦道：「你不信也由得你，這個人姓楊名過，小時候在咱們桃花島住過的。他那條手臂，便是……便是……嗯，你生下來沒到一天，他就抱過你了。」

這美貌少婦便是郭芙，那少女是她妹妹郭襄，那少年則是郭襄的孿生兄弟郭破虜。匆匆十餘年，郭芙早已與耶律齊成婚，郭襄和郭破虜也都長大了。姊弟三人奉父母之命，前赴晉陽邀請全眞教耆宿長春子丘處機至襄陽主持英雄大會。這一日三姊弟從晉陽南歸，卻遭冰雪阻於風陵渡口，聽了衆人一番夜話。

郭襄滿臉喜色，低聲自言自語：「我生下來沒到一天，他便抱過我了。」轉頭對郭芙道：「姊姊，那神鵰俠小時候眞在咱們桃花島住過麼？怎地我沒聽爹媽說起過？」郭芙道：「你知道甚麼？爹媽沒跟你說過的事多著呢。」

原來楊過斷臂、小龍女中毒，全因郭芙行事莽撞而起。每當提及此事，郭靖便要大怒，女兒雖已出嫁，他仍要厲聲呵責，不給女兒女婿留何情面，因此郭家大小對此事絕口不提，郭襄和郭破虜始終沒聽人說起過楊過之事。

郭襄道：「這麼說來，他跟咱們家挺有交情啊，怎地一直沒來往？嗯，九月十五襄陽城英雄大會，他定是要來與會的了。」郭芙道：「這人行事怪僻，性格兒又高傲得緊，他多半不會來。」郭襄道：「姊姊，咱們怎生想法兒送個請帖給他才好。」轉頭向宋五道：「宋五叔，你能想法子帶個信給神鵰俠麼？」宋五搖頭道：「神鵰俠雲遊天下，行蹤無定。他有事用得著兄弟們，便有話吩咐下來。我們要去找他，卻一輩子也未必找得著。」

郭襄好生失望，她聽各人說及楊過如何救王惟忠子裔、誅陳大方、審丁大全、贖宋五、殺人父而救人母的種種豪俠義舉，不由得悠然神往，聽姊姊說自己幼時曾得他抱過，更加心中火熱，恨不得能見他一面才好，待聽說他多半不會來參與英雄大會，忍不住嘆了口氣，說道：「英雄會上的人物不見得都是英雄，眞正的大英雄大豪傑，卻又未必肯去。」

突然間波的一聲響，屋角中一人翻身站起，便是一直蜷縮成團、呼呼大睡那人。衆人耳邊廂但聽得轟轟聲響，原來是那人開口說話：「姑娘要見神鵰俠卻也不難，今晚我領你去見他就是。」衆人聽了那說話之聲先已失驚，再看他形貌時，更大爲詫異。但見他身長剛及四尺，軀體也甚瘦削，但大頭、長臂、大手掌、大腳板，卻又比平常人長大了許多，這副手腳和腦袋，便安在尋常人身上也已極不相稱，他身子矮小，更顯詭奇。

郭襄大喜，說道：「好啊，這位大叔，真正多謝了，我永遠記著你的好心！只是我跟神鵰俠素不相識，貿然求見，未免冒昧，又不知他見是不見。」那矮子轟然道：「你今日如不見他，只怕日後再也見不到了。」郭襄道：「只盼憑著前輩的金面，或許他肯見我。」說時眉開眼笑，顯得十分熱切。

郭芙站起身來，向那矮子道：「請問尊駕高姓大名。」那矮子冷笑道：「天下似我這等醜陋之人，豈有第二人？你既不識，回去一問你爹爹媽媽便知。你父母為國為民，我素來十分敬仰，這個小妹妹爽快豪邁，又請我喝酒吃肉，我挺願幫她個小忙。」

就在此時，遠處緩緩傳來一縷遊絲般的聲音，低聲叫道：「西山一窟鬼，十者到其九，大頭鬼，大頭鬼，此刻不至，更待何時？」這話聲若斷若續，有氣無力，充滿著森森鬼氣，但一字一句，人人都聽得明明白白。

那大頭矮子一怔，一聲大喝，突然砰的一聲響，火光一暗，那矮子已不知去向。眾人齊吃一驚，見大門已然撞穿，原來那矮子竟破門躍出。撞破門板不奇，奇在一撞即穿，門板上給他撞破一個與他身形相似的大洞，此人跟著一撞之勢從洞中躍出。

郭破虜道：「大姊，這矮子這等厲害！」郭芙跟著父母，武林中人物見過不少，但這矮子卻從未聽父母說過，一時呆呆的說不出話來。郭襄卻道：「爹爹的授藝恩師江南七怪爺爺之中，便有一位矮個子的馬王神韓爺爺。小弟，你亂叫人家矮子，爹爹知道了可要不依呢。你該稱他一聲前輩才是。」郭靖對江南七怪的恩德一生念念不忘，推恩移愛，對任何盲人、矮子、胖子均禮敬有加，平素便如此教訓子女。郭破虜尚未回答，忽聽得呼的一聲響，那大頭矮子又已站在身前，北風夾雪，從破門中直吹進來，火堆中火星亂爆。郭芙怕那矮子出手傷了弟妹，搶上一步，擋在郭襄與郭破虜的身前。

那矮子大頭一擺，從郭芙腰旁探頭過去，對郭襄說道：「小姑娘，你要見神鵰俠，便同我去。」郭襄道：「好！大姊、小弟，咱們一塊去罷。」郭芙道：「神鵰俠有甚麼好見？你也別去。咱們和這位尊駕又素不相識。」郭襄道：「這位前輩大叔是好人！我去一會兒就回來，你們在這兒等我罷。」宋五突然站起身來，說道：「姑娘，千萬去不得。這人是……是西山一窟鬼中的……中的人物，你去了……去了凶多吉少。」那矮子咧嘴獰笑，說道：「你知道西山一窟鬼？小姑娘說我是好人，你卻說我們不是好人？」左掌突然劈出，打在宋五肩頭。砰的一聲，宋五向後飛出，撞在牆上，登時暈去。

郭芙大聲道：「尊駕請便罷！我妹妹年幼無知，豈能隨著你黑夜裏到處亂闖？」轉頭向妹子厲聲喝道：「別胡鬧。不能去！」

就在此時，那遊絲般的聲音又送了過來：「西山一窟鬼，十者到其九，大頭鬼，大頭鬼，陰魂不至，令人久候！」這聲音一時似乎遠隔數里，一時卻又近在咫尺，忽前忽後，忽東忽西，只聽得人人毛骨悚然。

郭襄心意已決：「今晚縱然撞到妖魔鬼怪，我也要見那神鵰俠一見。」說道：「前輩大叔，請你帶我去！」說著雙足一點，從那矮子撞破的大門中穿了出去。郭芙急叫：「你幹甚麼？」伸手沒抓到妹子手臂，忙飛身躍起，要從大門中追出。

那知她身子將要穿門而出，門洞倏忽不見，郭芙忙在半空中身子一沉，硬將這一衝之勢阻住，雙腳落地，腳尖離門已不到一尺，待得看清，險些失聲驚呼。原來那矮子的身軀正擋在門口，他身子剛好塡沒了門上他先前撞破的大洞，他的鼻尖幾乎要碰到自己胸口，教她如何不驚？急忙後躍，一陣寒風裹著雪花吹到身上，大頭矮子已然隱沒。郭芙大叫：「二妹，回來！」躍出門去，只聽得遠處轟轟大笑，那裏有郭襄的影子？

那矮子將郭芙嚇退，轉身躍入雪地，說道：「好，小姑娘有膽子。」抓住郭襄手腕，向前縱躍。他所使的不同於尋常輕身功夫，卻如一隻大青蛙般，一躍跟著一躍的向前，身子雖矮，每一下縱躍都出去了老遠。

郭襄左腕給他拉著，有如箍在一隻鐵圈之中，徹骨生疼，心中怦怦亂跳，不知這矮子要拉自己到甚麼地方，但信得過他是好人，倒也並不害怕。她自幼得郭靖和黃蓉親傳，武功已頗有些根柢，但初時縱躍還可跟得上，到得後來，全仗他一拉一提，方得和他同起同落。

這般躍出里許，山後突然有人說道：「大頭鬼，怎地來得這般遲？哈哈，還帶著個好美貌的女娃兒！」那矮子道：「她是郭靖、黃蓉的女兒，想見見神鵰俠，我便帶了她來。」那人一楞，道：「郭靖、黃蓉的女兒？來頭好大！」山後另一人陰聲陰氣的道：「快三更天啦，趕緊上路！」只聽得蹄聲雜沓，山背後轉出數十匹馬來。

這時大雪兀自密密飄下，地下白雪反光之中，郭襄見數十匹馬上高高矮矮的一共騎著九人，倒有大半數的馬匹鞍上無人。郭襄瞧那九人時，其中兩個是女子，一個老態龍鍾，是個老婦，另一個身穿大紅衣裙，全身如火一般紅，在雪地中顯得甚是刺眼。其餘七人的面目瞧不清楚。那矮子過去牽過兩匹馬來，將一匹馬的韁繩交給了郭襄，自己騎上了一匹，喝道：「走罷！」一聲唿哨，數十匹馬忽喇喇的便向西北方奔馳而去。

郭襄尋思：「聽先前那人呼叫，說甚麼西山一窟鬼，十者到其九。眼前正是十個人，想來這羣人便是西山一窟鬼了。宋五叔只說一句我跟他去凶多吉少，那人一掌便將宋五叔擊得昏暈，瞧來的確兇橫得緊。但他說帶我去見神鵰俠，總不會騙我。他們既和神鵰俠相識，必定不是歹人。」

轉眼之間，已馳出十餘里，當先一人「得兒」一聲叫，數十匹馬一齊停住。當先那人縱馬馳上個小丘，回過馬來。郭襄一見他的形貌，又吃驚，又好笑，原來這人也是個矮子，坐在馬背上的上身也不過兩尺，鬍子卻有三尺來長，垂過馬腹，滿臉皺紋，雙眉緊鎖，生相愁苦不堪。只聽他說道：「此去倒馬坪已不到三十里地，江湖上都說那神鵰俠武功了得，咱們先行計議一下，可不能折了西山一窟鬼的銳氣。」那老婦道：「便請大哥下令。」那長鬍子道：「咱們跟他車輪大戰呢，還是一擁而上？」郭襄吃了一驚：「聽他口氣，他們是要和神鵰俠爲敵。」

那老婦道：「神鵰俠的本領到底怎樣？七弟，你且說說明白。」一個身如鐵塔的大漢說道：「我雖見過他，可也沒怎麼跟他動手，我瞧……我瞧……他很有點兒邪門。」

那紅衣紅裙的少婦說道：「七哥，你到底爲何跟神鵰俠結仇，這會兒該當說個清楚了。待會兒動起手來大家也好心中有數。你老是吞吞吐吐的，說半句，瞞三句。」那大漢怒道：「西山一窟鬼同生同死，這人既找上門來，咱們還有退縮的嗎？」一個身形高瘦的人陰聲陰氣的道：「誰說退縮了？便九妹不問，我也要問。咱們又沒得罪他，他爲甚麼說要將西山一窟鬼趕出山西？」那大漢怒道：「大家瞧瞧，他割了我一對耳朵。這口氣不出，還說甚麼好兄弟、好姊妹？」說著除下頭頂的氈帽，淡淡雪光之下，果見他腦袋兩側光禿禿的少了雙耳。西山一窟鬼其餘九人一齊大怒，有的連聲咒罵，有的咆哮如雷，都說要和神鵰俠決一死戰。

紅衣少婦道：「七哥，他又為甚麼割你耳朵？你犯著甚麼了？你又在調戲良家婦女了，是不是？」一個滿臉笑容的人怒道：「七哥就算調戲良家婦女，也用不著旁人來硬出頭。」這人生相甚是奇特，雖在發怒，臉上笑容絲毫不減。郭襄凝目看去，原來他嘴角上翹，雙眼瞇攏，多半便是傷心哭泣之時，在旁人看來也如笑逐顏開。

那大漢道：「不是，不是！這一日我的婆娘和四個小妾為了鷄毛蒜皮的事爭吵，大家動起刀子來。偏生這個甚麼神鵰俠經過見到了，這人生來多管閒事，竟出言相勸，我第三個小妾不爭氣，居然向他笑了一笑……」那紅衣少婦道：「哈，我知道啦，七哥便喝起醋來，不許她笑。」那大漢道：「甚麼喝醋？我是不許旁人來管我的家事。我一拳便將我小妾打落了三個門牙，叫那斷了胳臂的雜種快滾。」

郭襄聽到這裏，忍不住說道：「他好意相勸，叫大家自己人別動刀子，免得殺傷人命，你何以出言無禮？那便是你的不是了。」衆人一齊轉頭望著她，想不到這小小姑娘竟敢如此大膽。

那大漢果然怒氣勃發，喝道：「連你這小東西也敢管起老子來！五哥，這娃兒是你的人麼？」那大頭矮子道：「這小姑娘為人挺好，請我喝酒吃肉，她要見神鵰俠，我便帶她去瞧瞧，別的我甚麼都不管。」那大漢道：「好，那我教訓教訓她。」馬鞭揚起，啪的一響，便往郭襄頭上擊落。

郭襄舉起馬鞭一格，雙鞭相交，兩條馬鞭捲在一起。那大漢迴臂裏奪，郭襄只覺一股大力拉扯過去，再也把握不住，只得放手，手掌心已擦得甚是疼痛。那大漢奪過馬鞭，又要揮鞭擊落，那長鬚老翁喝道：「七弟，時候不早了，快說完了趕路，怎地跟小孩子家一般見識？」那大漢的馬鞭舉在半空，便不擊下來。

那長鬚老翁冷笑道：「西山一窟鬼天不怕地不怕，郭靖和黃蓉的名頭再響，也嚇不到咱們。小女娃娃，你再多說多話，馬上便將你宰了。」他側過頭來，說道：「七弟，大丈夫跌得倒爬得起，我長鬚鬼的長鬍子，當年就曾給敵人剪斷過一大截。你的雙耳到底是怎地給割了的？」

那大漢道：「我叫神鵰俠快滾，他倒笑了笑，轉身便走。都是我那第三個小妾不好，她又哭叫起來，說她是給我霸佔強娶的，當時心中便不甘願，現下又給大婦欺侮；還說我娶了她之後，又娶第四個小妾，好沒良心。那神鵰俠回過頭來，臉上神氣古怪之極，問我：『這女人說話可眞？』我道：『眞便怎樣？假便怎樣？老子外號叫作煞神鬼，向來殺人不眨眼，你可知道麼？』他沉著聲音道：『你倘若喜歡她，爲何娶了她又娶別個？要是不喜歡她，當初又何必娶她？』我哈哈大笑，說道：『我起初喜歡，後來厭了就不喜歡。男子漢三妻四妾，有甚麼希奇？老子還想再娶四個呢。』他道：『如你這般無情無義之徒世上多生幾個，豈不教天下女子心寒？』突然間欺近身來，拔出我腰間匕首，便將我兩隻耳朶都割了，跟著將匕首對準我胸口，喝道：『挖出你的心肝瞧瞧，到底是甚麼顏色！』」

郭襄只聽得眉飛色舞，忍不住便要喝采，但見西山一窟鬼個個臉色陰沉、貌相兇惡，終於把唇邊的一個「好」字縮了回去。

那大漢續道：「那時我的婆娘和四個小妾一齊跪下求情，第三、第四小妾還大聲哭了起來，他媽的還說寧可殺了她們，不可殺我，要是我死了，她們要自殺殉夫，他奶奶的，肉麻得不得了。嘿，眞是丟臉，眞是丟臉！我大怒喝罵：『快快下手！你殺了我，西山一窟鬼自會纏你個陰魂不散！』他皺起眉頭，向我五個女人道：『這般無情無義之輩，你們還爲他求情？』我五個女人只是磕頭。他問我第三小妾道：『你說是給他霸佔的，心裏挺不願意。我給你殺了豈不很好？』我那小妾道：『當時不願意，後來就願意了。你千萬殺他不得。』我怒道：『你殺好了，殺了我一個，我們還有九個。』他道：『好！今日且不殺你。西山一窟鬼那便怎樣？月盡之夜，我在倒馬坪相候，你去把一窟鬼盡數邀來見我。倘若不敢，西山一窟鬼都給我滾出山西，永遠不許回來。』」

衆人聽他說完，都半晌不語。隔了一陣，那老婦道：「他使甚麼兵刃？武功是那一派的家數？」那大漢道：「他只一條左臂，空手不使兵刃。武功嘛……我倒瞧不出來。」

那老婦道：「大哥，這人一出手便制住了七弟，想來手腳十分靈便，武功也有點邪門。

咱們倚多爲勝，你帶頭，我和五弟從旁相助，以三對一，一上去便宰了他，不容他施展功夫。」那長鬚老翁低頭沉思片刻，抬起頭來，說道：「這神鵰俠名頭甚大，十餘年來栽在他手下的人著實不少，料來必有驚人藝業。今晚這一戰委實非同小可。我和二妹正面迎擊，三弟四弟近身搏擊，攻他下盤，五弟六弟從後突擊，七弟八弟以長兵器在外側遊鬥，擾亂他心神，九妹發射暗器，十弟施放毒霧。西山一窟鬼結拜以來，從沒十人齊上動手，今晚是第一次，倘若再宰他不了，教咱們個個自假鬼變成爲眞鬼！」

那大頭矮子道：「大哥，咱們十人打他一人，勝之不武，倘若傳揚了出去，也教江湖上好漢笑話。」那老婦道：「咱們把神鵰俠宰了，除了這小娃兒，今晚之事還有誰人知道？」一言甫畢，手臂微揚。那大頭矮子左袖急揮，擋在郭襄身前，跟著從衣袖上拈起一枚細針，說道：「二姊，是我帶了她來的，不能傷她性命。」回頭對郭襄道：「小姑娘，你如要去見神鵰俠，今晚之事不可對任何人說起，否則你快快回去罷。」

郭襄又驚懼，又憤怒，心想：「這老太婆出手好生陰毒，若非矮叔叔相救，我已給她這枚無影無蹤、無聲無息的細針射死了。」說道：「我不說就是。」跟著又補上一句：「你們有十兄弟，難道他就沒幫手麼？」

那大頭矮子哈哈大笑，說道：「神鵰俠出沒江湖十餘年，倒沒聽說他有甚麼幫手。他便是有一頭不會說話的大鳥相伴。」說著一提馬韁，大聲喝道：「走罷！」衆人奔出一陣，那矮子對郭襄道：「待會動手之時，你莫離開我身邊。」郭襄點點頭，她知西山一窟鬼中頗多心狠手辣之輩，這大頭矮子有心照顧，以防同夥中有人對她突下毒手，但他嗓門極粗，雖低聲說話，其餘九人卻沒一個不聽見。

郭襄騎在馬上隨著衆人奔馳，眼見這一窟鬼個個身懷絕技，神鵰俠武功再強，如何能以一敵十？心想：「倘若爹爹媽媽在這兒就好了，他們決不能袖手旁觀。」

正行之間，前面黑沉沉的一座大樹林中忽然傳出幾聲虎吼，幾匹馬驚嘶起來，有的站定不動，有的轉頭想逃。那瘦長漢子馬鞭連揮，當先衝進樹林。那老婦罵道：「不中用的畜生，還怕小野貓子吃了你們麼？」馬羣爲各人一陣驅趕，都奔入樹林。衆人馳出數十丈，忽聽得前面一人厲聲喝道：「甚麼人膽大妄爲，深夜中擅闖萬獸山莊？」

西山一窟鬼一齊勒馬，只見當路站著一人，身旁各蹲著一頭猛虎。馬羣聽到雙虎嗚嗚發威之聲，又驚擾起來。長鬚老翁在馬上一拱手，說道：「西山一窟鬼道經貴地，沒登門拜訪，乞恕無禮。」對面那人哦了一聲，道：「是西山一窟鬼麼？閣下是長鬚鬼樊爺了？」長鬚老翁道：「不敢當，正是。我們有事趕赴倒馬坪，回頭再行上門謝罪。」他知萬獸山莊的人物很不好惹，此刻又正要全力對付神鵰俠，不願旁生枝節，因此說話頗爲謙抑。

對面那人道：「各位少候。」提高聲音叫道：「大哥，是西山一窟鬼去倒馬坪，說回頭上門謝罪。」羣鬼一聽，都怫然不悅，心想：「我們說回頭上門謝罪，只一句客氣話。難道西山一窟鬼還眞能對人低頭了？」西山十鬼個個都有驚人藝業，各人在結義相聚之前便都已闖下不小萬兒，待得十人聚義，更聲勢大盛，近年來在晉陝一帶橫衝直撞，武林中人人都對他們忌憚三分。若不是今晚與神鵰俠有約在先，單憑對面那人這一句話，便要出手打個落花流水了。

卻聽得樹林深處有人大剌剌地道：「謝罪是不敢當，請他們繞過林子走路罷。」這話其實還算客氣，但羣鬼一聽，登時大怒。那高瘦如竹竿之人冷笑道：「西山一窟鬼走路向來不會繞彎兒！」一提馬韁，向站在路中那人迎面衝去。

那人左手一揚，身旁雙虎立即撲上，瘦子的坐騎受驚，人立起來。那瘦子騎術甚精，身附鞍上，唰的一響，雙手已各持一柄短槍，向兩頭猛虎刺去。左邊的猛虎向旁躍開，右邊的猛虎卻一掌抓破了他坐騎的肚子，那猛虎跟著一聲狂吼，也已中槍受傷。那瘦子縱身下地，喝道：「亮兵刃罷！」左槍高，右槍低，擺個「雙龍伏淵勢」，卻不向前遞出。

對面那人冷冷的道：「你傷我家的守夜貓，便要繞道而過，也由不得你了。無常鬼，手中雙槍留下了罷！」無常鬼聽他知道自己的外號，說道：「尊駕是誰？萬獸山莊向在西涼，怎地移到了晉南？你要留我手中雙槍，那也容易得緊。」那人道：「萬獸山莊要搬家，可不用稟報西山一窟鬼罷？西涼住得厭了，便到晉南來玩玩。我大哥叫你們繞過林子，已算萬分客氣了。我三哥有病在身，不喜歡外人來騷擾，知不知道？」說著突然左手伸出，一把抓住了無常鬼右手槍近槍尖處的桿子。無常鬼萬沒料到他出手如此迅捷，左槍疾刺，右手同時運力裏奪。那人右手一探，又已抓住了無常鬼的左手槍。兩人力道均大，誰也沒能奪得對方兵刃脫手，啪啪兩響，卻將兩條槍桿崩斷了。

這一來，西山一窟鬼羣情聳動，那外號叫作「長鬚鬼」的老翁說道：「尊駕是八手仙猿史爺了？青甲獅王身子不適麼？此刻我們有事在身，明日此時，再在此處相會。」

萬獸山莊主人是兄弟五人，大哥白額山君史伯威、二哥管見子史仲猛、三哥青甲獅王史叔剛、四哥大力神史季強、最小一個便是眼前這八手仙猿史少捷。五兄弟的祖先世代相傳以馴獸爲生，這五人不但馴獸的本事出神入化，而且從猛獸縱躍撲擊的行動之中悟得了武功法門。史氏兄弟自幼和猛獸爲伍，竟以獸爲師，各自練就了一身本領。史叔剛於二十餘歲之時入山捕獸，得遇奇人，又學會了極精深的內功。他回家後轉授兄弟。五人野獸越養越多，武功也越來越強。萬獸山莊的名頭漸漸播於江湖，武林中人給他五兄弟取了個總外號，叫作「虎豹獅象猿」。五人中又以青甲獅王史叔剛超逸絕倫。這時長鬚鬼聽說史叔剛有病，心中先自寬了，暗想史氏兄弟縱然厲害，我西山一窟鬼也不畏懼，何況去了「虎豹獅象猿」中的獅王，更加不足道哉，便邀約明晚決鬥。

史少捷道：「好，明晚子時，我兄弟在林外相候大駕。」說著雙手一拱，噗噗兩響，兩個折斷的槍尖射入長鬚鬼身旁的樹幹之中。長鬚鬼一怔：「他爲何定然不讓我們穿林而過？史氏兄弟在這林中有何勾當？」拱手說道：「西山十鬼告辭！」雙腿一夾，拍馬向前。史少捷大聲道：「且慢！我大哥請各位繞道過林，難道各位沒生耳朵麼？」

長鬚鬼一勒馬韁，待要答話，只聽得樹林東北角和西北角同時有人哈哈大笑，跟著濃煙冒起。一人叫道：「你們在樹林中搗甚麼鬼？可瞞不了一窟鬼。」另一人叫道：「這叫做搗鬼遇上鬼祖宗了。」原來羣鬼中排行第八的喪門鬼和第十的笑臉鬼乘史少捷和長鬚鬼說話之際，繞到他身後放火。

火頭剛竄起，便聽得喪門鬼和笑臉鬼失聲驚叫，狂奔而回，氣急敗壞，神情惶懼已極。長鬚鬼喝問：「甚麼？」喪門鬼叫道：「老虎，老虎！一百頭，兩百頭……」

史少捷見林中火起，滿臉驚怒，縱身叫道：「大哥，二哥，正事要緊，讓這些鬼走罷！那裏找他們不到？」

突然之間，衆人眼前一花，一隻小狗般的野獸從密林中鑽了出來，瞬眼之間便奔到了林外。這野獸身子不大，四條腿極長，周身雪白，尾巴卻是漆黑，貓不像貓，狗不像狗。史少捷大叫：「九尾靈狐出來啦！」飛身追出。他這一聲叫喊之中，充滿了惶急驚恐。

猛聽得樹林後一聲高呼，似虎嘯而非虎嘯，似獅吼而非獅吼，更如是一人縱聲大叫，郭襄一聽得這呼號，背上隱隱感到一陣寒意。這一聲響過，四下裏百獸齊吼，獅子、老虎、豹子，豺狼、大象、猿猴、猩猩……一時也分辨不清，跟著蹄聲雜沓，千萬頭野獸從林中奔將出來。只聽得一人叫道：「大哥往東北，二哥往西北，四弟趕向西南……」語聲正和適才嘯聲相似。

郭襄但見幾個黑影閃了幾閃，已出了密林。她明知危險，但好奇心起，忙也縱馬追出樹林。那大頭鬼叫道：「郭姑娘，不可亂走！」縱馬追出。郭襄一出樹林，眼前登時出現一片奇景，只見五個人各率一羣野獸，在白雪鋪蓋的平原上分向五方急奔。這些野獸顯是訓練有素，互相並不撕打抓咬，成羣結隊，或東或西，奔跑得毫不雜亂。郭襄又害怕，又覺好玩，見五隊野獸漸漸接近，圍成一個大圓圈。

斗然間白影閃動，那條小狗似的野獸從獸羣中鑽出，在郭襄面前疾掠而過。身法之快，當眞有如電閃。郭襄一驚，俯身伸手去捉，那小獸早已奔在她身前數丈之外。牠一站定，忽地回頭瞪視郭襄，圓圓的眼珠如火般紅，骨溜溜地轉個不停，黑夜之中，宛如兩點火星。

只聽得史氏兄弟叫道：「九尾靈狐，九尾靈狐，在那邊，在那邊！」跟著羣獸便如山崩地裂般衝將過來。

郭襄催馬向旁閃避，但坐騎見到這許多猛獸，只嚇得全身酥軟，前腿忽彎，跪倒在地。郭襄大驚：「羣獸向我奔來，可要將我踏成肉泥了！」當即躍馬離鞍，斜刺裏奔出，鼻管中只聞到陣陣腥風，獸羣便如一條大河般從她身邊流過，不多時便已遠去。

這時西山一窟鬼也都已馳馬出林。長鬚鬼道：「史家兄弟武功再強，咱們也不害怕，只這許多畜生卻不易打發。今晚且不撩撥，留下力氣去對付神鵰俠，大夥兒走罷！」那老婦道：「好，今晚殺神鵰俠，明日再來燒獅子、烤老虎！」說著一提馬韁，便欲繞林而行。

猛聽得獅吼虎嘯之聲大作，羣獸分道歸來。這一次的吼聲並不猛惡，奔跑也不迅捷。長鬚鬼陡然變色，叫道：「不好，大夥兒快走！」但四面八方都有野獸吼叫聲，各人顯已陷入獸羣包圍。長鬚鬼一聲唿哨，十人一齊下馬，分站五個方位，各抽兵刃，默不作聲的待敵。

大頭鬼低聲道：「小姑娘，你快回去罷，犯不著在這兒涉險。」郭襄道：「神鵰俠呢？你答允帶我去見他的。」大頭鬼皺眉道：「這許多惡獸你沒見到嗎？」郭襄道：「你跟野獸的主人說道理啊，便說你們跟神鵰俠有約，沒功夫多耽擱。」大頭鬼皺眉道：「哼，西山一窟鬼向來不跟人說道理。」說話之間，史氏兄弟已率領野獸回來。

五人都身穿獸皮短袍，離開西山一窟鬼約四五丈站定，仍由五弟史少捷發話：「萬獸山莊跟西山一窟鬼向來沒樑子，各位何以林中縱火，趕走了九尾靈狐？」郭襄聽他說話語音中恨惡憤怒之意極深，心想：「那頭小獸固然生得可愛，卻也不見得有甚麼了不起，何必這麼大驚小怪？牠明明只有一條尾巴，怎地又叫作九尾靈狐？」

那紅衣女子說道：「今日之事，起因在於你們。萬獸山莊素來在甘涼一帶開山立業，突然來到我們山西，黑夜之中，又不許人行經官路大道。似這等橫法，還來責怪別人麼？」

白額山君史伯威喝道：「事已如此，還多說甚麼？西山一窟鬼一個也不能活著。」大聲怒吼，赤手空拳的便向長鬚鬼撲來，雙掌握成虎爪之勢，人未到，風先至，便眞猛虎也沒這般威風。

長鬚鬼一個滑步，向左側退開丈許，呼的一聲，一件長兵刃向史伯威橫掃過去。史伯威虎爪伸出，將長兵刃頂端抓入手中，原來是根鷄蛋粗細的鋼杖。他手掌尚未握緊，猛覺手臂一熱，急忙撒手，左掌運功格開鋼杖，若非見機得快，胸口已爲杖端點中，心中一驚：「西山一窟鬼近年來聲名極響，果非等閒之輩。」不敢托大，嗆啷啷兵刃出手，是一對虎頭雙鉤。這對鉤右手鉤重十八斤，左手鉤重十七斤，頗爲沉猛，雙鉤化作兩道黃光，和長鬚鬼的鋼杖惡鬥起來。

這時管見子史仲猛手持爛銀點鋼管，以一敵二，和催命鬼的地堂刀、喪門鬼的鏈子槍相鬥。大力神史季強和老婦人吊死鬼手中的一根長索相拚，他力氣雖巨，但吊死鬼的長索軟綿綿地無著力之處，他吼叫連連，空有一身神力，卻無法施展。八手仙猿史少捷的對手是使八角銅鎚的大頭鬼。史少捷判官雙筆招數精奇，大頭鬼招架不住，紅衣紅裙的紅俏鬼提刀上前相助。

雪地之中，十個人分成四團廝殺，大雪紛紛而下，一時難分勝敗。

西山一窟鬼中尚有四人未曾出手，對方卻只青甲獅王一人空手掠陣，他靠在一頭雄獅身上，病奄奄的有氣無力。這一仗一窟鬼以衆敵寡，佔了勝勢，但人人都看到史氏兄弟只須縱聲一呼，羣獸咆哮而上，一窟鬼不免立時從上風轉爲下風。

郭襄見羣獸環伺，心中害怕，又記掛著要見神鵰俠，叫道：「大頭鬼叔叔，別打了，你們人多，便勝了也不光采。是你們得罪了人家，還是賠個不是罷！」但衆人那來睬她？

十人激鬥良久。長鬚鬼和史伯威始終旗鼓相當。老婆婆吊死鬼的長索招數變化多端，化成一個個大圈小圈，史季強稍不留神，險些給她繩圈套上了項頸，幸好他力大招猛，吊死鬼也有顧忌。大頭鬼和紅俏鬼一剛一柔，相輔相成，但史少捷出招奇快，常言道一快打三慢，三人團團而鬥，史少捷渾沒落了下風。大頭鬼雷震般的聲音轟轟而吼，紅俏鬼卻陰聲陰氣的說笑，意圖分散敵人心神。史少捷充耳不聞，凝神接戰。

這一邊催命鬼和喪門鬼卻已抵敵不住史仲猛的銀管。他那銀管較齊眉棍略短而中空，招數古怪，三人鬥到分際，喪門鬼挺槍刺出，史仲猛對準了他槍尖也挺管刺去，那銀管直通過去，竟將一根槍桿套入了管子。喪門鬼大駭，可又不肯撒手放脫兵刃。在旁觀的討債鬼躍上相助，揮鐵牌砸出，打向史仲猛的銀管。史仲猛抽管而退，喪門鬼這才收回鏈子槍。討債鬼的兵刃模樣似是塊鐵牌，其實是一本精鋼鑄成的帳簿，共有五張，每一張可以翻動，薄張之邊鋒銳比於刀劍，乃一件奇門利器。

西山十鬼每人本來各有姓名，但自「西山一窟鬼」的名號在江湖上大響以來，十人索性捨卻眞姓名，各以一鬼爲號。十人的長相行事原本皆有奇特處，十兄弟相互說道：「江湖上的好漢叫咱們爲鬼，咱們便居之不疑，且看是人厲害呢，還是鬼猛惡？」那討債鬼本使鑌鐵牌，只因他再細微的怨仇也必報復，從不放過一個小小得罪他之人，武林中送了他一個外號叫作「討債鬼」，他聽了甚爲欣然，索性將兵刃鑄成帳簿之形，在每張鐵片上用尖刀劃了仇人姓名，直至報仇雪怨之後，帳簿上才一筆勾銷。

爛銀點鋼管已是件奇形兵刃，鐵帳簿的形狀更加奇特，五張鐵片相互撞擊，噹噹作響。催命、喪門、討債三鬼合鬥史仲猛，情勢才漸見有利。

郭襄站在一旁，見一窟鬼和史家兄弟劇鬥不休，心想神鵰俠的約會早已過時，只怕他等得不耐煩，自行走了，她越想越焦急，卻又無力阻止各人廝拚。

千百頭猛獸蹲伏在地，圍成一個密密圈子。西山一窟鬼放眼只見黑暗中到處閃爍著一點點綠油油的眼睛，均知縱然將史家五兄弟盡數打死，要衝出獸圈也艱難之極。那老婦吊死鬼只想用繩索纏住大力神史季強，但教擒住了他，便能逼令史氏兄弟召回羣獸讓道。但史季強的膂力武功本在吊死鬼之上，只因她兵刃奇特，佔了便宜，才勉強拚成平手，想要擒他當眞談何容易？笑臉鬼叫道：「二姊，我來助你。」從腰間抽出兵刃，向史季強撲去。

史季強正鬥得焦躁，見笑臉鬼撲上，正合心意，叫一聲：「來得好！」青銅杵猛向他頭頂蓋下。笑臉鬼側過身子，橫過雙鞭一擋，噗的一聲，雙鞭登時折斷。笑臉鬼大駭，一個打滾，翻了出去。砰的一響，青銅杵擊在地下。笑臉鬼伸手入懷，抓了一把毒粉，不待站起，已揚手向史季強撒去。史季強斗見眼前出現一股淡紅色薄霧，頭腦即暈，腳步搖晃，立時摔倒。吊死鬼長繩捲處，已套住了他雙腿。

史伯威、史仲猛、史少捷三人見大力神失手，都感驚怒，苦於爲羣鬼纏住，無法分身來救。郭襄叫道：「你們幹甚麼？詭計傷人，算甚麼好漢？」她對交鬥雙方誰也不幫，但見笑臉鬼這一招太不光明，忍不住出聲指斥。便在此時，忽聽得身旁一聲低吼，青甲獅王史叔剛緩緩站起，低沉著嗓子喝道：「放下我四弟！」

史季強昏暈不醒。吊死鬼揮動長索，連他手臂也縛上了，忌憚他力氣太大，怕他醒轉後崩斷繩索，又點了他脅下穴道，叫道：「你驅開畜生讓道，我們便放人！」眼見史叔剛雙目凹進，滿臉蠟黃，走路也搖搖晃晃，顯然患病不輕，對他毫不在意。

郭襄見史叔剛緩緩走向羣鬼，覺他手足情深，扶病迎敵，實是個硬漢，忙道：「喂，叔叔，你身上有病，小心傷身，別動手。」史叔剛向她點了點頭，說道：「多謝！」腳下不停，仍一步步走向史季強。笑臉鬼向吊死鬼使個眼色，分從左右搶上，要連這癆病鬼一起擒住。兩人撲到史叔剛身邊，四手探出，猛聽得史叔剛一聲低吼，左手在吊死鬼肩頭一拍，右手在笑臉鬼背上一托，兩人只覺一股巨力突然壓在身上，不由得腳步踉蹌，險些摔倒，忙提氣躍開，幸好史叔剛並未追來。兩人相顧駭然，均嚇出了一身冷汗，想不到這癆病鬼竟如此厲害。

史叔剛俯身解開四弟穴道，輕輕一拉，已將吊死鬼的長索拉得斷爲數截。但史季強中了毒霧，始終不醒。史叔剛皺起眉頭，喝道：「取解藥來！」笑臉鬼道：「你收回衆畜生，我自將解藥給你。」

史叔剛哼了一聲，搖搖晃晃的向笑臉鬼走去。笑臉鬼不敢和他正面爲敵，快步閃開。史叔剛因身上有傷，縱躍不得，仍有氣沒力的向他走去。站在一旁的三鬼同時擁上，笑臉鬼也回身而鬥。史叔剛出掌甚緩，但掌力沉雄，四鬼團團圍住了，你刺一槍，我砍一刀，卻不敢近身。笑臉鬼怕毒倒自己兄弟，也不敢再放毒粉。

郭襄心想：「這大個子中了詭計，甚是可憐！」從地下抓起一團雪，在史季強額頭磨擦，又將一團雪塞在他口裏。毒粉藥力本不持久，史季強體魄又壯，頭上一冷，悠悠醒轉，見郭襄兀自以雪團替他擦額，說道：「多謝小姑娘！」翻身站起，伸手背揉了揉眼睛，見四鬼圍攻史叔剛，大聲叫道：「三哥退開！」伸手便去扭笑臉鬼的頭頸。

史伯威急舞雙鉤和長鬚鬼的鋼杖鬥得正緊，見史季強醒轉，心下大喜，縱聲長嘯。蹲伏著的猛獸聽得嘯聲，立時便都站起，作勢欲撲。史伯威又一聲大喝，羣獸齊聲怒吼。西山一窟鬼雖見過不少大陣大仗，當此情景也不禁膽戰心驚。羣獸吼聲未絕，已紛紛向西山十鬼撲去。

郭襄「啊」的一聲呼叫，嚇得臉色慘白。史叔剛伸手推開一頭撲向郭襄的猛虎，除下自己頭上皮帽，戴在郭襄頭上。羣獸久經訓練，見她戴上皮帽，便不向她撲咬，轉頭攻擊十鬼。猛虎、豺狼、豹子、獅子、人猿……諸般猛獸對十鬼或抓或咬。西山十鬼奮力殺斃了七八頭惡獸，但一來史氏兄弟從旁牽制，二來猛獸實在太多，片刻之間，十鬼人人受傷，衣衫碎裂，鮮血淋漓，眼見便要命喪當地，沒一能逃出猛獸爪牙。

郭襄見三頭雄獅向大頭鬼一人圍攻，他手中的八角銅鎚已掉在地下，右臂爲一頭雄獅咬住不放，全仗左手運掌成風，勉強支撐，抵擋著另外兩頭雄獅。郭襄想起他帶自己出來，見他如此狼狽，心中不忍，當下不加思索，除下皮帽，揚手揮出，安在他頭上，頭大帽小，形相好笑，且搖搖欲墜，戴不安穩。史家兄弟操練羣獸之時，頭上均戴這種特製的皮帽，畜生無知，那裏分得清友敵，見大頭鬼戴上了皮帽，便轉身走開。這邊廂四頭花豹卻已將郭襄圍住。

這時史叔剛正在搶奪長鬚鬼手中鋼杖，免得他傷獸太多，聽得郭襄呼救，回頭看時，不禁一驚，只因相距甚遠，不及過去解救。但說也奇怪，四頭豹子竟不向郭襄抓咬，繞著她邊嗅邊走，挨挨擦擦，情狀竟甚親熱。郭襄嚇得呆了，見四頭花豹似無惡意，一怔之下，想起母親和姊姊都曾說過，自己幼時吃母豹的乳汁長大，看來這四頭花豹嗅到自己身上體氣有異，因而引爲同類。她又驚又喜，俯身摟住兩頭豹子頭頸，另外兩頭花豹便伸舌舐她的手背和臉頰。郭襄只覺一陣酸癢，格格的笑了出來。史家兄弟馴獸以來，從未見過如此奇景，各人對郭襄均有好感，無不又驚又喜。

大頭鬼雖因皮帽而暫得免禍，但見兄弟姊妹九人個個難逃困厄，怎肯一人獨生？他西山一窟鬼並非正人君子，平時所作所爲也以旁門左道者爲多，但相互間義氣深重，當下抓起皮帽，向紅衣紅裙的紅俏鬼擲去，叫道：「九妹，你快逃命罷。」紅俏鬼接住了皮帽，立即擲給長鬚鬼，叫道：「大哥，你先出去，將來設法給我們報仇便是。」長鬚鬼卻將皮帽拋在笑臉鬼頭上，說道：「十弟，君子報仇，十年未晚，你大哥活不到這麼久了。」他十人竟誰也不肯要這件救命之物。

笑臉鬼給五條惡狼纏住了，騰不出手來擲帽。豺狼生性貪狠，口中一咬到血，雖見笑臉鬼頭上戴了皮帽，卻不肯就此捨卻美食。笑臉鬼大聲咒罵，臉上仍帶笑意。

猛聽得頭頂清嘯冷冷，有人朗聲說道：「西山一窟鬼不守信約，累我空等半晚，卻原來在這裏跟野獸胡鬧！」

郭襄一聽大喜，心道：「神鵰俠到了！」抬起頭來，只見一株大樹橫幹上坐著一人，身旁蹲著一頭碩大無朋卻又醜陋不堪的巨鵰。這人身穿灰布長袍，右袖束在腰帶之中，果是斷了一臂，再看那人相貌時，不由得機伶伶打個冷戰，只見他臉色焦黃，木僵枯槁，那裏是個活人？實是一具殭屍。西山一窟鬼中儘有相貌獰惡之人，卻決沒一人如他這般難看。

郭襄未見他之時，小姑娘的心中將他想像得風流儒雅、英俊瀟洒，此時一見，不禁大失所望，心道：「世上竟有這般相貌奇醜之人！」忍不住再向他望了一眼，卻見他一雙眸子精光四射，英氣逼人。那閃電般的眼光掃過她臉時略一停留，似乎微感奇怪。郭襄心口一陣發熱，不由自主的暈生雙頰，低下頭來，隱隱約約的覺得，這神鵰俠倒也不怎麼醜陋了。

楊過縱口長呼，龍吟般的嘯聲直上天際。郭襄心旌搖盪，如痴如醉。嘯聲不絕，羣獸紛紛摔倒，接著西山十鬼、史家兄弟先後跌倒，只十餘頭大象、史叔剛和郭襄兩人勉強直立。

# 第三十四回　排難解紛

眼前之人，正是楊過。十六年來，他苦候與小龍女重會之約，漫遊四方，行俠仗義，多作鏟除人間不平之事，因一直和神鵰為侶，闖下了個「神鵰俠」的名頭。他自悔少年風流孽緣太多，累得公孫綠萼為己喪命，程英和陸無雙一生傷心，他自知性格風流，見到年輕美貌女子，往往與之言笑不禁，相處親密，雖無輕薄之念，卻引起對方遐想，惹下不少無謂相思，自知不合，常自努力克制，但情緣之來，有時不由自主，因此經常戴著黃藥師所製的那張人皮面具，不以原來之英俊面目示人。這晚與西山一窟鬼約鬥倒馬坪，對方過期不至，便一路尋來。

西山一窟鬼在羣獸圍攻之下，人人命在呼吸之間，斗然間聽到楊過說話，又多了一個強敵，均想：「罷了，罷了，連最後一絲逃生之望，也已斷絕。」只聽楊過朗聲又道：「這幾位是萬獸山莊的史氏賢昆仲麼？各位住手，聽我一言。」

史伯威道：「我們正是姓史。閣下是誰？」隨即道：「啊，恕我眼拙，閣下想必是神鵰俠了？」楊過道：「不敢，正是在下。請快喝住這些虎狼獅豹罷，再遲得片刻，假鬼只怕要變眞鬼。」史伯威道：「待假鬼人人成了眞鬼，再與閣下敘話。」楊過皺眉道：「西山一窟鬼和在下有約在先，你叫野獸將他們咬死了，我跟誰說話去？」

史伯威聽他言語漸漸無禮，嘿嘿一聲冷笑，反而驅羣獸加緊上前攻擊。楊過喝道：「你既知我是神鵰俠，怎地對我的說話不加理睬？」史伯威道：「神鵰俠便怎樣？你有本事，便自行把我的野獸喝住罷！」

楊過說道：「好！鵰兄，咱們下去！」右手袖子一揮，一人一鵰，從樹幹上翩然而下。羣獸不待人鵰落地，已吼叫著紛紛撲上。神鵰雙翅展開，左擊右拂，撥出一股猛烈無比的勁風，豺狼等身軀較小的惡獸爲疾風捲動，站不住腳，踉踉蹌蹌的跌開。一獅一虎怒吼撲上，神鵰橫翅掃出，直有千斤巨力，一獅一虎同時給牠掃了個觔斗。牠左翅跟著拍出，正中一頭金錢豹子腦門，那金錢豹軟癱在地，動彈不得。羣獸見牠如此威猛，便都不敢上前，均遠遠蹲著，嗚嗚低吼。

史伯威大怒，縱身向楊過撲去，手成虎爪之形，抓向他胸口。楊過右肩微晃，袖子從上而下，噗的一聲，擊上他雙腕。史伯威但感手腕劇痛，有如刀削，禁不住「啊」的一聲呼叫。

史叔剛緩步上前，伸掌平平推出。楊過叫道：「好功夫！」左掌伸出相抵，微微一笑，使上了三成掌力。他十餘年來在海濤之中練功，掌力倘若用足了，別說血肉之軀，縱然大樹厚牆，也必一掌而摧。史叔剛曾得異人傳功，內力亦不同凡俗，身子微晃，竟不後退。楊過道：「小心了！」掌力催動，又加上兩成勁道。史叔剛眼前一黑，情知性命不保，忽聽楊過說道：「啊，你身上有傷！」身前一股排山倒海而至的巨力瞬時間消於無影無蹤。史叔剛死裏逃生，呆呆的說不出話來。

伯威、仲猛、季強、少捷史家四兄弟見他怔怔的站立不動，只道他已受重傷，急怒之下，一齊撲向楊過。但見他身子微挫，正好一頭猛虎從側面竄上，楊過伸左手抓住猛虎頭頸，將這畜生當作了一件活兵刃，擋開史仲猛的銀管和史季強的銅杵，讓四隻虎爪抓向史伯威和史少捷的頭臉胸口。楊過十餘年前使那玄鐵重劍之時，兵刃已重逾八十斤，這頭猛虎軀幹雖巨，也不過一百數十斤重，他提在手中，渾若無物。猛虎頭頸遭抓，驚怒交集，那裏還認得出主人，張牙舞爪，向史氏兄弟又抓又咬。伯威、少捷兩人平時雖與猛獸爲伍，這時卻也鬧了個手忙腳亂。

郭襄在旁拍手笑道：「神鵰俠，好功夫，史家兄弟服了罷？」楊過向她瞧一眼，心道：「這小姑娘是甚麼路道？她既與花豹爲友，卻又出言助我？」

史叔剛吐納兩下，氣息順暢，知道未受內傷，神鵰俠手下留情，饒了自己性命，心想：「若憑眞實功夫，咱五兄弟齊上也不是他對手。」見二哥和四弟兀自挺著兵刃，俟隙向楊過進擊，忙叫道：「二哥、四弟，快快住手，咱們可不能不知好歹。」

管見子史仲猛一聽，立即撤回遞出去的銀管。那大力神史季強是個莽撞之徒，心想：「甚麼叫做不知好歹？先吃我一杵再說。」雙手執杵，呼的一聲，往楊過頭頂壓擊下去，這一招他叫作「巨象開山」，學的是巨象用長鼻擊物的姿勢。他那銅杵內藏鑌鐵，鑄成象鼻之形，前細後粗，微微彎曲，這一擊下來，勢道威猛之極。

楊過更不閃避，擲開猛虎，左掌翻處，已抓住了象鼻杵前端，笑道：「咱們較量較量，是誰力大？」史季強運力下壓，不管他如何出力，象鼻杵卻停在楊過頭頂，分毫也壓不下去。史叔剛叫道：「四弟不得無禮！」史季強向裏硬奪，待要收回銅杵，杵端給楊過抓住了，竟如讓生鐵鑄住了一般。史季強連運三次勁，始終奪不回來。楊過覺到他回奪之力大得異常，心想：「我不顯神功，這一身蠻力的莽夫終是不服。」突然左手往上急拗。這一拗之力集於銅杵中部，運勁既巧且猛，按理史季強非脫手不可，那知他仍雙手牢牢抓住，那條和象鼻般粗大的銅杵卻彎成了曲尺之形。楊過喝道：「好！」轉勁向下拗落，銅杵從另一邊彎將下來，啪的一聲，斷成兩截。史季強給震得雙手虎口都破裂寸許，鮮血長流。這大漢竟有一股狠勁，仍死命抓住杵柄不放。

楊過哈哈一笑，順手揮出，半截銅杵筆直插下，沒入雪地之中，刹時不見了影蹤。地下積雪不到一尺，那斷杵卻有三尺來長，卻給他一插滅跡，神功實是驚人。他遊目四顧，見史叔剛、史少捷等正在喝止虎豹，但羣獸野性發作，又見了人血，不易立時喝止。

楊過向郭襄打個手勢，叫她用手指塞住雙耳。郭襄不明其意，但依言按耳，只見他縱口長呼，龍吟般的嘯聲直上天際。郭襄雖已塞住了耳朵，仍震得她心旌搖盪，如痴如醉，腳步站立不穩。幸好她自幼便修習父親的玄門正宗內功，因此武功雖然尚淺，內功的根基卻紮得甚爲堅實，遠勝於一般武林中好手，聽了楊過這麼一嘯，手指塞耳更緊，總算沒摔倒。

嘯聲悠悠不絕，只聽得人人變色，羣獸紛紛摔倒，接著西山十鬼、史家兄弟先後跌倒，只十餘頭大象、史叔剛和郭襄兩人勉強直立。那神鵰昂首環顧，甚有傲色。楊過心想這病夫內力不淺，我若再催嘯聲，硬生生將他摔倒，只怕他要受劇烈內傷，長袖一揮，住口停嘯。過了片刻，衆人和羣獸才慢慢站起。豺狼等小獸竟有爲他嘯聲震暈不醒的，雪地中遍地都是羣獸嚇出來的屎尿。羣獸不等史家兄弟呼喝，紛紛夾著尾巴逃入了樹林深處，連回頭瞧一眼也都不敢。

史家兄弟和西山一窟鬼平生那裏見過這等威勢？呆呆站著，竟不知說甚麼好。

楊過道：「史家昆仲請恕無禮，只因在下和西山一窟鬼有約，迫得阻住雙方動手。

待在下這回事了結之後，你們再分高下，在下誰也不幫，袖手觀鬥。」轉頭向煞神鬼道：「怎麼樣？你們要一個個的跟我車輪戰呢，還是十個兒一齊上？」

煞神鬼給他嘯聲震盪之下，雖翻身站起，心魂未定，一時答不出話來。長鬚鬼一揖至地，恭恭敬敬的道：「神鵰大俠，我們的淺薄功夫跟你老人家天差地遠，西山一窟鬼如何敢跟你動手？我們性命都是你老人家救的，你此後有何差遣，我們水裏水裏去，火裏火裏去，無不遵從。你要叫我們兄弟退出山西，我們立時便走，決不敢有片刻停留。」

楊過見了他的神情，心中早在懷疑，這時聽了他說話，問道：「尊駕可是姓樊，大號叫作一翁麼？」這長鬚鬼正是絕情谷中公孫止的首徒樊一翁，他自蒙楊過饒了性命，僻地隱居，數年來重入江湖，仗著一身卓絕武功，成爲西山一窟鬼之首。他和楊過相見之時，楊過尚未斷臂，這時戴上了人皮面具，自更認他不出，躬身答道：「小人正是樊一翁，聽從神鵰大俠吩咐。」

楊過微微一笑，舉手道：「不敢！各位既願聽從在下之言，那也不用退出山西境界。煞神鬼老兄，你放你那四個妾侍回家去罷！」煞神鬼道：「是！」頓了一頓，說道：「四個賤人倘若不肯走，小人用大棍子轟她們出去。」

楊過一怔，想起當日煞神鬼五個妻妾跪地爲他求情的神色，倒似對他眞有情義，倘若她們情願跟他，而他爲了遵從自己吩咐，反而硬轟四妾出門，只怕反而傷了她們之心，笑道：「那也不用。她們倘若願走，你不可強留，如果願意跟你，唉，她們對你有情有義，也算難得。你要好好對待她們。你說還要娶四個妾侍，這話當眞？」煞神鬼俯首道：「小人不要臉，家裏大老婆小老婆打打鬧鬧，累得神鵰大俠費心，又險些害了各位兄弟姊妹性命，小人自當痛改前非，從此不敢再胡作非爲。小人便有膽子，我大哥也決不容許。」衆人一聽，都笑了起來。

楊過道：「好啦，我的事已經了結，你們雙方動手便是。」說著和神鵰退在一旁，負手背後，只待史氏兄弟和西山十鬼再鬥。

樊一翁叉手上前，向史伯威道：「西山十鬼擅闖寶莊，落得個個遍體鱗傷，今日暫且別過，但不知寶莊要在山西安業呢？還是回涼州去？我們好上門拜訪啊。」

史伯威聽他言語之中，意思是要登門尋仇，昂然道：「我們兄弟在涼州恭候大駕。倘若我三弟竟然……竟然因此不治，這深仇大恨豈能罷休？不用各位駕臨涼州，我們四兄弟自會上門。」樊一翁一怔，說道：「史三哥本就有病，這事跟我們有何干係，倒要請教。」史伯威怒氣上衝，滿臉通紅，喝道：「我三弟……」史叔剛一聲長嘆，說道：「大哥，西山一窟鬼也是無心之失，小弟命該如此，不必多結無謂的冤家。」

史伯威強忍怒氣，道：「好！」向樊一翁一抱拳，道：「青山不改，綠水長流，咱們後會有期。」轉頭向楊過道：「神鵰大俠，我兄弟再練三十年武功，也不是你對手，只好服輸，這是輸得口服心服。此後也不敢再見你面，你到那裏，我們先行退避便是。」楊過笑道：「史大哥言重了。」

史伯威道：「走罷！」走到史叔剛身邊，伸手扶住他胳臂，轉身便行。

樊一翁聽他言語中有許多不解之處，忙道：「史大哥請留步。史三哥說我們是無心之失，除了我們十兄弟擅闖寶莊之外，是否此外尚有冒犯之處？倘若眞是我們的不是，西山一窟鬼殺頭尚且不怕，何懼向賢昆仲磕頭賠罪？」史伯威適才見他們在羣獸圍攻之下互擲皮帽，個個確是不怕死的硬漢，倒也是非分明，淒然道：「你們驚走了九尾靈狐，令我三弟的內傷沒法醫治，縱然磕一千個頭、一萬個頭，又有何用？」

樊一翁吃了一驚，想起史氏兄弟率領羣獸大舉追逐那隻小狐狸，不該是小題大做，只想不到這隻小畜生竟有這等重大干係。煞神鬼道：「這隻小狐狸有甚麼用？嗯，既與史三哥貴體有關，大夥兒合力追捕便是，諒那小小一隻狐狸，何足道哉？」史季強大聲道：「甚麼何足道哉？你只要捉得住這隻九尾靈狐，我史老四給你磕一百個響頭，啊哈！便磕一千個頭，我也心甘情願。」說到這裏，語音竟有些嗚咽。

樊一翁心想：「史家兄弟善於馴獸，當今之世，再沒勝得過他們的了。他們既說得如此艱難，旁人還有甚麼指望？」想到這裏，不自禁的向楊過瞧了一眼。

郭襄忍不住插口道：「你們說來說去，怎地不求求神鵰俠？」管見子史仲猛心中一動，尋思：「這位神鵰俠武功深不可測，說不定他有法子。」說道：「小姑娘你知道甚麼？除非是大羅金仙下凡，否則還有誰能捕得那頭九尾靈狐？」楊過微微一笑，明知他是出言相激，卻不接口。

郭襄道：「這九尾靈狐到底有甚麼希奇，請史二叔說來聽聽。」史仲猛嘆了口氣，道：「前年歲尾，我三弟在涼州打抱不平，和人動手，對方突然使用詭計，我三弟一個不慎，身受重傷……」

郭襄奇道：「這位史三叔武功高得很啊，是誰這等厲害？竟能傷得了他？」史叔剛道：「姑娘謬讚。在下這點點微末本領，實如螢火之光。姑娘這般說，豈不讓神鵰大俠笑掉了牙齒？」郭襄向楊過一瞥，說道：「他！他自然不同。我說是旁人啊。」

史仲猛道：「打傷我三弟的，是個蒙古王子，名叫霍都，聽說是蒙古第一護國大師金輪國師的弟子。」楊過微微頷首，心道：「原來是他，怪不得有此功夫。」

郭襄向楊過道：「神鵰俠，請你去把這蒙古王子痛打一頓，爲史三叔報了這仇罷！」史仲猛道：「這個卻不敢勞動神鵰俠的大駕，只須我三弟內傷痊愈，再去尋他，正大光明的打上一架，卻也未必再輸。只是我兄弟所練的內功另成一派，受了這內傷之後歷久不愈，須飲九尾靈狐之血方能治得。」

郭襄和西山一窟鬼齊道：「啊，原來如此。」

史仲猛道：「那九尾靈狐是百獸中極罕見、極靈異之物，我五兄弟足足尋了一年有餘，才在晉南發見了靈狐的蹤跡。這頭靈狐藏身之處也眞奇怪，是在此西北三十餘里的一個大泥沼中……」煞神鬼奇道：「大泥沼？是黑龍潭麼？」史仲猛道：「正是。各位久在晉南，自然知道，這黑龍潭方圓數里之內全是污泥，人獸無法容身。我們費了好大力氣，才將牠引到這樹林之中。」煞神鬼恍然大悟，道：「啊！怪不得各位不許我們進入林中。」

史仲猛道：「是啊。想我們姓史的到晉南來是客，便再無禮，也不能霸佔晉南之地，此事當眞是迫不得已。那九尾靈狐奔跑迅捷無倫，各位適才都親眼得見。我們率領獸羣，在林中圍得密不通風，眼見靈狐便可成擒，不意各位在林中放起火來。野獸受驚亂竄，給靈狐逸了出去。說來慚愧，我們雖盡全力，仍追捕不得。那靈狐這一逃回巢穴，再要誘牠出來可就難了。我三弟的內傷日重一日，勢難拖延，我兄弟憂心如焚，以致行事莽撞，言語中缺了禮數，還請各位擔代則個。」說著抱拳唱喏，眼光卻望著楊過。

樊一翁道：「此事須讓我們西山十鬼告罪才是。但不知賢昆仲先前如何誘那靈狐出來？此時能再重施故法嗎？」史仲猛道：「狐性多疑，極難令牠上當，這靈狐尤其狡獪無比。我們用了一千多隻雄鷄，每隔數丈烤燻一隻，將烤鷄的香味送入黑龍潭中，再讓牠今天吃一隻，明天吃一隻，一直吃了兩個月有餘，防備之心漸減，這才慢慢引到這森林之中。這一回牠受了大驚嚇，便再隔十年，也不會再上當了。」

樊一翁點頭道：「確是如此。但如我們直入黑龍潭捕捉，那又如何？」史仲猛道：「這黑龍潭數里內全是十餘丈深的污泥，輕功再高，也難立足，不論船隻、皮筏、還是木排，都不能駛入。那九尾靈狐身小體輕，腳掌既厚，奔跑又速，因此能在污泥上面滑過。」

郭襄突然想起自己家中豢養的雙鵰，她姊弟三人常自騎鵰凌空為戲，這神鵰的軀體比之她家的雙鵰大逾一倍，只怕兩個人也載得起，說道：「神鵰俠，只要你肯賜予援手，便有法子。」楊過微笑道：「史家兄弟是降獅伏虎的大行家，他們尚自束手，區區縱願盡力，又有何用？」

史仲猛聽他口氣，竟肯出手相助，這是他兄弟生死的關頭，再也顧不得旁的，雙膝一曲，便在雪地中跪下，向著楊過拜了下去，說道：「神鵰大俠，舍弟命在旦夕，還望大俠垂憐。」史伯威、史季強、史少捷三人也都跪了下去。

楊過作揖還禮，急忙扶起，連稱：「不敢。」閃電般的眼光在郭襄臉上一轉，說道：「你說我有法子，倒要聽聽小妹妹的高見。」郭襄道：「你騎在大鵰身上，不就能飛入黑龍潭了？」楊過哈哈大笑，道：「我這位鵰兄和尋常飛禽不同，牠身子太重，不會飛的。牠的鐵翅一掃能斃虎豹，便是不能飛翔。」轉頭向史氏兄弟道：「說不得，小弟姑且去出力一試，倘若不成，諸位莫怪。」

史氏兄弟大喜，心想這位大俠名滿天下，向來一諾千金，倘若他亦無法，那是命該如此了。史伯威又拜了幾拜，道：「如此便請大俠和西山諸位大哥同到敝處休憩，從長計議。」樊一翁道：「這禍端因我兄弟而起，自當聽由差遣。」史伯威道：「不敢。大夥兒不打不成相識，各位若不嫌棄，便請交了我兄弟這幾個朋友。」

西山一窟鬼和史氏兄弟適才過招動手，均知對方了得，雙方本無仇怨，只不過一時言語失和，當下各自客氣了幾句，相互誠懇結納。

楊過卻道：「兄弟這便上黑龍潭去一趟，不論成與不成，再來寶莊拜候。」西山一窟鬼和史氏兄弟聽他沒叫旁人同去，素聞他行事獨來獨往，雖有出力之心，卻不敢自薦。楊過向衆人一抱拳，轉身向北便行。

郭襄心想：「我此來是要見神鵰俠，現下已經見到了。他雖容貌醜陋，但武功驚人，扶危濟困，急人之急，果然當得起『大俠』兩字，我此行可算不虛。」但想他不知如何去捕捉九尾靈狐，好奇心油然而生，不知不覺的緩步跟在楊過後面。

大頭鬼待要叫她，轉念一想：「她一意要見神鵰俠，必是有何言語要跟他說。」史氏兄弟不知郭襄來歷，更不便多說甚麼。

郭襄隨在楊過之後，相隔數丈，一心要瞧他如何去捉靈狐，只見楊過漸行漸快，神鵰和他並肩而行，邁開大步，竟疾如奔馬。頃刻之間，郭襄已落在楊過之後十來丈，遙遙望見他大袖飄飄，似在雪地中徐行緩步，但和他相距卻越來越遠。郭襄展開家傳輕功，出力追趕，然不到一盞茶時分，楊過和神鵰的背影已縮成兩個黑點。

郭襄急起來，叫道：「喂，你等我一等啊！」就這麼內息一岔，腳下踉蹌，一交摔在雪地之中。她又羞又急，不禁哭了出來。

忽聽得一個溫和的聲音在耳邊響起：「爲甚麼哭？是誰欺侮你了？」郭襄抬頭看時，竟是楊過，不知他如何能這般迅速的回來。她既驚且喜，立時又覺不好意思，低下頭來，掏手帕拭抹眼淚。那知適才奔得急了，手帕竟然掉了。

楊過從袖中取出一塊手帕，掂在拇指和食指之間，笑道：「你是找這個麼？」郭襄一看，正是自己那塊角上繡著一朵小花的手帕，突然說道：「是了，便是你欺侮我啊。」楊過奇道：「我怎地欺侮你了？」郭襄道：「你搶了我的手帕去，不是欺侮我麼？」楊過笑道：「你自己掉在地上，我好心給你拾了起來，怎說是搶？」郭襄笑道：「我跟在你後面，我的手帕便掉了，你又怎能拾到？明明是你搶我的。」其實郭襄跟隨身後，楊過早就知曉，故意加快腳步，試試她的輕功，覺得這個小姑娘年紀雖幼，武功卻出自名家所授，一發覺她在雪地摔倒，生怕她跌傷，急忙趕回，見她身後數丈之處掉了一塊手帕，當即給她拾起。他行動奇速，倏去倏回，雖然在前卻能拾到她手帕。

楊過微笑道：「你姓甚麼？叫甚麼名字？尊師是誰？爲甚麼跟著我？」郭襄道：「你尊姓大名？你先跟我說，我才跟你說。」楊過這十餘年來連眞面目也不肯示人，自是不願對一個陌生姑娘說自己姓名，道：「你這姑娘好生奇怪，既不肯說，那也罷了。手帕奉還。」說著輕輕一揚，手帕四角展開，平鋪空中，穩穩的飛到郭襄身前。郭襄大感有趣，伸手接住，說道：「神鵰俠，這是甚麼功夫？你教給我好不好？」

楊過見她天眞爛漫，對自己猙獰可怖之極的面目竟毫無懼意，心想：「我且嚇她一嚇。」突然厲聲道：「你好大膽，爲甚麼不怕我？我要害你了。」說著走上一步，舉手作勢欲擊。郭襄一驚，但隨即格的一笑，道：「我才不怕呢。你如眞的要害我，還會先說出來麼？神鵰大俠義薄雲天，豈能害我一個小小女子？」

縱是恬退淸高之人、山林隱逸之士，聽到有人眞誠讚揚，也決無不喜之理，楊過雖然不貪受旁人諂諛，但聽郭襄說得懇摯，確是衷心欽佩自己，不禁微笑道：「你素不識我，怎知我不會害你？」郭襄道：「我雖不識你，昨晚在風陵渡卻聽到許多人說你的事蹟。我心中說：『這樣一位英雄人物，定要見見。』因此便跟著大頭鬼來見你了。」

楊過搖頭道：「我算是甚麼英雄？你見了之後，定然覺得見面不如聞名。」郭襄忙道：「不，不！你若不算英雄，有誰還能算是英雄？」她這話一出口，隨即覺得這話大有語病，可把自己父親也說得不如他了，又道：「當然，除了你之外，世上也還有幾位大英雄大豪傑，但你定是其中之一。」楊過心想：「你這樣一個十幾歲的小娃兒，能知道幾個當世的人物？」微笑道：「你知道那幾位大英雄大豪傑？」

郭襄聽他言語中似有輕視自己之意，說道：「我說出來，倘若說得對，你便帶我去捉那九尾靈狐好不好？」楊過道：「好，你倒說幾位聽聽。」

郭襄道：「我說啦。有一位英雄，義守襄陽，奮不顧身，力抗蒙古，保境安民。這算不算是大英雄？」楊過大拇指一翹，道：「對！郭靖郭大俠，算得是大英雄。」

郭襄道：「還有一位女英雄，輔佐夫君，抗敵守城，智計無雙，料事如神。這算不算大英雄？」楊過道：「你說郭夫人黃幫主？嗯，確是一位了不起的女英雄。」

郭襄道：「還有一位老英雄，五行奇術，鬼神莫測，彈指神通，罕有其匹。這算不算是大英雄？」楊過道：「這是桃花島主黃藥師，武林前輩，我素來敬仰的。」

郭襄說了三人，見他都欣然認可，甚是得意，說道：「又有一位，率領丐幫，鋤奸殺敵，爲國爲民，辛苦勞碌，他算不算是大英雄？」楊過道：「你說的是魯有腳魯幫主？此人武功並不怎麼，也說不上有甚麼大作爲，但瞧在『鋤奸殺敵，爲國爲民』八個字上，算他是一號人物。」

郭襄心想：「你自己這樣的了不起，眼界自是極高，我再說下去，只怕你要說不對了。何況，除了爸爸、媽媽、外公、魯老伯，我也想不出還有誰了。」

楊過見她臉現躊躇之色，心想：「郭伯伯、郭夫人、黃島主、魯幫主這四人都是名揚天下的豪傑，這小姑娘說得出他們的名頭，不足為奇。」於是說道：「你只要再說一個，說得對，我便帶你同去黑龍潭捕捉九尾靈狐。」

郭襄待要說姊夫耶律齊，覺得他武功雖高，終還夠不上「大英雄」三字，要說武敦儒、武修文兩位師兄罷，那更加談不上，正自為難，突然靈機一動，說道：「好，又有一位：解困濟急，鋤強扶弱，衆口稱揚，神鵰大俠！這位倘若不算是大英雄，那你便是撒賴。」楊過笑道：「小姑娘說話有趣得緊。」郭襄道：「那你便帶我去黑龍潭麼？」楊過笑道：「你既說我是大英雄，大英雄豈能失信於小姑娘？咱們走罷。」

郭襄很高興，伸出右手便牽住了他的左手。她自幼和襄陽城中的豪傑為伴，衆人都當她是小姪女看待，互相脫略形跡，絕無男女之嫌，這時她心中一喜，竟也沒將楊過當作外人。

楊過左手給她握住，但覺她的小手柔軟嬌嫩，不禁微微發窘，若要掙脫，似乎顯得無禮，側目向她望了一眼，見她跳跳蹦蹦，滿臉喜容，實無半分他念，於是微微一笑，手指北方，說道：「黑龍潭便在那邊，過去已不在遠。」借著這麼一指，將手從郭襄手掌中抽了出來。楊過少年時風流倜儻，言笑無忌，但自小龍女離去之後，他鬱鬱寡歡，深自收斂，十餘年來行走江湖，遇到年輕女子，他竟比道學先生還更守禮自持，生怕再惹起風流罪過，對人不住。雖見郭襄純潔無邪，但十多年來拘謹慣了，連她的手掌也不敢多碰一下。

郭襄絲毫不覺，和他並肩而行，走了幾步，見那神鵰形貌雖醜，軀體卻極雄偉，伸手拍了拍牠背脊。她從小和一對白鵰玩慣了，常自拍打為戲，那知這神鵰翅膀微展，唰的一下，將她手臂推開。郭襄吃了一驚，「啊」的一聲叫了出來。

楊過笑道：「鵰兄勿惱！何必跟人家小姑娘一般見識？」郭襄伸了伸舌頭，走到楊過右側，不敢再和神鵰靠近。她那裏知道，她家中的雙鵰乃是家畜，這神鵰於楊過卻是半師半友，以年歲而論更屬前輩，身分大不相同。

兩人一鵰向著黑龍潭而去。那所在極易辨認，方圓七八里內草木不生。黑龍潭本是一座大湖，後因水源乾枯，逐年淤塞，成為一片污泥堆積的大沼澤。只一頓飯功夫，楊過和郭襄已來到潭邊。縱目眺望，潭面甚廣，白雪掩蓋下，延展一片，似乎無窮無盡，只潭心堆著不少枯柴茅草，也都堆了積雪，那九尾靈狐想必便藏身其中。

楊過折了一根樹枝擲入潭中。樹枝初時橫在積雪之上，過不多時便漸漸陷落，下沉之勢雖甚緩慢，卻絕不停留，眼見兩旁積雪掩上，樹枝終於沒得全無半點蹤跡。郭襄不禁駭然：「樹枝份量甚輕，尚自如此，這淤泥上怎能立足？」怔怔望著楊過，不知他有何妙策。

楊過折下兩根樹枝，每根長約五尺，拉去小枝，縛在腳底，道：「我且試試，不知成與不成？」身子向前一挺，飛也似的在積雪上滑了開去。但見他東滑西閃，左轉右折，實無瞬息之間停留，在潭泥上轉了個圈子，回到原地。

郭襄拍手笑道：「好本事，好功夫！」楊過見她眼光中充滿艷羨之意，知她極盼隨己入潭捉狐，但自量又無這等輕身本領，笑道：「我答應過要帶你到黑龍潭捕捉九尾靈狐，你有沒膽子？」郭襄輕輕嘆了口氣，說道：「我沒你這般本領，縱有膽子，也是枉然。」楊過微笑不語，又折下兩根四尺來長的樹幹，遞給郭襄，說道：「縛在自己腳底下罷！」郭襄又驚又喜，將樹枝牢牢縛在腳底。

楊過道：「你身子前傾，腳下不可絲毫使力。」伸左手握住了她右手，輕喝：「別怕！」一提一拉，郭襄身不由主的跟著他滑入了潭中。初時心中驚慌，但滑出數丈後，只覺身子輕飄飄的有如御風而行，腳上全不著力，連叫：「當眞好玩！」

兩人滑了一陣，楊過忽然奇道：「咦！」郭襄道：「怎麼？」她微一凝神，足下稍重，左腳一沉，污泥沒上了足背，她驚叫一聲：「啊喲！」楊過一提將她拉起，說道：「記著，時刻移動，不得有瞬息之間在原地停留。」郭襄道：「是了！你瞧見了甚麼？

是九尾靈狐嗎？」楊過道：「不是！那泥潭中間好似有人居住。」郭襄大奇：「這地方怎住得人？」楊過道：「我也不懂了。但這些柴草布置有異，並非天然之物。」

這時兩人離那些枯柴茅草更近了，郭襄仔細瞧去，說道：「不錯，乙木在東，丙火在南，戊土居中，北方卻不是癸水，而是庚金之象。」

她自幼聽母親談論陰陽五行之變，也學了兩三成。她性格雖然豪爽，卻不魯莽粗心，比姊姊聰明得多。黃蓉常說：「你外公倘若見了你，定是喜歡到了心坎兒中去。」黃藥師頗務醫卜星相、琴棋書畫、以及兵法縱橫諸般雜學，郭襄小小年紀，竟隱然有外祖之風，既分心旁騖，武功進境便慢，同時異想天開，我行我素，行事往往出人意表，令郭靖、黃蓉頭痛之極。她在家中有個外號，叫作「小東邪」。比如這次金釵換酒饗客，跟隨一個素不相識的大頭鬼去瞧神鵰俠，又跟一個素不相識的神鵰俠去捕捉靈狐，其大膽任性之處，與當年的黃蓉、郭芙均自不同。

楊過聽她道出柴草布置的方位，頗感詫異，問道：「你怎知道?是誰教你的？」郭襄笑道：「我是在書上瞧來的，也不知道說得對不對。但我瞧這潭中的布置也平平無奇，不見得是甚麼了不起的高人。」

楊過點頭道：「嗯，但那人在污泥潭居住，竟不陷沒，這可奇了。」拉著郭襄腳下滑行，朗聲說道：「黑龍潭中的朋友，有客人來啦。」過了一會，潭中寂靜無聲。楊過再叫一遍，仍無人應答。楊過道：「看來雖有人堆柴布陣，卻不住在此地，咱們過去瞧瞧。」向前滑出二十餘丈，到了堆積柴草之處。

郭襄忽覺腳下一實，似是踏到了硬地。楊過更早已察覺，笑道：「說來平平無奇，此潭本來是湖，湖中原有一個小島。」一句話剛完，突然眼前白影閃動，茅草中鑽出兩隻小狐，卻是一對九尾靈狐，一向東北，一向西南，疾奔而逝。

楊過叫道：「你站在這裏別動！」腰間一挺，對著奔向東北的那頭靈狐追了下去。這時他不用照顧郭襄，在雪泥之上展開輕功滑動，當眞疾如飛鳥。可是那靈狐奔得也眞迅捷，一溜煙般折了回來，掠過郭襄身前。突然風聲微響，楊過急閃而至，衣袖揮出，堪堪要捲到靈狐，那靈狐猛地躍起，在空中翻了個觔斗，這麼一來，楊過的衣袖便差了尺許，沒能捲到。郭襄連叫：「可惜！」

但見一人一狐在茫茫白雪上風馳電掣般追逐，只把郭襄瞧得驚喜交集，不住口的叫嚷爲楊過助威：「神鵰俠，再快一點兒！小靈狐，你終於逃不了，不如投降了罷！」另一頭靈狐東一鑽，西一縱，時時奔近楊過身邊。楊過知牠故意來擾亂自己心神，只作不見，始終追逐第一頭靈狐，要叫牠跑得筋疲力竭。那知這靈狐雖小，力道卻長，自知今日面臨大難，奮力狂奔，全無衰竭之象。

楊過奔得興發，腳下越來越快，見另一頭靈狐爲救同侶又奔過來打岔，笑罵：「小畜生，難道我便奈何你不得。」俯身抓起一團白雪，隨手一揑，已堅如石塊，呼的一聲擲出，正中那靈狐腦袋，當即翻身栽倒。楊過不欲傷牠性命，是以出手甚輕，那靈狐在地下打了個滾，復又站定，奔入島上的茅草叢中，再也不敢出來了。

楊過若如法炮製，立時便可將那頭亡命狂奔的靈狐擊倒擒住，但他存心和牠一賽腳力，說道：「小狐狸，我如用雪團打你，你死了也不心服。大丈夫光明正大，我如追你不上，那便饒你性命。」一口氣提到胸間，身子向前，凌空飛撲，借著滑溜之勢，竟已趕到靈狐之前，迴身返手來撈。小靈狐大驚，向右飛竄。楊過早已有備，衣袖揮處，將靈狐捲入袖中，左手拿住牠頭頸提起，得意之下，不禁哈哈大笑。

但笑聲忽然中歇，只見那靈狐直挺挺的一動也不動，竟已死了。楊過心想：「糟糕，我袖子一捲之力使得太大，這小東西原來如此脆弱，但不知死狐狸的血是否能夠治得史老三的內傷？」他提著死狐，滑到郭襄身邊，說道：「這隻狐狸死了，只怕不中用，咱們再捉那頭活的。」說著將死狐往地下一擲。他生怕狐狸裝死，雖將牠擲出，衣袖後甩，只待牠一動，立時揮出將之捲回，但那靈狐動也不動，顯是死得透了。

郭襄道：「這小狐狸生得倒也可愛，想是奔得累死了的。」提起一根枯柴，說道：「我去趕那頭小狐出來，你在這裏候著。」說著走前數步，將枯柴往草叢中打了下去。一下打落，待要提起再打第二下，說也奇怪，竟提不起來，似乎給草叢中甚麼野獸牢牢咬住了。郭襄「咦」的一聲驚叫，用力回奪，柴枝反而脫手落入草叢。

跟著瑟的一響，草叢中鑽出一個人來，一頭白髮，衣衫襤褸，卻是個年老婆婆，惡狠狠的望著郭襄，舉起柴枝，作勢欲打。郭襄大驚，忙向後躍，退到楊過身旁。

便在此時，地下那頭死狐狸翻身躍起，竄入了那老婦的懷抱，一對小眼骨溜溜望著楊過，原來牠畢竟是裝死。

楊過見這情景，又好氣，又好笑，心想：「今日居然輸給了一隻小畜生，看來這對小狐還是這老婆婆養的。這人不知是誰，江湖上可沒聽人說起有這麼一號人物。如要那小狐，只怕尚有周折。」垂手唱喏，說道：「晚輩冒昧進謁，請前輩恕罪。」

那老婦瞧了瞧兩人腳下樹枝，臉上微有驚異之色，但這驚奇的神情一現即逝，揮手說道：「老婦人隱居僻地，不見外客，你們去罷！」話聲陰惻惻的又尖又細，眉梢眼角間隱隱有股戾氣。楊過見這老婦容顏令人生怖，但眉目清秀，年輕時顯是個美人，實在想不起這是何人，又施一禮，說道：「在下有個朋友受了內傷，須九尾靈狐之血方能醫治，尚請老前輩開恩賜予，救人一命，在下和敝友同感大德。」

那老婦仰天大笑：「哈哈，哈哈，嘿嘿！」良久不絕，但笑聲中卻充滿著悽慘狠毒之意，笑了一陣，這才說道：「受了內傷，須得救他性命。好啊，為甚麼我的孩兒受了內傷，旁人卻死也不肯救他性命？」楊過悚然而驚，說道：「不知前輩的令郎受了甚麼內傷？這時施救，還來得及麼？」那老婦又哈哈大笑，說道：「還來得及麼？還來得及麼？他死了幾十年啦，屍骨都已化作了塵土，你說還來得及麼？」楊過知她憶及往事，心情異常，不便多說甚麼，只得道：「我們昧然來此求這靈狐，原是不該，常言道無功不受祿，老前輩若有所命，只教在下力之所及，自當遵辦。」

那白髮老婦眼珠骨溜溜一轉，說道：「老婦人孤居泥塘，無親無友，全仗這對靈狐爲伴。你要拿去，那也可以，你便把這小姑娘留下，陪伴老婦人十年。」

楊過眉頭一皺，尙未回答，只聽郭襄笑道：「這地方都是爛泥枯柴，有甚麼好玩？我才不愛在這兒呢。你若嫌寂寞無聊，便請到我家去，住十年也好，二十年也好，我爹爹媽媽定對老前輩款以上賓之禮，豈不是好？」那老婦臉一沉，怒道：「你爹媽是甚麼東西，便請得到我？」郭襄性子豁達大量，別人縱然莽撞失禮，她往往一笑便罷，極少生氣。那老婦這句話重重得罪了郭靖、黃蓉，若給郭芙聽到了，立時便起風波，郭襄卻只微笑著向楊過伸了伸舌頭，不以爲意。

楊過覺這小姑娘隨和可親，絲毫沒爲他招惹麻煩，向她略一點頭，意示嘉許，轉頭向那老婦道：「前輩對這小妹妹垂賜青目，原是她難得的機緣，但她未得父母允可，自己未便作主……」那老婦厲聲道：「她父母是誰？你是她甚麼人？」楊過微一躊躇，對這兩句話均感難以回答。郭襄已接口道：「我爹爹媽媽是鄉下人，說來老前輩也不會知道。他……他麼？他是我的……大哥哥！」說了眼望楊過。

這時楊過雙目也正瞧著她，兩人眼光一觸。楊過臉上戴著人皮面具，死板板、陰沉沉的不現喜怒之色，但眼光中卻流露出親近迴護的暖意。郭襄心中一動，不禁想道：「倘若我眞有這麼一位大哥哥，他定會處處照顧我、幫著我，決不像姊姊那樣，成日價便囉唆罵人，這個不對，那個不許的。」想到此處，臉上充滿著溫柔敬服的神色。

楊過道：「是啊。我這個小妹子年幼不懂事，我便帶她出來閱歷閱歷……」郭襄本來擔心楊過出言否認，聽他如此說，不由得滿臉喜色，又聽他道：「她見這九尾靈狐如此神異，知道必是一位了不起的前輩高人所養，是以隨晚輩同來拜見。得睹尊範，當眞有幸。」

那老婦冷笑道：「說話亂拍馬屁，又有何用？你們如此追逐擊打我的靈狐，是尊重前輩之道麼？快快給我滾了出去，永遠休得再來滋擾！」說著雙掌一揮，一掌推向楊過，一掌推向郭襄。三人相隔一丈有餘，那老婦凌空出掌，原本擊不到楊郭二人身上，郭襄見她手掌拍出，一股寒風便襲將過來。楊過衣袖微擺，將她推向郭襄的掌風化解於無形，對推向自己的掌風卻不理睬。

那老婦本不想傷害二人，只求將他們逐出黑龍潭去，因此掌上只使了五成力，但見眼前二人竟渾若無事，不由得又驚又怒，氣凝丹田，手掌上加了一倍力量，仍然兩掌推出，這時已顧不得對方的死活了。郭襄一覺掌風襲到，胸口立感悶塞，但楊過衣袖一揮，寒氣登消，心知兩人正自比拚內功，眼見那老婦劍拔弩張，容色可怖，楊過卻意定神閒，自是佔了上風。

那老婦身形疾閃，倏地竄前，這一下快得出奇，只聽蓬的一聲響，雙掌已結結實實的擊在楊過胸前。她一擊即退，不讓楊過還手，已退在兩丈之外。郭襄大驚，拉著楊過的手問道：「你……你可有受傷麼？」那老婦厲聲道：「你中了我『寒陰箭』掌力，已活不到明天此刻，這可是自作自受，須怪不得旁人。」

當十五年之前，楊過的武功已遠非這老婦所能及，這時他內外兼修，漸臻入神坐照的化境，那老婦的「寒陰箭」掌力雖狠毒凌厲，卻如何傷得了他？只不過他與這老婦無怨無仇，又是爲求她心愛之物而來，貿然捕捉靈狐，終究自己理虧，因此便任她拍擊三掌，竟不還手。

那老婦二十餘年來苦練「寒陰箭」掌力，已能一掌連碎十七塊青磚，而每塊青磚的磚屑決不四散飛揚，陰狠強勁，兼而有之。她見楊過中了自己雙掌，定已內臟震裂，但仍笑吟吟的渾若無事，心道：「這小子臨死還在硬挺。」說道：「乘著還未倒斃，快快帶了小娃兒出去罷，莫要死在我黑龍潭中。」楊過抬起頭來，朗聲說道：「老前輩僻處荒地，或不知世間武學多端，諸家修爲，各有所長。」說罷縱聲長笑，笑聲雄渾豪壯，直有裂石破雲之勢，顯是中氣沛然，內力深湛。

那老婦一聽，知他竟絲毫未受損傷，不由得臉如死灰，身子搖晃，這時才知他已讓了自己三掌，自己可絕非他對手，不等他笑完，提起懷中靈狐，撮唇一吹，另一頭靈狐也從草叢中鑽出，躍入老婦懷中。那老婦厲聲說道：「尊駕武學驚人，令人好生佩服，但若要恃強硬奪老婆子這對靈狐，卻是休想。你只要走上一步，老婆子先捏死了靈狐，教你空手而來，空手而歸。」

楊過見她說得斬釘截鐵，知這老婦性子極剛，寧死不屈，不由得大費躊躇，倘若搶著出手點她穴道，再奪靈狐，瞧來她竟會一怒自戕。這樣史叔剛縱然救活，豈不是另傷了一條無辜性命？

便在此時，身後忽然傳來一聲佛號：「阿彌陀佛！」接著有人說道：「老僧一燈求見，盼瑛姑賜予一面。」

郭襄四顧無人，心中大奇，聽這聲音並不響亮，明明是從近處發出，但四下裏絕無藏身之處，這說話之人卻在那裏？她曾聽母親說過，知道一燈大師是前輩高人，曾救過母親之命，又是武氏兄弟之父武三通伯伯的師父，只是她從未見過，這時忽聽到有人自稱「一燈」，自又驚又喜。

楊過聽到一燈的聲音，也十分歡喜。他知一燈所使的是上乘內功「千里傳音」之法，只聽了這兩句話，心下便大為欽服，覺這位高僧功力渾厚，己所不及，又想：「這老婦原來叫作瑛姑。不知一燈大師要見她何事？有他出面調處，靈狐或能到手。」

黑龍潭中這老婦正是瑛姑。當年一燈大師在大理國為君之時，瑛姑是他宮中貴妃，老頑童周伯通與她私通，生下一子。後來裘千仞以鐵掌功將孩兒擊傷，段皇爺以妒不救，孩兒因之死亡，段皇爺悔而出家，是為一燈。瑛姑在華山絕頂殺裘千仞不得、追周伯通未獲，其後漫遊江湖，終於在黑龍潭定居。她先前曾在湘西黑沼長居，這黑龍潭與周伯通住處相近，地理景況與黑沼相似而方圓更廣，她居住已久。這時一燈到黑龍潭外已有七日，每天均於此時傳聲求見，瑛姑雖已與一燈解仇釋怨，卻仍不願和他相見。

瑛姑退了幾步，坐上一堆枯柴，目光中流露出狠惡神色。過了一會，聽得一燈又道：「老僧一燈千里來此，但求瑛姑賜予一面。」瑛姑提著一對靈狐，毫不理會。楊過心想：「一燈大師武功高出她甚多，若要過來相見，非她能拒，何必如此苦苦相求？」只聽得一燈又說一遍，隨即聲音寂然，不再說了。

郭襄道：「大哥哥，這位一燈大師是個了不起的人物，咱們去見見他可好？」楊過道：「好！我正要去見他。」但見瑛姑緩緩站起，目露兇光，見著這副神情心中極不舒服，握著郭襄的手，說道：「走罷！」兩人身形一起，從雪地上滑了出去。

郭襄給楊過拉著滑出數十丈，問道：「大哥哥，那一燈大師是在那裏啊？我聽他說話，好似便在身旁一般。」楊過讓她連叫兩聲「大哥哥」，聽她語聲溫柔親切，心中一凜，暗想：「決不能再惹人墮入情障。這小姑娘年幼無知，天眞爛漫，還是及早和她分手，免得多生是非。」但在這污泥之中瞬息之間也停留不得，更不能鬆開她手。

郭襄道：「我問你啊，你沒聽見麼？」楊過道：「一燈大師在東北角上，離這裏尙有數里，他說話似近實遠，使的是『千里傳音』之術。」郭襄喜道：「你也會這法兒？教教我好不好？日後咱們相隔千里，我便用這法兒跟你說話，豈不有趣？」楊過笑道：「說是千里傳音，其實能夠聲聞里許，已是了不起的功夫了。要練到一燈大師這等功力，便如你這般聰明，也得等頭髮白了才成呢。」郭襄聽他稱讚自己聰明，很是高興，說道：「我聰明甚麼啊？我能及得上我媽十分中的一分，就心滿意足了。」

楊過心中一動，見她眉目之間隱隱和黃蓉有三分相似，尋思：「生平所見人物，不論男女，說到聰明機變，再無一人及得上郭伯母，難道她竟是郭伯母的女兒麼？」但隨即啞然失笑：「世上那有這等巧事？倘若她眞是郭伯母的女兒，郭伯伯決不能任她在外面亂闖。」問道：「令堂是誰？」

郭襄先前說過父親和母親是大英雄，這時便不好意思說自己是郭靖、黃蓉的女兒，笑道：「我的媽媽，便是我的媽媽，說出來你又不認得。大哥哥，你的本事大呢，還是一燈大師的大？」楊過這時人近中年，又經歷了與小龍女分手的慘苦磨練，雖豪氣不減，少年時飛揚跳脫的性情卻已收斂了大半，說道：「一燈大師望重武林，數十年之前便已和桃花島主齊名，是當年五大高人中的南帝，我如何能及得上他老人家？」

郭襄道：「要是你早生幾十年，當世便有六大高手了。那是東邪、西毒、南帝、北丐、中神通、神鵰俠。啊，還有郭大俠和郭夫人。那是八大高手。」楊過忍不住問道：「你見過郭大俠和郭夫人麼？」郭襄道：「我自然見過的，他們喜歡我得很呢。你識得他們麼？待萬獸山莊這事一了，我同你一起去瞧瞧他們好不好？」

楊過對郭芙砍斷自己手臂的怨氣，經過這許多年後已漸淡忘，但小龍女身中劇毒以致迫得分隔十六年，此事卻不能不令他恨極郭芙，淡淡的道：「到得明年，或者我會去拜見郭大俠夫婦，但須得等我見到我妻子之後，那時我夫妻倆同去。」他一說到小龍女，忍不住心頭大是興奮。

郭襄也覺得他手掌心突然潮熱，問道：「你夫人一定極美，武功又好。」楊過嘆道：「世上再沒一人能有她這麼美了，嗯，說到武功，此時一定也已勝過我許多。」郭襄大起敬慕之心，道：「大哥哥，你定要帶我見見你的夫人，你答允我，肯不肯？」楊過笑道：「爲甚麼不肯？內人一定也會喜歡你的，那時候你才眞的叫我大哥哥罷。」郭襄一怔，說道：「我想此刻就叫。爲甚麼現下叫不得？」

便這麼一停，她右足陷入了污泥。楊過拉著她一躍，向前急滑十餘丈，遠遠望見雪地上有一人站著，白鬚垂胸，身披灰布僧袍，正是一燈大師，朗聲說道：「弟子楊過，叩見大師。」帶著郭襄，提氣奔到他身前。

一燈所站處已在黑龍潭的污泥之外，他乍聞「弟子楊過」四字，心頭一喜，見他拜倒在地，忙伸手扶起，笑道：「楊賢姪別來無恙，神功進境若斯，可喜，可賀。」

楊過站起身來，見一燈身後地下橫臥著一人，臉色蠟黃，雙目緊閉，似乎是具死屍，不禁一呆，凝目看時，卻是慈恩，驚道：「慈恩大師怎麼了？」一燈嘆道：「他爲人掌力所傷，老衲雖竭盡全力，卻已回天乏術。」

楊過俯身按慈恩脈搏，只覺跳動既緩且弱，相隔良久，方始輕輕一動，若非他內功深厚，早死去多時，問道：「慈恩大師這等武功，不知如何竟會遭人毒手？」

一燈道：「我和他在湘西隱居，近日來風聲頻傳，說道蒙古大軍久攻襄陽不下，發兵繞道南攻大理，以便回軍迂迴，還拔襄陽。慈恩見老衲心念故國，出去打探消息，途中和一人相遇，二人激鬥一日一夜，慈恩終於傷在他手下。」

楊過頓足道：「唉，原來金輪國師這老賊又來到中原！」

郭襄奇道：「你怎知是金輪國師，一燈大師又沒說是他？」楊過道：「大師說他連鬥一日一夜，那麼慈恩大師自不是中了旁人的奸計暗算。當今之世，能用掌力傷得了慈恩大師的，屈指算來不過三數人而已，而這數人之中，又只金輪國師一人才是奸惡之輩。」郭襄道：「你找這奸徒算帳去，好不好？也好爲這位大和尙報這一掌之仇。」

慈恩橫臥地下，雙目緊閉，氣息奄奄，這時突然睜開眼來，望著郭襄搖了搖頭。郭襄道：「怎麼？你不要報仇麼？啊，你說那金輪國師很厲害，生怕我大哥哥不是他的敵手。」一燈道：「小姑娘猜錯了。我這徒兒生平造孽甚多，這十餘年中力求補過，惡業已消去大半，但有一件事使他耿耿於懷，臨死之際不得瞑目。這決不是盼望有人代他報仇，而是但願能獲得一人饒恕，便可安心而逝。」郭襄道：「他是來求這爛泥塘中的老太婆麼？這個人心腸硬得很，你如得罪了她，她決不肯輕易饒人。」一燈嘆了口氣，道：「正是如此！我們已在此求懇了七日七夜，她連相見一面也都不肯。」

楊過心中一凜，突然想起那老婦人所說孩兒受傷、別人不肯醫治那一番話，說道：「那是爲了她的孩兒受傷不治之事了？」一燈身子微微顫動，點了點頭，道：「原來你都已知道了。」楊過道：「弟子不知此中情由，只曾聽泥潭中那位前輩提起過兩句。」將爲追九尾靈狐而與那老婦相遇的經過簡略說了。

一燈輕輕的道：「她叫瑛姑，從前是我妻子，她……她的性子向來十分剛強。唉，都怪我那時心腸剛硬，見死不救……再拖下去，慈恩可要支持不住了。」郭襄心中立時生出許多疑團，但一時也不敢多問。

楊過慨然道：「人孰無過，既知自悔，前事便當一筆勾銷。這位瑛姑，胸襟也未免太放不開了。」他見慈恩去死不遠，不由得大起俠義之心，說道：「大師，弟子放肆，要硬逼她出來，當面說個明白。」一燈沉吟半晌，心想：「我和慈恩二人此來是爲求瑛姑寬恕，自萬萬不能用強。但苦苦哀求多日，她始終不肯見面，瞧來再求下去也屬枉然。楊過若有別法，試一試也好，就算無效，也不過不見面而已。」說道：「賢姪能勸得她出來，再好不過，但千萬不能傷了和氣，反而更增我們的罪孽。」

楊過點頭答應，取出一塊手帕，撕成四片，將兩片塞在慈恩耳中，怕他傷後身子虛弱，再在地下抓些泥土，塞入慈恩耳中布片之外，另兩片遞給郭襄，做個手勢。郭襄會意，塞在耳內。楊過先向慈恩躬身告罪，隨即對一燈道：「弟子班門弄斧，要教大師見笑了。」一燈合什道：「賢姪妙悟神功，世所罕見，老衲正要領教。」楊過又謙了幾句，氣凝丹田，左手撫腰，仰首縱聲長嘯。

這嘯聲初時清亮明澈，漸漸越嘯越響，有如雷聲隱隱，突然間忽喇喇、轟隆隆一聲急響，正如半空中猛起個焦雷霹靂。郭襄耳中雖已塞了布片，仍給這響聲震得心魂不定，花容失色。那忽喇喇、轟隆隆霹靂般的聲音一陣響似一陣，郭襄好似人在曠野，一個個焦雷在她身畔追打，心頭說不出的惶恐驚懼，只盼楊過的嘯聲趕快止歇，但焦雷陣陣，儘響個不停，突然間雷聲中又夾著狂風之聲。

郭襄喚道：「別叫了，我受不住了啦！」但她喊聲全被楊過的呼嘯掩沒，連自己也聽不到半點，只覺得魂飛魄散，似乎全身骨骼都要為嘯聲震鬆。

便在此時，一燈伸手過來，握住她手掌。郭襄定了定神，覺得有一股暖氣從一燈手掌中傳來，知他是以內力助己鎮定，於是閉目垂首，暗自運功，耳邊嘯聲雖仍如千軍萬馬般奔騰洶湧，卻已不如適才那般令人心驚肉跳。

楊過縱聲長嘯，過了一頓飯時分，非但沒絲毫衰竭，氣勢反愈來愈壯。一燈聽了嘯聲，不禁佩服，雖覺他嘯聲過於霸道，不屬純陽正氣，但自己盛年之時，也無這等充沛內力，此時年老力衰，自更不如；心想這位楊賢姪內力之剛猛強韌，實非當世任何高手所能及，不知他如何練來。一燈另一手又去抓住慈恩手掌，助他抵禦嘯聲。

再過半炷香時分，迎面一個黑影從黑龍潭中冉冉而來。楊過衣袖一拂，嘯聲登止。郭襄噓了一口長氣，兀自感到一陣陣頭暈腦脹。

只聽那人影尖聲說道：「段皇爺，你這麼強兇霸道，定要逼我出來相見，到底為了何事？」一燈道：「是這位楊賢姪作嘯相邀。」

說話之際，那人影已奔到身前，正是瑛姑。她聽了一燈之言，驚疑不定，尋思：「世間除段皇爺之外，竟尚有人內功這等高深。此人雖面目難辨，但頭髮烏黑，最多不過三十餘歲年紀，怎能有如此之功力？先前他受我三掌不傷，已令人驚奇，這嘯聲更加可怖可畏。」適才楊過的嘯聲震得她心魂不定，知道若不出潭相見，對方內力一催，自己勢非神智昏亂、大受內傷不可，受了對方挾制，不得不出，臉色自十分勉強。

她定了定神，向楊過冷然道：「靈狐便給你，老婆子算服了你，快快給我走罷。」說著抓住靈狐頭頸，便要向楊過擲來。楊過道：「前輩，靈狐乃小事，一燈大師有事相求，且請聽他一言。」瑛姑冷冷的望著一燈，道：「便聽皇爺下旨罷！」

一燈喟然道：「前塵如夢，昔日的稱謂，還提它作甚？瑛姑，你可認得他麼？」說著伸手指向橫臥在地的慈恩。這時的慈恩已改作僧裝，比之三十餘年前華山絕頂上相會之時，面目亦已大不相同。瑛姑瞧了他一眼，道：「我怎認得這和尚？」

一燈道：「當日用重手法傷你孩兒的是誰？」瑛姑全身一震，臉色由白轉紅，立時又從紅轉白，顫聲道：「裘千仞那惡賊，他便屍骨化灰，我也認得出他。」

一燈嘆道：「事隔數十年，你仍如此怨毒難忘。這人便是裘千仞！你連相貌也不認得了，可還牢牢記著舊恨。」

瑛姑大叫一聲，縮身上前，十指如鉤，作勢便要往慈恩胸口插落，細瞧他臉色，果然依稀有幾分像裘千仞的模樣，但凝目瞪視一陣，又似不像，只見他雙頰深陷，躺在地下一動不動，人已死去了大半，厲聲道：「這人當眞是裘千仞？他來見我作甚？」

一燈道：「他確是裘千仞。他自知罪孽甚深，已皈依我佛，投在我門下出家爲僧，法名慈恩。」瑛姑哼了一聲道：「作下罪孽，出家便可化解，怪不得天下和尚道士這麼多。」一燈道：「罪孽終是罪孽，豈是出家便解？慈恩身受重傷，命在旦夕之間，念著昔年傷了你孩兒，深自不安，死不瞑目，因此強忍一口氣不死，千里跋涉，來到此處，求你寬恕他的罪過。」

瑛姑雙目瞪視慈恩，良久良久，竟一瞬也不瞬，臉上充滿著憎恨怨怒，便似畢生的痛苦不幸，都要在這頃刻間發洩出來。

郭襄見她神色如此可怖，不禁暗自生懼，只見她雙手提起，運勁便欲下擊。郭襄雖然害怕，但忍不住喝道：「且慢！他已傷成這個樣子，你再打他，是甚麼道理？」

瑛姑冷笑道：「他殺我兒子，我苦候了數十年，今日才得親手取他性命，爲時已經太遲。你還問我是何道理！」

郭襄道：「他既已知道悔悟，舊事何必斤斤計較？」瑛姑仰天大笑，說道：「小娃兒，你說得好輕描淡寫！倘若他殺的是你兒子，你便如何？」郭襄道：「我……我……我那裏來的兒子？」瑛姑哼了一聲，道：「倘若他殺的是你丈夫，是你情人，那又怎樣？」郭襄臉上一紅，道：「你胡說八道，我那裏來的丈夫、情人？」

瑛姑惱怒愈增，那願更與她東扯西纏，凝目望著慈恩，雙掌便要拍落，突見慈恩嘆了一口氣，嘴角邊浮過一絲笑意，低聲道：「多謝瑛姑成全。」

瑛姑一楞，手掌便不拍落，喝道：「甚麼成全？」轉念間已明白了他的心意，原來他自知必死，卻盼自己加上一掌，以便死在自己手下，一掌還一掌，以了冤孽。她冷笑數聲，說道：「那有這樣的便宜事？我不來殺你，可是我也不饒你！」這三句話說得陰氣森森，令人不自禁的感到一陣寒意。

楊過知一燈不會跟她用強，郭襄是小孩兒家，說話瑛姑也不重視，自己再不干預，此事終無了局，於是冷然道：「瑛姑前輩，你們相互間的恩恩怨怨，我亦不大了然。只是前輩說話行事未免太絕，楊過不才，此事卻要管上一管。」

瑛姑愕然回顧，她擊過楊過三掌，又聽了他的嘯聲，知此人武功之高，自己萬萬不是對手，不料在這當口，他又出來恃強相逼，思前想後，悲從中來，往地下一坐，放聲大哭。這一哭不但楊過和郭襄莫名其妙，連一燈也大出意外。只聽她哭道：「你們要和我相見，軟求不成，便來硬逼。可是那人不肯見我，你們誰來理會了？」

郭襄忙道：「前輩，是誰不肯見你啊？我們也幫你這個忙。」瑛姑道：「你們只能來欺侮我女流之輩，遇到眞正厲害的人物，你們豈敢輕易惹他？」郭襄道：「我這小丫頭自是無用，但眼前有一燈大師和我大哥哥在此，卻又怕誰來？」

瑛姑微一沉吟，霍地站起，說道：「你們只要去找了他來見我，跟我好好說一會子話，那麼要靈狐也好，要我跟裘千仞和解也好，我全依得。」郭襄道：「前輩要見的是誰，卻如此難見？」瑛姑指著一燈，低聲道：「你問他好了。」

郭襄見她臉上似乎隱隱浮過一層紅暈，心中大奇：「這麼老了，居然還會害羞？」一燈見楊過和郭襄一齊望著自己，緩緩道：「他說的是老頑童周伯通周師兄。那個孩兒，便是周師兄生的。」郭襄大奇。

楊過喜道：「是老頑童麼？他和我很說得來，我去找他來見你便是。」

瑛姑道：「我的名字叫作瑛姑，你須得先跟他說明白了，再來見我。否則他一見到我便走，那可再也找他不著。只要他肯來，你說甚麼就是甚麼。」

楊過見一燈緩緩搖頭，心想周伯通和瑛姑既生下了孩兒，必有重大牽連，又想周伯通童心甚盛，說不定能用個甚麼古怪計策將他騙來，說道：「那老頑童在甚麼地方？晚輩盡力設法邀他前來便是。」

瑛姑道：「此去向北百餘里，有個山谷，叫作百花谷，他便隱居其間，養蜂爲樂。」楊過聽到「養蜂爲樂」四字，立時便想起小龍女，又記起周伯通當年自小龍女處習得指引玉蜂之法，不由得眼眶一紅，說道：「好！晚輩這便去見他，請各位在此稍候。」說著向瑛姑問明了百花谷的所在，轉身便行。郭襄跟隨在後。

楊過俯首低聲道：「那位一燈大師武學深湛，人又慈和，你留在此處，向他討教一些功夫，只要他稍加指點，你便終身受用不盡。」郭襄道：「不，我要跟你去見那個老頑童。」楊過皺眉道：「這是十分難逢的良機，你怎地白白錯過了？」郭襄道：「找到老頑童後，你要走了，我也得回家去，還是讓我跟你同去罷！」這幾句話中，大有相處之時無幾、多得一刻便好一刻之意。

楊過見她對自己頗爲依戀，心想：「我若眞有這麼一個善解人意的小妹妹爲伴，浪蕩江湖，卻也減少幾分寂寞。」微微一笑，說道：「你一晚沒睡，難道不倦嗎？」郭襄道：「倦是有些倦的，不過我要同你去。」楊過道：「好罷！」拉著她手掌，展開輕功飛奔。

郭襄給他這麼一拉，身子登時輕了大半，步履間毫不費力，笑道：「倘若你不拉著，我也能跑得這麼快，那才好呢。」楊過道：「你的輕功根柢已很不錯，再練下去，終有一天會這樣。」仰起頭來，一聲呼哨。郭襄嚇了一跳，伸左手按住耳朵。楊過卻非作嘯，只見神鵰從右側樹叢中大踏步出來。楊過道：「鵰兄，我們北去有事，你也去罷。」神鵰昂首啼鳴數聲，也不知牠懂不懂，便與楊過、郭襄並肩而行。

行出里許，神鵰步子甚大，越行越快，郭襄雖有楊過提攜，仍漸漸追趕不上。神鵰不耐煩了，雙膝一彎，矮了身子。楊過笑道：「鵰兄願意負你一陣，你謝謝牠罷！」郭襄不敢對神鵰無禮，先向牠斂衽施禮，神鵰點點頭，郭襄才爬上牠背脊。

神鵰跨開大步，郭襄但覺風生耳際，兩旁樹木不住的倒退，雖然未如家中雙鵰飛行之速，卻也有如快馬。楊過大袖飄飄，足不點地般隨在神鵰之旁，間或和郭襄指點江山，議論風物，說幾句笑話。郭襄大樂，但覺生平際遇之奇，從未有如今日，只盼神鵰行得慢些，那百花谷愈遲到愈好。

日未過午，一人一鵰已奔出百餘里，楊過依著瑛姑所指的路逕，轉過兩個山坳，突然間眼前一亮，但見青青翠谷，到處點綴著或紅或紫、或黃或白的鮮花。兩人一路行來，遍地不是積雪，便是泥濘，此處竟換了一個世界。

郭襄拍手大喜，叫道：「老頑童好會享福，竟選了如此奇妙的所在。大哥哥，你說此處怎麼會這生好法？」楊過既不向她解釋何以要日後見到小龍女後才叫大哥哥，她便先叫了起來。

楊過道：「此處山谷向南，高山擋住了北風，想來地下又有硫磺、煤炭等類礦藏，地氣特暖，因之未到初夏，百花已然盛放。」郭襄道：「鵰伯伯，多謝你了！」從神鵰背上躍下，向牠行了一禮，與楊過並肩而行。

兩人走進山谷，又轉了幾個彎，迎面兩邊山壁夾峙，三株大松樹衝天而起，擋在山壁之間，成為兩道天然的門戶。耳聽得嗡嗡之聲不絕，無數玉蜂在松樹間穿進穿出。

楊過知周伯通便在其內，朗聲說道：「老頑童大哥，小兄弟楊過，帶同小朋友來找你玩兒啦！」他其實與周伯通輩份相差三輩，叫他祖師爺也還不夠，但知周伯通年紀雖老，卻胡鬧貪玩，越跟他不分尊卑，他越歡喜。

果然叫聲甫歇，松樹中鑽出一個人來，楊過一見，不由得嚇了一跳。十餘年前與周伯通初見之時，周伯通已鬚眉如銀，那知此時面貌絲毫無改，而頭髮、鬍子、眉毛，反而半黑半白，竟比前顯得更年輕了。只聽他哈哈大笑，說道：「楊兄弟，怎地到今日才來找我？啊哈，你戴這鬼臉嚇誰啊？」說著伸手便來抓楊過臉上的人皮面具。

周伯通這一抓是向左方抓去，楊過右肩略縮，腦袋反而向左稍偏，周伯通登時一抓落空。他五指箕張，停在楊過頸側，微微一怔，不禁仰天大笑，說道：「楊兄弟，好功夫，好功夫！只怕已經勝過老頑童年輕之時。」原來兩人這麼一抓一讓，各已顯示了極深湛的武功。按說周伯通這麼一抓，手指的勁力籠罩了丈許方圓之內，楊過別說偏頭相讓，便縱身急躍，也決避不過他這麼一抓，除非是伸手抵格，硬碰硬的對掌，方得拆解。但楊過右肩略縮，後著便是要以鐵袖功襲向周伯通前胸。老頑童凝神待格，左側的勁力登弱，楊過將頭輕輕一側，對方硬抓的剛勁盡數卸去。

郭襄絲毫不知其中道理，只是聽周伯通稱讚楊過，心中得意，說道：「周老爺子，你現下的功夫強呢，還是年輕時強？」周伯通道：「我年輕時白頭髮，現下黑頭髮，自然是今勝於昔。」郭襄道：「現下你都勝不過我大哥哥，從前自然更加不及他了。」

周伯通並不生氣，呵呵笑道：「小姑娘胡說八道！」突然伸出雙手，抓住她背脊和後腰，高舉半空，打了三個圈子，輕輕向上一拋，又接住了輕輕放落在地。

神鵰與郭襄同來，又見她對己有禮，心生好感，突見周伯通將她戲弄，有意迴護郭襄，唰的一下，展翅向周伯通掃去。周伯通雙掌運力，還擊出去。只聽得蓬的一響，雙力相交，周伯通凝立不動，鵰翅的掃力從他身旁掠了過去。神鵰待要追擊，楊過喝道：「鵰兄請勿無禮！眼前這位乃前輩高人！」神鵰收翅昂立，神色極為倨傲。周伯通心中佩服，笑道：「好畜生！力氣倒眞不小，怪不得擺這麼大架子。」

楊過道：「這位鵰兄不知已有幾百歲，牠年紀可比你老得多呢！喂，老頑童，你怎地返老還童，雪白的頭髮反而變黑了？」周伯通笑道：「這頭髮鬍子，不由人作主，從前它愛由黑變白，只得讓它變，現下又由白變黑，我也拿它沒法子。」郭襄道：「將來你越變越幼小，人人見了你，都拍拍你頭，叫你一聲小弟弟，那才教好玩呢。」

周伯通一聽，不由得當眞有些擔憂，呆呆出神，不再言語。其實世間豈眞有返老還童之事，只因他生性樸實，一生無憂無慮，內功又深，兼之在山中採食首烏、茯苓、玉蜂蜜漿等大補之物，鬚髮竟至轉色。即是不諳內功之人，老齒落後重生，筋骨愈老愈健之事，亦在所多有。周伯通雖非道士，卻深得道家沖虛養生要旨，因此年逾九十，仍精神矍鑠，這一大半可說是天性使然。

楊過見他聽了郭襄一言，驀地裏擔了無謂的心事，不禁暗自好笑，說道：「周兄，只要你去見了一人，我保你不會越變越小。」周伯通道：「去見誰啊？」楊過道：「我說出此人的名字來，你可不許拂袖便走。」

周伯通只是直性子，人卻不傻，否則又如何能練到這般深湛的武功？他聽了楊過這兩句話，隱隱已猜到他來意，說道：「世間我有兩個人不見。一位是段皇爺，一是他的貴妃瑛姑。除這二人之外，誰都見得。」楊過心想：「看來只有使個激將之計。」說道：「原來你曾輸在他們手裏，武功不及，因此見了他們害怕。」周伯通搖搖頭道：「不是，不是！老頑童行事卑鄙下流，很對不起他二位，因此沒臉和他們相見。」

楊過一呆，萬萬想不到周伯通不肯和瑛姑見面竟是為此，他轉念極快，說道：「難道他二人大禍臨頭，命在旦夕，你也不肯伸手相救麼？」

周伯通一楞，他對一燈和瑛姑負疚極深，兩人倘若有難，便捨了自己性命相救，也沒半分躊躇，然見郭襄笑吟吟的絕無絲毫擔憂的神色，大笑道：「你想騙我嗎？段皇爺武功出神入化，怎會有大禍臨頭？倘若真有厲害的對頭，他打不過，我也打不過。」

楊過道：「老實跟你說了罷！瑛姑思念你得緊，無論如何要你去跟她一會。」周伯通倏然變色，雙手亂搖，厲聲道：「楊兄弟，你只要再提一句，就請立即出我百花谷去，休怪我老頑童翻臉不認人。」

楊過大袖一揮，說道：「周老兄，你想逐我出這百花谷，卻也不那麼容易。」周伯通笑道：「嘿嘿，難道你想跟我動手不成？」楊過道：「正要領教！若我輸了，立時便出百花谷去，永世不再上門。若你輸了，可得隨我去見瑛姑。」周伯通道：「不對，不對！第一，我怎會輸給你這小娃娃？第二，就算我輸了，我也決不去見劉貴妃。」楊過怒道：「你贏了固然不去見她，輸了仍然不見，那麼咱們賭賽甚麼？」周伯通道：「不見便不見，有甚麼好說的。快快動手罷！」楊過心想軟騙不成，只有用強，當眞動手比武，可也實無勝算，說不得，只有走到那裏是那裏了。

周伯通生性好武，雖在百花谷隱居，每日仍練功不輟，但以他如此功力，普天下那裏找對手去？這時見楊過願意比武，自是心癢難搔，躍躍欲試，心想若再多言，只怕他忽而又不願動手了，豈非錯過良機？當下左掌一提，喝道：「看拳！」右手一拳打了出去，使的是七十二路「空明拳法」。

楊過左手還了一掌，猛覺得對方拳力若有若無，自己掌力使實了固然不對，使虛了也極危險，暗暗吃驚，當下展開十餘年來在山洪怒潮中苦練的掌法還擊。他呼呼連劈三掌，掌力激盪，身周花樹上花瓣紛紛下墜，紅黃紫白，便如下了一陣花雨；再劈三掌時，四下裏喀喇、喀喇之聲不絕，竟枝幹斷折。楊過初時躭心周伯通年老力衰，受不住自己剛猛無儔的掌力，出掌時一發即收，但六招一過，立知對方內力固厚，拳法巧妙更在自己之上，稍一不愼，便會落敗，這才鼓勁出招，再不留半分餘力。

周伯通打得高興，大叫：「好功夫，好掌法！這樣打架才算過癮。」

兩人拳掌所及的圈子漸漸擴大，郭襄一步步的向後退開。酣鬥良久，老頑童那七十二路空明拳堪堪打完，他雖在招數上佔了便宜，但以勁力而論，卻總不及楊過在海潮中練出來的洶湧奔騰、無窮無盡之勢。郭襄見羣花飛舞中，楊過與周伯通拳來足往，激鬥不休。她明知兩人並無傷害對方之意，但高手比武，打到如此興發，不能稍有失閃，不禁暗自爲楊過躭心，兩手掌中揑了一把冷汗。

周伯通見自己練了數十年的「空明拳」始終奈何不了楊過，心中暗讚：「好小子，了不起！」突然招式一變，左拳右掌，雙手同時進搏，使的正是他獨創的雙手兩用術。這麼一來，有如是老頑童搖身一變，化身爲二，左右夾擊。

楊過以單掌對他雙手，本就吃虧，這時更感支絀。當年小龍女受周伯通之敎，學會了雙手同使「玉女素心劍法」，因而大敗金輪國師，其後楊龍二人會面，楊過右臂已失，小龍女怕他難過，只約略一提，並沒細說如何雙手分使兩種不同招數。這時周伯通乍然使出，楊過暗暗心驚，只得左掌加勁，右側衣袖也接了對方一小半攻勢。

郭襄雖無法領會兩人招數中精微奧妙之處，但兩人自旗鼓相當而轉爲楊過處於劣勢，卻也瞧得出來。她越看越驚，猛地想起父親教自己練武之時，雙手曾以兩種不同武功同時與自己及兄弟破虜拆招，看來周伯通此時所使的正是父親這門功夫。她不知父親這本事便是周伯通所授，還道這老兒不知如何從父親那裏偷學了武功去，忍不住叫道：「老頑童住手，不公平，不公平！大哥哥，不用跟他打了。」

周伯通一怔，跳開兩步，喝道：「甚麼不公平？」郭襄道：「你這怪招，是從我爹爹那裏偷去的，用來跟我大哥哥打架，不害羞麼？」周伯通聽她口口聲聲叫楊過爲「大哥哥」，只道她眞是楊過的妹子，一時想不起楊過的父親是誰，笑道：「小姑娘又來胡說，這功夫是我自己在山洞中想出來的，怎說偷自你的爹爹？」郭襄道：「好罷！便算你不是偷的，你有兩隻手，我大哥哥只一條臂膀，打了這麼久，還比甚麼？倘若我大哥哥跟你一樣也有兩隻手，你早輸了！」周伯通一呆，道：「這句話卻有點道理，可是他便有兩隻手，卻不能雙手同使兩般拳招啊！」說著哈哈大笑，甚是得意。

郭襄道：「你明欺我大哥哥斷臂不能復生，便來說這風涼話。你倘若眞是英雄好漢，比武過招時便不能佔人便宜，大家公公平平的打一架，那才分得出誰強誰弱。」周伯通道：「好！我雙手同使一門拳招便是。」郭襄小嘴一扁，道：「嘿嘿，虧你不害羞，這還算公平呢！」周伯通道：「難道我學他一樣，也去教女人砍一條臂膀下來？」

郭襄一怔，向楊過望了一眼，尋思：「原來他這手臂是給女人砍斷的。不知那惡女人是誰？怎地如此狠心？」隨即說道：「那倒不用。你只須將一隻手縛在腰帶之中，大家獨臂對獨臂，不就公平了？」

周伯通覺得這樣比武倒也好玩，當年在桃花島上，便曾和黃藥師如此打過，於是右臂往腰帶中一插，向楊過道：「這要教你敗而無怨。」

當郭襄和周伯通說話之際，楊過在旁聽著，始終不插一言。他自斷臂以後，雖不忌諱旁人說及「獨臂」兩字，但一直自負己雖獨臂，決不輸於天下任何肢體完好之人，待見周伯通自縛右臂，顯是對自己有輕視之意，凜然說道：「老頑童，你這麼做作，豈非小看了楊過？我的獨臂倘若打不過你雙手，我便自……自……」他本要說「自刎於這百花谷」，但突然想起與小龍女相會之期已在不遠，豈可自輕？一時語塞，說不下去。

郭襄大悔，她當初原是以小兒女的心情極力迴護楊過，這時想到他是當代大俠，名滿天下，決不能與自縛手臂之人相鬥，忙道：「大哥哥，都是我不好……」奔到周伯通身前，將他右臂從腰帶中拉了出來，說道：「我大哥哥便一隻手，也敵得過你雙手齊使，不信你便試試。」楊過不待周伯通再說甚麼，身形微斜，單掌便劈了過去，周伯通左手還了一拳，自忖不能佔他便宜，右臂垂在腰側，竟不舉起出招。

周伯通雖以單臂應戰，然招數神妙無方，楊過仍感應付不易。瞬息間二十餘招過去，楊過暗想我雖只一臂，但方當盛年，與這年近百歲的老翁拆到一百餘招仍勝他不得，我這十多年來的功夫練到那裏去了？但覺周伯通發來的拳掌之力中穩實剛猛之氣漸盛，與「空明拳」的著重凌空憑虛頗不相同，心念一動，猛地想起了終南山古墓石壁上所見的《九陰眞經》，綱要中隱約提到過這一路拳法。此刻周伯通所使招數，正與此拳法理路相通，卻又並非全然相同，多半是周伯通從九陰眞經中自行變化出來的，拳力籠罩之下，委實威不可當。楊過大喝一聲：「九陰眞經的拳法好了不起嗎？你雙手齊使，接一下我的『黯然銷魂掌』！」

周伯通聽他叫出自己所使拳法的來歷，想到自己不知不覺中使上了九陰眞經所載武功，有違師兄遺言，正自慚愧，又聽他說要用甚麼「黯然銷魂掌」，更加奇怪。他自幼好武，於天下各門各派的武功見聞廣博之極，但「黯然銷魂掌」這名目今日卻第一次聽到。

只見楊過單臂負後，凝目遠眺，腳下虛浮，胸前門戶洞開，全身姿式與武學中各項大忌無不吻合。他踏進一步，左手成掌，虛按一招，意存試探。楊過渾如不覺，理也不理。周伯通說道：「小心了！」發拳往他小腹擊去。

他生怕傷了對方，這一拳只用了三成力，那知拳頭剛要觸到楊過身上，突覺他小腹肌肉顫動，同時胸口向內一吸，倏地彈出。周伯通吃了一驚，忙向左躍開，心想內家高手吸胸凹腹以避敵招，原屬尋常，但這等以胸肌傷人，卻見所未見，聞所未聞，當下好奇之心大起，喝道：「你這是甚麼武功？」楊過道：「這是『黯然銷魂掌』中的第十三招，叫作『心驚肉跳』！」周伯通喃喃的道：「沒聽見過，沒聽見過！」楊過道：「這是我自創的一十七路掌法，你自然沒聽見過。」

楊過自和小龍女在絕情谷斷腸崖前分手，不久便由神鵰帶著在海潮之中練功，數年之後，除內功循序漸進外，別的無可再練，心中整日價思念小龍女，漸漸的形銷骨立，了無生趣。一日在海濱悄立良久，百無聊賴之中隨意拳打腳踢，其時他內功火候已到，一出手竟具極大威力，輕輕一掌，將海灘上一塊岩石打得粉碎。他由此深思，創出了一套完整的掌法，出手與尋常武功大異，厲害之處，全在內力，共有一十七招。

他生平受過不少武學名家的指點，自全眞教學得玄門正宗內功的口訣，自小龍女學得《玉女心經》，在古墓中見到《九陰眞經》，歐陽鋒授以蛤蟆功和逆轉經脈，洪七公與黃蓉授以打狗棒法，黃藥師授以彈指神通和玉簫劍法，除一陽指之外，東邪、西毒、北丐、中神通的武學無所不窺，而古墓派的武學又於五大高人之外別創蹊徑，此時融會貫通，已卓然成家。只因他單臏一臂，是以不於招數變化取勝，反而故意與武學道理相反。他將這套掌法定名爲「黯然銷魂掌」，取的是江淹〈別賦〉中那一句「黯然銷魂者，唯別而已矣」之意。自掌法練成以來，直至此時，方遇到周伯通這等眞正的強敵。

周伯通聽說這是他自創的武功，興致更高，說道：「正要見識，見識！」揮手而上，仍只用左臂。楊過抬頭向天，渾若不見，呼的一掌向自己頭頂空空拍出，手掌斜下，掌力化成弧形，四散落下。周伯通知道這一掌力似穹廬，圓轉廣被，實無可躲閃，當下舉掌相迎，啪的一下，雙掌相交，不由得身子一晃，都只為他過於托大，殊不知他武功雖決不弱於對方，但一掌對一掌，卻遠不及楊過掌力的厚實雄渾。

周伯通吐出胸中一口濁氣，喝采道：「好！這是甚麼名目？」楊過道：「這叫做『杞人憂天』！小心了，下一招乃『無中生有』！」

周伯通嘻嘻一笑，心想「無中生有」這拳招之名，當眞又古怪又有趣，虧這小子想得出來，猱身又上。楊過手臂下垂，絕無半點防禦姿式，待得周伯通拳招攻到近肉寸許，突然間手足齊動，左掌右袖、雙足頭鎚、肘膝臀肩，連得胸背腰腹盡皆有招式發出，無一不足以傷敵。

周伯通雖早防到他必有絕招，卻萬萬料想不到他竟會全身齊攻，瞬息之間，十餘招數同時攻到，說來「無中生有」只是一招，中間實蘊十餘招變式後著，饒是周伯通武學深湛，也鬧了個手忙腳亂。他右臂本來下垂不用，這時不得不舉起招架，竭盡全力，才抵擋了這一路掌法，說到還招，竟是不能的了。總算一一擋過，急忙躍後丈許，以防楊過更有古怪後著。

郭襄叫道：「周老爺子，你兩隻手齊用也不夠，最好是多生一隻手。」周伯通也不以為忤，笑道：「小女娃子，你叫我三隻手麼？」

楊過見他將自己突起而攻的招式盡數化解，無一不妙到巔毫，不禁暗暗嘆服，叫道：「下一招叫做『拖泥帶水』！」

周伯通和郭襄齊聲發笑，喝采道：「好名目！」楊過道：「且慢叫好！看招！」右手雲袖飄動，宛若流水，左掌卻重滯之極，便似帶著幾千斤泥沙一般。

周伯通當年曾聽師兄王重陽說起黃藥師所擅的一路五行拳法，拳力之中暗合五行，此時楊過右袖是北方癸水之象，左拳是中央戊土之象，輕靈沉猛，兼而有之，一見之下不敢怠慢，左手使「空明拳」中的一招，右手使一招「大伏魔拳」，以輕靈對輕靈，以渾厚對渾厚，兩下衝擊，兩人同聲呼喝，各退出數步。

這四招一過，一老一少都暗自佩服對方。楊過心想：「自練成這黯然銷魂掌以來，所遇強敵當以此翁為最，若要勝他，委實不易。倘欲眞分勝負，非以內力比拚不可，那時若不是一死一傷，便如洪七公與我義父比武那般，鬧個同歸於盡，卻又何苦？」不由得收起狂傲之氣，一躬到地，說道：「伯通老兄，佩服，佩服，小弟甘拜下風。」轉頭向郭襄道：「小妹子，周老前輩是請不動的了，咱們走罷！」

周伯通忙道：「且慢，且慢！你說這套甚麼銷魂掌共有一十七路，尚有十三路未施啊？怎地便走了？」楊過道：「你向來待我很好，又待我妻子很好，我一直心下感激，當你是好朋友、好兄弟。你武功高強，小弟心服口服，認輸便是。」

周伯通連連搖手道：「不對，不對！你沒輸，我也沒贏，你要出這百花谷，除非把一十七路掌法使全了。」他自聽到楊過叫出四路掌法，甚麼「心驚肉跳」、「杞人憂天」、「無中生有」、「拖泥帶水」，名目既趣，掌法更怪，即令常人也欲一窮究竟，何況周伯通一來好武，二來好奇，非得盡見全豹不可。

楊過道：「咦，這可好笑了。我既然請不動你，那便拍手便走，難道連請客的也得留下嗎？」周伯通央求道：「好兄弟，你餘下那一十三招拳法，我怎猜想得到？請你大發善心，做做好事，說給我聽了。你要學甚麼功夫，我都教你便是。」

楊過心念一動，說道：「你要學我這掌法，絲毫不難。我也不用你教武功，不過你學了之後，須得隨我走一遭，去見一見那位瑛姑。」周伯通愁眉苦臉，說道：「你便殺我的頭，我也不見她。」楊過道：「既然如此，小弟告辭。」

周伯通雙掌一錯，縱身攔住去路，跟著呼的一拳打出，陪笑道：「好兄弟，你既當我是好朋友，便施展下一招罷！」楊過舉掌格開，使的卻是全眞派武功。周伯通連變拳法，楊過始終以全眞派掌法和《九陰眞經》中所載武功抵敵。

楊過要將周伯通擊敗，原非易事，但只求自保，老頑童也奈何他不得。不論周伯通如何故露破綻，如何假意示弱，楊過終不上當，那「黯然銷魂掌」中新的招式再不顯示，偶而卻將「心驚肉跳」、「杞人憂天」、「無中生有」、「拖泥帶水」這四招略加變化的使將出來，更令周伯通心癢難搔。

兩人又鬥半個時辰，周伯通畢竟年老，氣血已衰，漸漸內力不如初鬥之時，他知再難誘逼楊過使出黯然銷魂掌來，雙掌一吐，借力躍開，說道：「罷了，罷了！我向你磕八個頭，拜你爲師，你總肯教我了罷！楊過師父在上，弟子周伯通磕頭！」說著便跪將下來。

楊過暗暗好笑，心想世間竟有如此好武成癖之人，忙跪倒還禮，扶他起身，說道：「這那裏敢當？那黯然銷魂掌餘下一十三招的名目，我可說與你知。」周伯通大喜，連叫：「好兄弟！好兄弟！」郭襄道：「大哥哥，他不肯跟咱們去，你別教他。」楊過卻知老頑童是個「武癖」，他聽了一十三招的名目之後，更加無可抗拒，勢須磨著自己演式，微微一笑，說道：「聽個名目並不打緊。」周伯通忙道：「是啊，聽聽名目有甚麼要緊，小姑娘忒也小器。」

楊過坐在大樹下的一塊石上，說道：「周大哥你請聽了，那黯然銷魂掌餘下的一十三招是：徘徊空谷，力不從心，行屍走肉，倒行逆施……」說到這裏，郭襄已笑彎了腰，周伯通卻一本正經的喃喃記誦，只聽楊過續道：「魂牽夢縈，廢寢忘食，孤形隻影，飲恨吞聲，六神不安，窮途末路，面無人色，想入非非，呆若木鷄。」郭襄心下悽惻，再也笑不出來了。

這一十三招名稱說將出來，只把老頑童聽得如痴如狂，隔了良久，才道：「想那『面無人色』這一招，如何用以克敵制勝？」楊過道：「這雖是一招，其實中間變化多端，臉上喜怒哀樂，怪狀百出，敵人一見，登時心神難以自制，我喜敵喜，我憂敵憂，終至聽命於我。此乃無聲無影的勝敵之法，比之以長嘯鎮懾敵人又高出一籌。」周伯通道：「這是從《九陰眞經》的移魂大法中變化出來的麼？」楊過道：「正是！」

周伯通眉花眼笑，問道：「那麼『倒行逆施』呢？」楊過突然頭下腳上，倒過身子，以頭頂地，拍出一掌，說道：「這是『倒行逆施』的三十七般變化之一。」周伯通點頭道：「那是源自西毒歐陽鋒的武功了。」楊過站直身子，道：「不錯，不過我這掌法逆中有正，正反相沖，自相矛盾，互沖互剋，不能自圓其說。」周伯通想了片刻，不明其理，搔頭問道：「那是甚麼？」楊過道：「此中詳情，可不足爲外人道了。」周伯通嗯了一聲，不再說話，心知再問下去，楊過是決計不肯再說的了。

郭襄在旁瞧著，見他搔頭摸腮，神情惶急，不由得生了憐憫之心，走到他的身邊，低聲道：「周老爺子，到底你爲甚麼定然不肯去見瑛姑？咱們一齊想個法兒，求大哥哥把這套掌法教你，好不好？」周伯通嘆了口氣，說道：「這是我少年時的胡塗事，說出來實在難爲情。」郭襄道：「怕甚麼啊？你說了出來，比藏在心中還舒服些。我跟你說，我做了錯事，爹爹媽媽問起，我從不隱瞞，給爹媽責罵一場，也就完了。否則撒個謊兒騙了過去，自己後來反懊得難過。這一次我悄悄出來，爹媽知道了定要生氣，可是已經出來了，我也不會瞞著不說。」

周伯通見她一派天眞無邪的神色，又望了望楊過，說道：「好，我把少年時的胡塗事跟你說了，你可不許笑話。」郭襄說道：「誰笑話你了？」拉著他的手，親親熱熱的挨在他身旁，道：「你就當作說旁人的事，要不然就當是說個故事。待會兒，我也說一件我做過的壞事給你聽。」周伯通瞧著她文秀的小臉，笑道：「你也做過壞事麼？」

郭襄道：「自然，你以爲我不會做？」周伯通道：「好，那你先說一件給我聽聽。」郭襄道：「豈止一件，連十件八件也有。嗯，有一個軍士在城頭守夜睡著了，爹爹叫人綁了，說要斬首示衆。我見他可憐，夜裏悄悄將他放了，叫他快快逃走。爹爹很生氣，我招了出來，爹爹將我打了一頓。又有一次，一個窮家女孩子羨慕我媽媽腕上的金釧兒好看，我就偷了送她，媽找來找去找不著，我肚裏暗暗好笑，可沒說出來。因爲說了出來之後，媽倒不在乎，姊姊卻會去向那女孩子要回來。」

周伯通嘆了口氣，道：「這些事情比起我那件事，可都算不了甚麼。」於是將他如何隨師兄王重陽赴大理拜會段皇爺，如何劉貴妃隨他學習武藝，如何兩人做下了胡塗之事，如何劉貴妃向他痴纏，他又如何迴避不見，段皇爺如何一怒而捨棄皇位、出家爲僧，諸般情事，一五一十的都向郭襄和楊過說了。

郭襄怔怔的聽著，直到周伯通說完，眼見他滿臉愧容，便問：「那段皇爺除了劉貴妃外，還有幾位妃子？」周伯通道：「他雖不如大宋天子那麼後宮三千，但三宮六院，數十位嬪妃總是有的。」郭襄道：「照啊！他有數十位后妃，你連一位夫人也沒有，他顧全朋友之義，該將劉貴妃送了給你才是啊。」

楊過向她點了點頭，心想：「這小姑娘不拘於世俗禮法之見，出言深獲我心。」

周伯通道：「他當時確然也有此言，但劉貴妃是他極心愛之人，他為此連皇帝也不做而去做和尚，可見我實是對不起他之極了。」楊過突然插口道：「一燈大師所以出家，是為了對你不起，不是你對他不起。」周伯通奇道：「他有甚麼對我不起？」楊過道：「只為旁人害你兒子，他忍心見死不救。」楊過聽了一燈與周伯通之言，兩下裏一湊合，便猜到了真相。

周伯通過去雖曾聽瑛姑說和他生有一子，但此事他避如蛇蝎，連在心中也不肯多想一下，從來不覺真有此事，這時聽楊過的話說得鄭重，心中一凜，不由得大奇，問道：「甚麼我的兒子？」楊過道：「我所知亦不詳盡，只聽一燈大師這般說。」於是轉述了一燈在黑龍潭畔所說的言語。周伯通聽得真切，不能再當春風過耳，這才相信自己當真生過一個兒子，宛似五雷轟頂，驚得呆了，半晌做聲不得，心中一時悲，一時喜，回憶舊時恩情，想起瑛姑數十年來的含辛茹苦，更大起憐惜歉仄之情。

楊過見他如此，心想：「這位老前輩是性情中人，正是我輩，我又何惜那一十七招黯然銷魂掌？」說道：「周大哥，我將全套掌法一一演與你瞧罷，不到之處，尚請指點。」當下口講手比，將那一十七路掌法從頭至尾演了出來，只是「面無人色」那一招，因他臉上戴了人皮面具，未予顯示，但他說了其中變化，周伯通熟知《九陰眞經》，即能心領神會，反而於「行屍走肉」、「窮途末路」各招，卻悟不到其中要旨。

楊過反覆講了幾遍，周伯通總是不懂。楊過嘆道：「周大哥，十五年前，內子和我分手，晚輩相思良苦，心有所感，方有這套掌法之創。老前輩無牽無掛，快樂逍遙，自無法領悟其中憂心如焚的滋味。」周伯通道：「啊，你夫人爲何和你分手？她人既美，心地又好，你鍾情相思，原也怪你不得。」

楊過不願再提小龍女爲郭芙毒針誤傷之事，只簡略說她中毒難愈，爲南海神尼救去，須隔十六年方得相見，自己日夜苦思，虔誠禱祝她平安歸來，最後說道：「我只盼望能再見她一面，便要我身受千刀萬剮之苦，也心甘情願。」

郭襄從不知相思之深，竟有若斯苦法，不由得怔怔的流下兩行淸淚，握著楊過的手，柔聲道：「大哥哥，老天爺保祐，你終能再和她相見。」

楊過自和小龍女分別以來，今日第一次聽到別人這般眞心誠意的安慰，心中感激異常，一言之恩，自此終身不忘。黯然嘆了口氣，站起身來，向周伯通行了一禮，說道：

「周大哥，告辭了！」和郭襄並肩自來路出去。

郭襄行出數步，回頭向周伯通道：「周老前輩，我大哥哥這般思念他的夫人，你的瑛姑自亦這般思念於你。你始終不肯和她相見，於心何忍？」周伯通一驚，臉色大變。楊過低聲道：「小妹子，別再說了。人各有志，多言無益。」兩人一鵰，自來路緩緩而回。

郭襄道：「大哥哥，我若問起你夫人的事，你不會傷心罷？」楊過道：「不會的，反正沒過幾個月，我便可以和她相見了。」話雖這般說，心下卻大為惴惴：「再過幾個月，我眞能和龍兒相會嗎？」

郭襄道：「你怎麼跟她識得的？」楊過道：「她是我師父，我小時候給人欺侮，她收留了我，教我武功。她待我很好，我眞心喜歡她，她也眞心喜歡我。我要娶她做妻子，很多很多人不許，說師徒不能婚配，我們不理，還是結成了夫妻。」郭襄拍手大叫：「好極了！這才對啦！大哥哥，你是眞正的大英雄，你夫人也是大英雄。人家許不許，呸！去他媽的……啊喲，對不起，我學人家說了句粗話。」不禁臉孔紅了，伸手按住自己嘴巴。

楊過大喜，情不自禁抱起她身子，就學周伯通那樣，輕輕轉三個圈子，將她向上拋出，接住放落，說道：「小妹子，你眞心誠意贊成我們結為夫妻，眞正多謝你了！」那神鵰在旁，知道楊過對郭襄並無惡意，展開右翅，在郭襄背上輕輕撫了一下。

楊過憮然道：「反對我們的人太多，我們運氣不好，我夫人中了毒，求人醫治，暫且離我而去，約定十六年後相會，算來相會的日子也不久了。」郭襄道：「那好極了，但願老天爺保佑，你終能和她相會，從此不再分離。」楊過道：「多謝你，小妹子，我永遠記得你這番好心。日後見了我妻子，我也會告訴她。」說到這裏，語音已然哽咽。

郭襄道：「我每年生日，媽媽和我燒香拜天，媽媽總是叫我暗中說三個心願，我常常想了半天，也想不出來。到今年生日時，我可就早想好了，我會盼望大哥哥和他夫人早早團聚。」楊過道：「還有兩個心願呢？」郭襄微笑道：「我可不能跟你說，不過是挺尋常的。」

便在此時，忽聽得身後有人大呼：「楊兄弟，等我一等！」聽聲音正是周伯通。楊過大喜，回過身來，只見周伯通如飛趕至，叫道：「楊兄弟，我想過啦，你快帶我去見瑛姑。」郭襄喜道：「那才是呢，你不知人家想得你多苦。」周伯通道：「你們走後，我想著楊兄弟的話，越想越牽肚掛腸。倘若不去見她，以後的日子別想再睡得著，這句話非要親口問她個清楚不可。」楊過和郭襄見此行不虛，都十分歡喜。

依著周伯通的性子，立時便要去和瑛姑相見，但其時天色已晚，郭襄星眼困餳，大見倦色，於是三人一鵰在林中倚樹而睡。次日清晨再行，未過巳時，已來到黑龍潭邊。

瑛姑和一燈見楊過果眞將周伯通請來，當眞喜出望外。瑛姑一顆心撲通撲通亂跳，一個字也說不出來。

周伯通走到瑛姑身前，大聲道：「瑛姑，咱們所生的孩兒，頭頂心是一個旋兒呢，還是兩個旋兒？」瑛姑一呆，萬沒想到少年時和他分手，暮年重會，他開口便問這樣不相干的一句話，答道：「是兩個旋兒。」周伯通拍手大喜，叫道：「好，那像我，眞是個聰明娃兒。」跟著嘆了口氣，搖頭道：「可惜死了！」

瑛姑悲喜交集，再也忍耐不住，放聲哭了出來。周伯通拍她背脊，大聲安慰：「別哭，別哭！」又向一燈道：「段皇爺，我偷去了你妻子，你不肯救我兒子，大家扯個直，前事不究，都不用提了。」

一燈指著躺在地下的慈恩道：「這是殺你兒子的兇手，你一掌打死他罷！」

周伯通道：「瑛姑，你來下手！」瑛姑向慈恩望了一眼，低聲道：「倘若不是他，我此生再也不能和你相見，何況人死不能復生，且盡今日之歡，昔年怨苦，都忘了他罷！」周伯通道：「這話也說得是，咱們便饒了他啦！和尙，我當你是朋友！」

慈恩傷勢極重，全仗一口眞氣維繫，聽周伯通和瑛姑都說恕了他殺子之仇，化敵爲友，心中一片平和安詳，再無自咎掛懷之事，自知來生轉世，可入善道，心下感激，生出大慈悲心，低聲道：「多謝兩位。」向一燈道：「多謝師父成全！」又向楊過道：「多謝施主辛苦。」心平氣和，面帶笑容，雙目一閉，就此逝去。（注）

一燈大師口誦佛號，合什躬身，說道：「慈恩，慈恩，你我名雖師徒，實乃良友，相交三十餘年，攻過切磋，無日或離，今日你往生善道，老衲既喜且悲。」在他身旁唸誦六字「大明咒」和十二字「金剛上師咒」，與楊過、郭襄一齊將慈恩就地葬了。

周伯通和瑛姑四目對視，眞不知從何說起。

楊過瞧著慈恩的新墳，想起那日在雪谷木屋之中，他與小龍女燕爾新婚、見到慈恩發瘋的種種情景，這一位以鐵掌輕功馳名江湖的一代武學大師，終於默默歸於黃土，不勝感慨。

瑛姑從懷中提出兩隻靈狐，說道：「楊公子，大德深重，老婦人愧無以報，這兩隻畜生便請持去罷。」楊過接過一隻，謝道：「蒙賜一頭，已領盛情。」

一燈道：「楊賢姪，你兩隻靈狐都取了去，但不必傷牠們性命，只須割開靈狐腿上血脈，每日取血一小杯，兩狐輪流割血，每日服上一杯，令友縱有多大的內傷也能痊愈。」楊過和瑛姑一齊大喜，說道：「能保得靈狐性命，那眞再好不過。」

楊過提了靈狐，向一燈、周伯通、瑛姑拜別。瑛姑道：「你取完狐血之後，就地放了，兩隻小畜生自能歸來。」周伯通突然插口道：「段皇爺，瑛姑，你們一齊到我百花谷去，我指揮蜜蜂給你們瞧瞧，我又新學了一套掌法，一共一十七招，嘿嘿，了不起，了不起。楊兄弟，你治好了你朋友之後，和你小妹子也都來玩玩。」

楊過道：「其時若無俗事牽絆，自當來向三位前輩請聆教益。」說著施禮而別。兩頭靈狐眼珠骨溜溜的望著瑛姑，啾啾而鳴，哀求乞憐。瑛姑喝道：「楊公子會饒了你們性命，吵甚麼？」郭襄伸手撫摸狐頭，微笑安慰。

注：一燈大師是大理國的佛教僧人。大理國鄰近吐蕃，佛法主要從天竺經吐蕃傳來，屬於藏傳大乘佛法。藏傳密宗佛法源自蓮花生大士，深信輪迴轉世。大理國的佛法基本受教於藏傳佛法，後來也受中華影響，但與現代密宗稍有變異。藏傳佛法相信一人臨終時的意識如何，直接傳遞至中陰身（近於俗說的「鬼」），更由中陰身在四十九日之內，決定轉世爲三善道（天、人、阿修羅）或三惡道（餓鬼、地獄、畜生）。因此一人臨終時的意識如何，對一人來世的苦樂禍福有莫大關連，最要者臨終者應修持頗瓦法Phowa，必須意識清明，對世上一切能看破、放下、自在，存有慈悲愛心，對於一生所作惡業能存懺悔之心，最好能得到自己所損害之人的誠心寬恕，與之和解修好，化敵爲友，如此則逝世時能有安詳、喜樂、平和的心境，以良

好的意識化爲意生中陰身。藏傳佛教徒最好在臨終者身旁唸六字大明咒：「唵、嘛、呢、叭、彌、吽」或十二字金剛上師咒：「唵、阿、吽、班其、咕嚕、叭嘛、悉地、吽」，或受中土淨土宗影響而唸「阿彌陀佛」（無量壽佛）。

本小說中慈恩法師皈依一燈大師，自受教於藏傳佛教，臨終時盼得瑛姑寬恕，得以心中安樂，平安就死，是藏傳佛教的正宗教法。某些受西方教育的批評者不明藏傳佛教，誤以爲一燈、慈恩的作爲是接受基督教臨終懺悔的教義，於最後審判時怕瑛姑作原告，認爲「一燈大師的佛學有點奇特」，說一燈忽然採用了基督教方式（其實基督教最後審判亦無原告，上帝無所不知，何必要原告？公教告解之對象爲神父，非受害人）。**近年來** *"Tibetan Book of the Dead"*（英文版本甚多，中譯《中陰聞教得度》，或譯作《西藏度亡經》，蓮花生大士著）**及** *"The Tibetan Book of Living and Dying"*（中譯《西藏生死書》，作者索甲仁波切曾在英國劍橋大學求學及作研究，內容淺白易解，已現代化，中文本鄭振煌先生譯，台北張老師文化公司出版）**在西方國家甚爲流行，對這問題如想多作了解，可請參考此兩書。**（作者對這位批評者的討論仍表歡迎及感謝。佛教之經律論內容繁複深奧，宗派不同，理解有異，欲初步了解，聰穎者至少須苦學四五年。）

郭襄道：「連你眞面目也沒見過，怎能算是識你？這可不是小事。」楊過道：「好。」左手一起，揭下了臉上的面具。郭襄眼前登時出現一張清癯俊秀的臉孔。

# 第三十五回　三枚金針

楊過請得周伯通來和瑛姑團聚，讓慈恩臨終時起慈悲心，深信輪迴得能轉入善道，又取得靈狐，連做三件好事，自十分高興，和郭襄、神鵰一齊回到萬獸山莊。

史氏兄弟見楊過連得兩頭靈狐，喜感無已，當即割狐腿取血。史叔剛服後，自行運功療傷，楊過也以左掌加運內力相助。

是晚萬獸山莊大排筵席，公推楊過上座，席上所陳，盡是猩唇、狼腿、熊掌、鹿胎等諸般珍異獸肉，旁人一生從未嘗得一味的，這一晚筵席中卻有數十味之多。席旁放了一隻大盤，盛滿山珍，供神鵰享用。

史氏兄弟和西山一窟鬼對楊過也不再說甚麼感恩戴德之言，各人心中明白，自己性命乃楊過所賜，日後不論他有甚差遣，萬死不辭。席上各人高談闊論，說的都是江湖上的奇聞軼事。郭襄自和楊過相見以來，一直興高采烈，但這時卻默默無言，靜聽各人說話。楊過偶爾向她望了一眼，但見她臉上微帶困色，只道小姑娘連日奔波勞碌，不免疲倦，也不以爲意，那想到郭襄因和他分手在即，良會無多，芳心悃然惆悵。

喝了幾巡酒，突然間外面樹林中一隻巨猿高聲啼了起來，跟著此應彼和，數十隻巨猿齊聲啼鳴。史氏兄弟微微變色。史少捷道：「楊大哥和西山諸兄且請安坐，小弟出去瞧瞧。」說著匆匆出廳。

各人均知林中來了外敵，但眼前有這許多好手聚集，再強的敵人也不足懼。煞神鬼道：「最好是那霍都王子到來，大夥兒跟他鬥鬥，也好讓史三哥出這口惡氣……」話猶未了，只聽得史少捷在廳外喝道：「那一位夜臨敝莊？且請止步！」跟著一個女子聲音說道：「有沒有個大頭矮子在這屋裏？我要問他，把我妹子帶到那裏去了？」

郭襄聽得姊姊尋了前來，又驚又喜，一瞥眼，見楊過雙眼精光閃爍，神情特異，心中暗暗奇怪，喉嚨頭那一聲「姊姊」，到了嘴邊卻沒呼叫出來。

只聽史少捷怒道：「你這女子好生無禮，怎地不答我問話，擅自亂闖？」又聽郭芙喝道：「讓開！」接著噹噹兩響，兵刃相交，顯是郭芙硬要闖進，史少捷卻在外攔住，兩人動起手來。

楊過自在絕情谷和郭芙別過，十餘年未見，這時驀地裏聽到她聲音，不由得百感交集，但聽得廳外兵刃相交之聲漸漸遠去，史少捷已將郭芙引開。大頭鬼道：「她是衝著我而來，我去會會。」說著奔出廳去。史季強和樊一翁也跟了出去。

郭襄站起身來，說道：「大哥哥，我姊姊找我來啦，我得走了。」楊過一驚，道：「那是……那是你姊姊麼？」郭襄道：「是啊，我想見見神鵰大俠，那位大頭叔叔便帶我來見你。我……很歡喜……」她話沒說完，頭一低便奔了出去。

楊過見她一滴淚水落在酒杯之中，尋思：「原來她便是那個小嬰兒，卻長得這麼大了。她深夜前來尋我，必有要事，怎地一句不說便去了？瞧她滿懷心事，我可不能不管。」飄身離廳，追了出去。只見郭襄背影正沒入林中，幾個起伏，已趕到她身後，說道：「小妹子，你有甚麼爲難之事，但說不妨。」

郭襄微笑道：「沒有啊，我沒爲難之事。」淡淡的月光正照在她雪白秀美的臉上，楊過看得清楚，她眼中兀自含著一泓清淚，柔聲道：「原來你是郭大俠和郭夫人的姑娘，是你姊姊欺侮你嗎？」他想郭靖、黃蓉名滿天下，威震當世，他們的女兒決沒辦不了的難事，多半是郭芙強橫霸道，欺侮了小妹妹。

郭襄強笑道：「我姊姊便欺侮我，我也不怕。她罵我，我便跟她鬥嘴，反正她也不敢打我。」楊過道：「那你前來找我，爲了何事？你跟我說罷！」郭襄道：「我在風陵渡口聽人說起你的俠義事蹟，心下好生欽佩，很想見你一面，除此別無他意。今晚飲宴之時，我想起『天下沒不散的筵席』這句話，心中難過，那知道筵席未散，我……卻不得不走了。」說到這裏，語音中已帶哽咽。

楊過心頭一震，想起她生下當日，自己便曾懷抱過她，後來和金輪國師、李莫愁等數番捨生忘死的爭奪，又曾捕縛母豹，餵她乳吃，其後攜入古墓，養育多時，想不到此時重見，竟然已是如此一個亭亭玉立的少女。回思往事，不由得痴痴怔住。

過了片刻，郭襄道：「大哥哥，我得走啦！我託你一件事。」楊過道：「你說罷。」郭襄道：「你夫人和你在甚麼時候相會啊。」楊過道：「是在今年冬天。」郭襄道：「你會到你夫人後，叫人帶個訊到襄陽給我，也好讓我代你歡喜。」

楊過心中感激，心想這小姑娘和郭芙雖是一母所生，性情卻大不相同，問道：「你爸爸媽媽安好罷？」郭襄道：「爸爸媽媽都好。」心頭突然湧起一念，說道：「大哥哥，待你和夫人相會後，到襄陽我家來作客，好不好？我爹媽和你夫婦都是豪傑之士，自必意氣投合，相見恨晚。」

楊過道：「到那時再說罷！小妹子，你我相會之事，最好別跟你姊姊說……唔，最好也別跟你爹爹媽媽說起。」郭襄奇道：「爲甚麼？」忽地想起風陵渡口衆人談論神鵰俠之時姊姊對他頗有微詞，說不定他們曾結有樑子，當即又道：「我不說便是。」

楊過目不轉瞬的瞧著她，腦海中卻出現了十五年多以前懷中所抱那個嬰孩的小臉。

郭襄給他瞧得微微有點害羞，低下頭去。楊過胸中湧起了一股要保護她、照顧她的心情，便似對待十多年前那稚弱無助的嬰兒一般，說道：「小妹子，你爹爹媽媽是當代大俠，人人都十分敬重，你有甚麼事，自不用我來效勞。但世事多變，你若有不願跟爹媽說的緩急之情，要甚麼幫手，儘管帶個訊來，我自會給你辦得妥妥貼貼。」

郭襄嫣然一笑，道：「你待我眞好。姊姊常對人自稱是郭大俠、郭夫人的女兒，我有時聽著眞爲她害羞。爹爹媽媽雖名望大，咱們可也不能一天到晚掛在嘴上啊。我若對人家說，神鵰大俠是我大哥哥，我姊姊便學不來。」

楊過微笑道：「令姊又怎瞧得起我這般人了？」他頓了一頓，屈指數著，說道：「你今年十六歲啦，唔，到八月、九月……廿二、廿三、廿四……你生日是九月廿四，是不是？」郭襄大是奇怪，大聲的叫了一下：「咦！」說道：「是啊，你怎知道？」楊過微笑不答，又道：「你生在襄陽，因此單名一個『襄』字，是不是？」郭襄道：「你甚麼都知道了，卻裝著不識得我。我生下來的第一天，你便抱過我了，是不是？」

楊過悠然神往，不答她的問話，仰起頭說道：「十六年前，九月廿四，在襄陽大戰金輪國師，龍兒抱著那孩兒……」

郭襄不懂他說些甚麼，隱隱聽得樹林中傳來兵刃相交之聲，有些焦急，生怕姊姊爲史少捷等所傷，說道：「大哥哥，我眞的要走啦。」

楊過喃喃的道：「九月廿四，九月廿四，眞快，快十六年了。」忽然驚覺，道：「啊，你要走了……唔，到今年你生日，你要燒香禱祝，向上天求三個心願。」他記起她曾說過，燒香求願之時，將求上天保佑他和小龍女相會。

郭襄道：「大哥哥，將來倘若我向你也求三件事，你肯不肯答允？」楊過慨然道：「但教力之所及，無不從命。」從懷中取出一隻小盒，打開盒蓋，拈了三枚小龍女平素所用的金針暗器，遞給郭襄，說道：「我見此金針，如見你面。你如不能親自會我，託人持針傳命，我也必給你辦到。」

郭襄道：「多謝你啦！」接過金針，說道：「我先說第一個心願。」當即以第一枚金針還給了楊過，道：「我要你取下面具，讓我瞧瞧你的容貌。」楊過笑道：「這件事未免太過容易了，我因不願多見舊人，是以戴上面具。你爲這麼一件小事便使了一枚金針，豈不可惜？」心想：「我既已親口許諾，再無翻悔，你持了金針，便要我去幹天大的難事，我也義無反顧。怎地竟來叫我做這樣一件不相干的小事？」郭襄道：「連你眞面目也沒見過，怎能算識得你？這可決不是小事。」楊過道：「好！」左手一起，揭下了臉上面具。

郭襄眼前登時現出一張淸癯俊秀的臉孔，劍眉入鬢，鳳眼生威，只臉色蒼白，頗形憔悴。楊過見她怔怔的瞧著自己，神色間頗爲異樣，微笑道：「怎麼？」郭襄俏臉一紅，低聲道：「沒甚麼。」心中卻說：「想不到你生得這般英俊。」

她定一定神，又將第二枚金針遞給楊過，說道：「我要說第二個心願啦。」楊過微笑道：「你再過幾年說也還不遲，小姑娘家，儘說些孩子氣的心願。」卻不伸手接針。郭襄將金針塞在他手裏，說道：「我這第二個心願，今年九月廿四我生日那天，請你到襄陽來，讓我再見你一次，跟我說一會子話。」這雖比第一個心願費事些，可仍孩子氣極重。楊過笑道：「我答允了。這又有甚麼大不了？不過我只見你一人，你爹媽姊姊他們，我卻不見。」郭襄笑道：「這自然由得你。」

她白嫩的纖手拈著第三枚金針，在月光下閃閃生輝，說道：「這第三個心願嘛……」楊過微微搖頭，心想：「我楊過豈是輕易許人的？小姑娘不知輕重，將我的許諾視作玩意。」只見她臉上突然一陣暈紅，笑道：「這第三個心願，我現下想不出，日後再跟你說。」說著轉身竄入林中，叫道：「姊姊，姊姊！」

郭襄循著兵刃撞擊之聲趕去，只見郭芙和史少捷、大頭鬼兩人鬥得正酣，樊一翁和史季強按著兵器，在旁觀戰。郭襄叫道：「姊姊，我來啦，這幾位都是好朋友。」

郭芙在父母指點之下修習武功，丈夫耶律齊又是當代高手，日常切磋，比之十餘年前自已大有進境，不過她心浮氣躁，淺嘗即止，不肯痛下苦功鑽研，因此父母丈夫都是武學名家，她自己卻始終徘徊於二三流之間，這時在史少捷和大頭鬼夾擊下已漸漸支持不住，正焦躁間，忽聽得妹子呼叫，喝道：「妹妹快來！」

史少捷親耳聽得郭襄叫楊過爲「大哥哥」，此刻郭芙又叫她爲「妹妹」，不禁一驚，心道：「難道這女子是神鵰大俠的夫人還是姊妹？」硬生生將遞出去的一招縮了回來，急向後躍。

郭芙明知對方容讓，但她打得心中恚怒，長劍猛地刺出，噗的一聲，史少捷胸口中劍。大頭鬼嚇了一跳，叫道：「喂，怎麼……」郭芙長劍圈轉，寒光閃處，大頭鬼臂上又給劃了一條長長的口子。她甚是得意，喝道：「要你知道姑奶奶的厲害！」

郭襄大叫：「姊姊，我說這幾位都是朋友。」郭芙怒道：「快跟我回去！誰識得你這些豬朋狗友？」史少捷胸口所中這一劍竟自不輕，他身子晃了幾下，向前一撲而倒。郭襄縱身而上，彎腰將他扶起，問道：「史五叔，史五叔，你傷得怎樣？」史少捷傷口中鮮血噴將出來，濺得她衣上點點斑斑。郭襄忙撕下衣襟，給他裹紮。

郭芙提劍站在一旁，連連催促：「快走，快走！回家告訴爹媽，不結結實實打你一頓，我才不信呢！」郭襄怒道：「你胡亂出手傷人，我也告訴爹爹媽媽去！」史少捷見她小臉兒脹得通紅，珠淚欲滴，強笑道：「姑娘不用躭心，我的傷死不了人！」史季強提著象鼻杵，猛喘大氣，一時不知要和郭芙拚命呢，還是先救五弟之傷。

突然之間，郭芙「啊」的一聲驚叫，迎面只見兩頭猛虎悄沒聲息的逼來，她轉身欲避，卻見左側蹲著兩頭雄獅，瞧右邊時，更有四頭豹子，原來在這頃刻之間，史仲猛已率領羣獸，將她團團圍住了。郭芙臉色慘白，幾欲暈倒。忽聽得樹林中一人說道：「五弟，你的傷怎樣？」史少捷道：「還好！」那人道：「唔，神鵰俠傳令，讓這兩位姑娘走罷！」史季強幾聲唿哨，羣獸轉過身子，隱入了長草之中。

郭襄躬身行禮，說道：「史五叔，我代姊姊跟你賠不是了。」史少捷創口劇痛難當，苦笑道：「衝著神鵰俠的金面，令姊便殺了我，那也沒甚麼。」郭襄急道：「你的傷……可真的不打緊嗎？」郭芙一把拉住她手，喝道：「你還不回去？」用力一扯，牽著她奔出樹林而去。

史氏昆仲和西山一窟鬼都隱伏在側，見她姊妹二人離去，一齊奔出，來瞧史少捷和大頭鬼之傷。各人七張八嘴，都說郭芙不該，只不知她和楊過到底有何干係，言語之中倒不敢無禮。史季強憤憤的道：「那小姑娘人這麼好，她姊姊便這麼強橫。我五弟明明容讓，她又不是不知道，居然還下毒手，這一劍要是再刺下去兩寸，五弟還活得成麼？」大頭鬼道：「咱們問神鵰俠去，這女子到底是甚麼來頭。在風陵渡口，她曾連說神鵰俠的不是，我瞧神鵰俠也未必會迴護她。」

大樹後一人緩步而出，說道：「僥天之幸，史五哥的傷勢還不甚重。這女子行事向來莽撞，我這條右臂，便是給她一劍斬去的。」說話的正是楊過。

眾人聽了，無不愕然，怔怔的望著他說不出話來。人人均有滿腹疑竇，卻誰也不敢發問。

郭芙攜同郭襄回到風陵渡頭，其時黃河已經解凍，姊弟三人過了河，迤邐逕歸襄陽。一路上郭芙嘮嘮叨叨，不住口的責備郭襄，說她不該隨著不相干之人到處亂闖惹事。郭襄便裝耳聾，給她個不瞅不睬，至於見到楊過之事，更絕口不提。

到得襄陽，郭芙見了父母，遞上長春眞人丘處機的回信，說他年老有病，不能起床，由全眞教現任掌教宋道安率同教中好手依時前來赴會。回畢正事，第一句話便道：「爹，媽，妹妹在道上不聽我話，闖下好大亂子。」郭靖吃了一驚，忙問端的。郭芙當下將郭襄在風陵渡隨一個不相識的江湖豪客出外、兩日夜不歸之事，加油添醬的說了。

郭靖這些日來正爲軍務緊急，憂心國事，甚爲焦慮，聽大女兒這麼一說，怒氣暗生，問道：「襄兒，姊姊的話沒錯罷？」郭襄嘻嘻一笑，說道：「姊姊大驚小怪，我跟一個朋友去瞧瞧熱鬧，又有甚麼大不了啦！」郭靖皺眉道：「甚麼朋友？叫甚麼名字？」郭襄伸伸舌頭，道：「啊喲，我可沒問他名字，只知道他外號叫作『大頭鬼』。」郭芙道：「似乎是甚麼『西山一窟鬼』中的人物。」郭靖也聽過「西山一窟鬼」的名頭，這一批人雖說不上惡行素著，卻也不是正人君子，聽得小女兒竟和這干人廝混，更加惱怒。但他素來沉穩，只「嘿」的一聲，便不再問。黃蓉卻將郭襄好好數說了一頓。

當晚郭靖夫婦排設家宴，爲郭芙、郭破虜接風洗塵，卻不設郭襄的座位。耶律齊出言相勸岳父和岳母。郭靖道：「女孩兒家若不嚴加管教，日後只有害了她自己。襄兒從小便古古怪怪，令人莫測高深。你做姊夫的，也得代我多操一番心才是呢。」耶律齊唯唯答應，不敢再說。

郭靖夫婦懲於以往對郭芙太過溺愛，以致闖出許多禍來，對郭襄和郭破虜便反其道而行之，自幼即管束得極爲嚴厲。郭破虜沉靜莊重，大有父風，那也罷了。郭襄卻只口中答應，心裏一百二十個的不願意。這晚聽丫鬟言道，老爺太太排設家宴，故意不請二小姐。郭襄一怒，索性便不吃飯，一直餓了兩天。到第三天上，黃蓉心疼不過，瞞著郭靖，親自下廚煮了六色精致小菜，又哄又說，才把小女兒調弄得破涕爲笑。黃蓉的烹調本事天下無雙，她久已不動，這時一顯身手，自教郭襄吃得眉開眼笑。但這麼一來，夫婦倆教訓女兒的一片心血、一番功夫，卻又付諸流水了。

其時郭靖得悉蒙古大軍已攻下大理，再自南北攻，另一路兵馬則自北而南，兩路大軍預擬會師襄樊，一舉而滅大宋。這一次蒙古事先籌劃數年，志在必得，北上的大軍由皇弟忽必烈統率，南下大軍由蒙古大汗蒙哥御駕親統，精兵猛將，盡皆從龍而來，聲勢之大，前所未有。一至秋高氣爽，草長馬肥，正利於蒙古鐵騎馳驟，便即南北夾攻襄樊。

蒙古大軍兵糧雲集，襄陽城局面緊急。臨安大宋朝廷由奸臣丁大全當國，主昏臣奸，對此竟不當作一回事。襄陽告急的文書雖雪片價飛來，但朝廷中君臣相互言道：「蒙古韃子攻襄陽多年不下，這一次也必鎩羽而歸。襄陽城是韃子的剋星，慣例如此，豈有他哉？吾輩儘可高枕無憂，何必庸人自擾？」

當蒙古南路大軍進逼大理之時，郭靖知道此番局勢緊急，委實非同小可，於是撒下英雄帖，遍請天下英雄齊集襄陽，會商抗敵禦侮大計。但蒙古軍行神速，沒多久便滅了大理。其時大理國國主是段興智，是一燈大師的曾孫，號稱「定天賢王」，年方稚幼，立後未及兩年而國亡，國亡時段興智由武三通、朱子柳、點蒼漁隱等救出，逃奔在外。大理既滅得早，進攻襄樊之期也提早了。

這次襄陽城英雄大宴邀請的人數眾多，規模甚大，郭靖、黃蓉怕請柬送得不周，該邀的英雄未邀，既失禮數，得罪了人，且失了禦敵臂助，因此策劃周詳，細加商酌，籌辦的時日花得甚多。料想蒙古大軍進攻之期多半會在草長馬肥的秋冬之際，但軍行多變，中間或有阻撓，最早要到重陽前後方能攻到襄樊，於是將大宴日期定於九月中旬，當大敵攻來之時羣雄未散，可乘勢相助禦敵。至於最親近的友方如同全真教、丐幫等處，則一早於春天即將請柬送出，以盼早日來助。會期定於九月十五，預定連開十日。

這一日正是十三，距會期已不過兩天，東南西北各路好漢，猶如百川匯海，紛紛來到襄陽。而蒙古南北兩路大軍也漸漸逼近。郭靖、黃蓉夫婦全神部署軍務，將接待賓客之事交給了魯有腳和耶律齊處理。武敦儒、耶律燕夫婦和武修文、完顏萍夫婦從旁襄助。

這一日朱子柳到了，點蒼漁隱到了，武三通到了，全眞教掌教宋道安率領本教三十六名師兄弟到了，丐幫諸長老和幫中七袋、八袋諸首領到了，陸冠英、程瑤迦夫婦到了……一時襄陽城中高手如雲，羣賢畢集。許多前輩英俠平時絕少在江湖上露面，因知這一次襄陽英雄宴關連天下氣運，實非尋常，又仰慕郭靖夫婦仁義，凡收到英雄帖的十之八九都趕來赴會。比之當年大勝關英雄大會，盛況尤有過之。

九月十三日晚間，郭靖夫婦在私邸設下便宴，邀請朱子柳、武三通等十多位知交一叙契闊。酒過三巡，丐幫幫主魯有腳始終未至，衆人只道他幫務紛繁，不暇分身，也不以爲意。衆人歡呼暢飲，縱論十餘年來武林間軼事異聞。耶律齊、郭芙夫婦伴著武氏兄弟等年輕一輩朋友在偏所另開筵席，猜枚賭飲，喧聲盈耳。

正熱鬧間，突然一名丐幫的八袋弟子匆匆進來，在黃蓉耳邊低聲說了幾句。黃蓉臉色大變，霍地站起，顫聲道：「有這等事？」衆人吃了一驚，一齊轉頭瞧她。只聽黃蓉說道：「這裏並無外人，你儘管說。此事經過如何？」衆人見她說話之時目眶含淚，料知出了不幸之事，只聽那八袋弟子說道：「今日午後，魯幫主帶同兩名七袋弟子循例往城南巡營，那知直到申牌過後，仍未回轉。弟子等放心不下，分批出去探視，竟在峴山腳下的羊太傅廟中，見到了魯幫主的遺體……」眾人聽到「遺體」兩字，都不自禁「啊」的一聲叫了出來。

那弟子說到這裏聲音已然嗚咽，魯有腳武功雖不甚高，但仁信惠愛，甚得幫眾推戴。那弟子接著道：「那兩名七袋弟子也躺在幫主身畔，一人已然斃命，另一個身受重傷，尙未氣絕。他說他三人在廟外遇到蒙古的霍都王子，幫主首先遭了暗算。兩名七袋弟子和他拚命，也都傷在他掌下。」

郭靖氣得臉色慘白，只道：「嘿嘿，霍都，霍都！」心想若是早知有今日之事，當日在重陽宮中對他就不該手下留情。黃蓉道：「那霍都留下了甚麼言語沒有？」那弟子道：「弟子不敢說。」黃蓉道：「有甚麼不敢說？他說教郭靖、黃蓉快快投降蒙古，否則便和這魯有腳一般，是不是？」那弟子道：「幫主明見。霍都那惡賊正是如此妄說。」丐幫中習俗，黃蓉雖然早就不任幫主，但幫眾不論當面背後仍稱她為「幫主」。黃蓉皺眉道：「魯幫主的打狗棒，自然也給那霍都搶去了？」那弟子道：「正是。」

眾人紛紛離席，去瞧魯有腳的遺體，只見他背心上中了一根精鋼扇骨，胸口肋骨折斷，顯是霍都先以暗器在後偷襲得手，再運掌力將他打死。眾人見後，盡皆悲憤。

這時襄陽城中所聚丐幫弟子無慮千數，魯有腳爲奸人所害的消息傳將出去，城中處處皆有哀聲。

郭襄平日和魯有腳極爲交好，常拉著他到郊外荒僻處喝酒，一老一少，舉杯對酌，郭襄磨著他說些江湖上的奇事趣談，一耗便是大半日，兩人都引以爲樂。羊太傅廟離襄陽城不遠，也是郭襄和魯有腳常到之處。她聽說這位老朋友竟是在廟中遭害，心中悲痛，當即打了一葫蘆酒，提了一隻菜籃，便和平時一樣，來到廟中。

其時將近子夜，郭襄放下兩副杯筷，斟滿了酒，說道：「魯老伯，半個月之前，我還曾和你在這裏對酌談心，那想到英雄慘遭橫禍，魂而有知，還請來此享一杯濁酒。」說著將對面的一杯酒潑在地下，自己舉杯一飲而盡，想到這位忘年之交從此永逝，不禁悲從中來，垂淚說道：「魯老伯，我再跟你乾一杯！」說著一杯酹地，自己又喝了一杯，放聲痛哭。

她酒量其實甚淺，不過生性豁達，喜和江湖豪士爲伍，也就跟著他們飲酒大言，這時兩大杯酒一乾，朱顏酡暈，已覺微微潮熱。黑暗中忽見門外似有人影一閃，心想魯有腳的鬼魂當眞到了，叫道：「是魯老伯麼？你英靈不昧，請來一會。」她一顆心雖怦怦亂跳，卻也甚想見見魯有腳的鬼魂。卻聽一個女子聲音說道：「你三更半夜在這裏搗甚麼鬼？媽媽叫你快回去。」一人從廟外閃了進來，正是郭芙。

郭襄好生失望，說道：「我正在招魯老伯鬼魂相見，你這麼一衝，他怎麼還肯前來？姊姊，你先回去，我隨後即回。」郭芙道：「又來瞎說八道了，你這個小腦袋中，裝的儘是胡思亂想。魯有腳的鬼魂為甚麼要來見你？」郭襄道：「他平日和我最好，何況我還答應跟他說一件心事，說好是在我生日那天跟他說的。豈料他竟等不到。」說到這裏，不由得黯然神傷。

郭芙道：「媽媽一轉眼不見了你人影，捏指一算，料得到你定是到了這裏。你這小猴兒雖調皮，可怎翻得出媽媽的手掌心？媽媽罵你越來越大膽了，說不定那霍都還躲在左近，你一個小娃兒，深夜孤身來到這裏，豈不危險？」郭襄嘆了口氣，道：「我記掛著魯老伯，也就沒想到危險了。好姊姊，你陪我在這裏坐一會兒，說不定魯老伯的鬼魂真會來和我見面。不過你別開口，嚇走了他。」

郭芙平時不大瞧得起魯有腳，總覺得他所以能做丐幫幫主，全仗母親扶持提拔，心想他的鬼魂當真便來，我也不怕。她又知這個小妹妹的脾氣，她既要在此等待，除非爹娘親來喝阻，自己無論如何勸她不回，坐了下來，嘆道：「二妹，你年紀越大，倒似越不懂事了。你今年十六歲啦，再過得兩三年，便要找婆家了，難道到了婆婆家裏，也這般瘋瘋顛顛的不成？」郭襄道：「那又有甚麼不同？你跟姊夫成了親，還不是跟從前做閨女那般自由自在？」郭芙道：「嘿！你怎能拿旁人跟你姊夫相比？他是當今豪傑，識見處處高人一等，自不會拘束我。他這等文才武略，小一輩中，又有誰及得上他？你將來的丈夫能有他一半好，爹爹媽媽便已心滿意足了。」

郭襄聽她說得傲慢，小嘴一扁，道：「姊夫自然了得，但我不信世上就沒及得上他的人。」郭芙道：「你不信，那便走著瞧罷！」言下甚有傲意。郭襄道：「我便識得一人，比姊夫好上十倍。」郭芙大怒，道：「是誰？你倒說來聽聽。」郭襄道：「我為甚麼要說？我自己心中知道，那便是了。」郭芙冷笑道：「是朱三弟麼？是王劍民麼？」她說的幾個都是少年英俠。郭襄不住搖頭，道：「他們連姊夫也還及不上，怎說得上好過他十倍？」郭芙道：「除非你是說咱們的外公啦、爹娘啦、朱大叔啦這些前輩英雄。」

郭襄道：「不！我說的那人，年紀比姊夫還小，模樣兒長得比姊夫俊，武功可比姊夫強得多啦，簡直是天差地遠，比也不能比……」她一面說，郭芙便「呸，呸，呸！」的「呸」個不停。郭襄卻不理會，續道：「你不肯相信，那也由得你。這個人為人又好，旁人有甚麼急難，不管他識與不識，總盡力出手相助。」她說到後來，一張俏臉微微抬起，悠然神往。

郭芙怒道：「你淨在自己小腦袋瓜兒裏瞎想。魯有腳死了之後，丐幫沒了幫主。媽剛才說，乘著英雄大宴，羣豪聚會，便在會中推舉，大夥兒比武決勝，舉一位武功最強之人出任幫主，以免幫中污衣派、淨衣派兩派又起紛爭。你所說之人既這麼厲害，叫他來跟你姊夫比一比啊，瞧是誰奪得幫主之位。」

郭襄嘻的一笑，道：「他不見得希罕做丐幫幫主。」郭芙怒道：「你怎敢瞧不起幫主的職位？從前洪老公公做過，媽也做過，難道你連洪老公公和媽也敢瞧不起麼？」郭襄道：「我幾時說過瞧不起了？你知道我和魯老伯是最要好的。」

郭芙道：「好罷！你就叫你那個大英雄來跟你姊夫比一比啊。眼下當世好漢都聚會在襄陽，誰是英雄，誰是狗熊，只要一出手就分得明明白白。」郭襄道：「大姊，你說話就最愛纏夾不清，我幾時說過姊夫是狗熊來著？如果他是狗熊，你不也成了畜生？你我一母所生，我又是甚麼了？」

郭芙聽得笑又不是，氣又不是，辯她不過，站起身來，道：「我沒功夫跟你胡鬧。你再不回去，別連我也一起挨罵。」郭襄伶牙俐齒，最愛和大姊姊鬥口，說道：「啊喲，你是嫁出去的姑奶奶，爹爹媽媽素來最疼你的。你又是下一任的幫主夫人，誰有天大膽子，敢來罵你？」郭芙聽妹子稱自己為「下一任的幫主夫人」，心中一樂，說道：「這許多英雄好漢，瞧出去眼也花了，你姊夫也未必準成，可別把話先說得滿了，教人家聽見了笑話。」

郭襄出神半晌，見一輪銀盤斜懸天邊，將滿未滿，僅差一抹，嘆道：「看來魯老伯的鬼魂是不會來了。大姊，何必就這麼快便推新幫主，讓大夥兒心中多想念一下魯老伯不好麼？」郭芙道：「你這又是孩子話啦？丐幫是江湖上第一大幫，羣龍無首，那怎麼成？」郭襄道：「媽說那一天推選幫主？」郭芙道：「十五是英雄大宴的正日，最要緊的自是商議如何聯絡四海豪傑，共抗蒙古。這番商議少則五六天，多則八九天，待得推舉丐幫幫主，總得到廿三、廿四罷。」郭襄「啊」的一聲。

郭芙問道：「怎麼？」郭襄道：「沒甚麼，廿四恰好是我的生日。你們推舉幫主，這麼一亂，媽媽再也沒心思給我做生日了。」郭芙哈哈大笑，道：「你這小娃兒做生日，又打甚麼緊了？怎麼能拿來和推舉幫主這等大事相比？說出來也不怕笑掉了人家牙齒。你啊，這世上恐怕也只你一個兒，才記得這件鷄毛蒜皮小事。」

郭襄脹紅了小臉，道：「爹便不記得，媽一定記得的。你說是小事，我卻說不是小事。我滿十六歲了，你知不知道？」郭芙更加好笑，譏諷道：「到那一天啊，襄陽城中幾千位英雄好漢，都來給我們郭二小姐祝壽，每個人都送你一份厚禮。因爲咱們的郭二小姐滿十六歲啦，不再是小娃兒，是大姑娘啦！哈哈，哈哈！」

郭襄偏過了頭，道：「旁人自然不理會，可是至少有一位大英雄記得我的生日，他答允我，要來跟我見面的。」她說這幾句話時，心中頗爲自傲。

郭芙道：「是甚麼大英雄？啊，是那位比你姊夫還要了得的少年英雄。我跟你說，第一，世上壓根兒就沒這麼一號子人物，是你小腦袋在胡思亂想。第二，就算眞的有，他有多少大事要幹，怎能趕來跟你這小娃兒祝壽？除非他是爲赴英雄大宴，這才到襄陽城來。」郭襄給姊姊激得幾乎要哭了出來，頓足叫道：「他答允過記得的，他答允過記得的。他不來赴英雄宴，他也不來爭幫主。」郭芙道：「他不是英雄，爹爹自不會送英雄帖給他。他便要來赴英雄宴，也還大大的不夠格呢。」

郭襄摸出手帕來抹了抹眼淚，道：「既然這樣，你們的英雄大宴我也不到，你們推舉幫主也好，新幫主榮任也好，恁他多熱鬧的事，我一眼也不瞧。」

郭芙冷笑道：「啊唷，郭二小姐不到，英雄大宴還成甚麼局面啊？做丐幫的新幫主還有甚麼風光啊？那怎少得了你呢？」

郭襄伸手塞住雙耳，便向廟門奔出。

突見黑影一閃，廟門口靜靜站著一人，阻住了出路，郭襄一驚，急忙後躍，才不致和他撞個滿懷。月光下只見這人身材極高，面目黝黑，上身卻是奇短，凝神看時，原來這人兩足折斷，脅下撐著一對六尺來長的拐杖，一雙褲腳管縫得甚長，晃晃蕩蕩的拖向地下，侏儒踊高蹻，成了巨人。郭芙驚道：「你是尼摩星？」

那人正是尼摩星。此次蒙古皇帝御駕親征，所有蒙古西域的勇士武人盡皆扈駕南下，人人都盼在這役中一顯身手，以博功名榮寵。尼摩星雙腿雖斷，手上武功未失，經十餘年來苦練，一雙鐵杖上的造詣只有更勝斷腿之前。蒙古大軍攻略而來，距襄陽尚有數百里之遙，但尼摩星等一干武士諜探，卻已先抵襄陽城外四周。這一晚他原擬在羊太傅廟中歇宿，卻在廟外聽得了郭芙姊妹的對答，不由得大喜若狂，心想郭靖雖非襄陽城守主帥，但襄陽的得失實繫於此人，若將他兩個愛女俘獲了去，縱不能逼他降服，卻也可擾亂他心神，實是大大一件奇功。他聽郭芙認出了自己，說道：「郭大姑娘眼力好的，多年不見，你是更加美麗的。大家免傷和氣，這就乖乖隨我去的！」

郭芙又驚又怒，心知此人武功厲害，自己姊妹齊上，也決不是他敵手，忍不住向郭襄怒視一眼，心道：「都是你闖出來的亂子，眼前的禍事可不知如何收拾？」

郭襄卻問尼摩星道：「你的兩條腿怎地如此奇怪？從前沒斷之時，也這般長麼？」

尼摩星哼了一聲，不去理她，對郭芙道：「你姊妹倆在前邊走的，可不用打逃跑主意的！」言語之中，便已將她姊妹視作了俘虜。郭襄笑道：「你這人說話倒也奇怪，三更半夜的，你叫我姊妹到那裏去啊？」尼摩星怒道：「小娃兒不許多言的，快跟我走的。」他也怕襄陽城中有能人出來接應，不免功敗垂成。

郭芙低聲道：「二妹，這黑矮子是蒙古的武士，功夫十分了得，我攻他左側，你攻他右側。」說著嗆的一聲，長劍出鞘，向尼摩星腰間刺去。

郭襄出城時沒攜兵刃，同時心想這人沒了兩腿，全憑雙拐撐住，姊姊用劍刺他，教他如何抵敵？反而叫道：「姊姊，這人沒了兩條腿，別打他！」

她叫聲未歇，尼摩星左杖支地，右杖橫掃，噹的一下，擊在郭芙劍上，黑暗中火花飛濺，郭芙長劍險些脫手飛出，只感手臂酸麻，胸口隱隱作疼，當下左手揑個劍訣，劍隨身走，展開「越女劍法」，擊刺攻拒，和尼摩星鬥了起來。這「越女劍法」乃當年江南七怪中的韓小瑩傳與郭靖，其後韓小瑩不幸慘死，郭靖感念師恩，珍而重之的傳了給兩個女兒。這劍法源遠流長，變化精微，原是劍學中的一個大宗，若由郭靖使將出來，自是雷霆生威，勢不可當，但郭芙限於功力，劍法雖精，在尼摩星的雙鐵杖下不由得相形見絀。

郭襄見尼摩星雙杖交互使用，左杖出擊則右杖支地，右杖出擊則左杖支地，趨退敏捷，與身有雙腿無異，加之鐵杖甚長，他居高臨下，揮杖俯擊，更增威勢，姊姊顯然不敵，這時才駭急起來。郭芙只覺敵人杖上壓力越來越重，一股沉滯的黏力拖著她手中長劍，劍尖刺出去時歪歪斜斜。郭襄護姊心切，雙掌一錯，赤手空拳的便向尼摩星撲了過去。

只聽得尼摩星喝一聲：「著！」左杖在地下一點，身子躍在半空，雙杖齊出，迅捷無比，右杖點中了郭襄左肩，左杖點中了郭芙胸口。郭襄身子搖晃，連退數步。郭芙所中那一杖竟自不輕，支持不住，騰的一聲，坐倒在地。

尼摩星起落飄忽，猶似鬼魅，既快且陰，鐵杖微點，便已欺近郭芙身前，冷笑道：「我叫你乖乖跟我走的……」郭芙一躍而起，叫道：「二妹，快向廟後退走！」尼摩星大吃一驚，鐵杖明明點中了郭芙的「神藏穴」，怎地她竟仍能行動自若？他那知郭芙身上穿著軟蝟甲，還道她郭家家傳的閉穴絕技，能不怕打穴。其實郭芙雖穴道未閉，但鐵杖撞擊之下，亦已疼痛徹骨，再也不能靈動運劍。郭襄展開桃華落英掌法，護住姊姊身後，叫道：「姊姊，你先走！」

尼摩星左手鐵杖擊出，在郭襄身前直砸下去，離她鼻尖不逾三寸，疾風只颳得她嫩臉生疼，喝道：「誰也不許動的！」郭襄怒道：「我先前還說你可憐，原來你這麼橫蠻可惡！」尼摩星哈哈大笑，說道：「小娃兒不吃點苦頭，不知爺爺厲害的。」鐵杖點地，篤篤篤而響，面露獰笑，一步步走近。郭襄一生之中從未受過這等驚嚇，眼見他一張黑臉猙獰醜陋，雙目圓睜，露出白森森獠牙，便似要撲上來咬人一般，禁不住失聲尖叫。

忽然間身後一人柔聲說道：「別怕！用暗器打他。」當此危急之際，郭襄也不及辨別說話的是誰，在身邊一摸，急道：「我沒暗器。」眼見尼摩星又逼近了一步，不知如何是好，只得雙掌使招「散花勢」，護在身前。她手掌剛向前伸出，身後突有一股微風吹到，只感手臂輕輕一振，腕上的一對金絲芙蓉鐲忽地離手飛出，叮叮兩響，撞在尼摩星的鐵杖之上。

這兩下碰撞聲音甚輕，但尼摩星雙杖竟就此拿揑不住，兩條黑沉沉的鐵杖猛向後擲，砰砰兩聲巨響，撞在牆壁之上，震得屋樑上泥灰亂落。尼摩星雙杖脫手，身子隨即跌倒。但他一個觔斗翻過，背脊在地下一靠，借勢躍起，身在半空，哇哇哇的怒聲怒叫，黑漆漆的十根手指伸出，和身便向郭襄撲到。

郭襄大駭，不暇細想，順手在頭髮裏拔下一枚青玉簪，揚手便往尼摩星打去，只見身後微風又起，托著玉簪向前。尼摩星左手在前，右手在後，突見玉簪來勢怪異，急忙雙手齊格，接著輕叫一聲：「古怪的！」坐倒在地，便此一動也不動了。

郭襄生怕他使甚詭計，躍到郭芙身邊，顫聲道：「姊姊，快走！」兩姊妹站在羊太傅的神像之旁，見尼摩星始終不動，郭芙道：「莫非他突然中風死了！」提聲喝道：「尼摩星，你搗甚麼鬼？」心想他鐵杖脫手，行動不便，此時已不用懼他，挺著長劍上前幾步，只見尼摩星雙目圓睜，滿臉駭怖之色，嘴巴張得大大的，竟已死去。

郭芙驚喜交集，晃火摺點亮神壇上的蠟燭，正要上前察看，忽聽廟門外有人叫道：「芙妹，二妹，你們在廟裏麼？」正是耶律齊到了。郭芙喜道：「齊哥快來，奇怪……奇怪之極啦！」

郭芙來尋妹子，良久不歸，耶律齊想起魯有腳遭人暗算，此時襄陽城外敵人出沒，放心不下，出來迎接她兩姊妹回城。他帶著兩名丐幫的六袋弟子，奔進殿來，見尼摩星死在當地，吃了一驚。他知這天竺矮子武功甚強，自己也敵他不住，竟能爲妻子所殺，實大出意外，從郭芙手中接過燭台，湊近看時，更詫異無比。

只見尼摩星雙掌掌心都穿過一孔，一枚青玉簪釘在他腦門正中的「神庭穴」上。這青玉簪稍加碰撞，即能折斷，卻能穿過這武學名家的雙掌，再將他釘死，發簪者本領之高委實不可思議。他轉頭向郭芙道：「外公他老人家到了麼？快引我拜見。」

郭芙奇道：「誰說外公來了？」耶律齊道：「不是外公麼？」雙眉一揚，喜道：「原來是恩師到了。」轉身四顧，卻不見周伯通的蹤跡，他知師父性喜玩鬧，多半是躲起來要嚇自己一跳，當即奔出廟外，躍上屋頂察看，四下裏卻無人影。郭芙叫道：「喂！你傻裏傻氣的說甚麼外公啦，師父啦？」

耶律齊回進大殿，問起她姊妹倆如何和尼摩星相遇、此人如何斃命。郭芙說了，但見妹子的青玉簪竟能將此人釘死，也說不出半點道理。耶律齊道：「二妹身後定有高人暗中相助。我想當世有這功夫的，除岳父之外，只有咱們外公、我恩師、一燈大師以及金輪國師他們五人。岳父沒來，國師是蒙古國師，自不會和尼摩星爲敵，一燈大師輕易不開殺戒，因此我猜不是外公，便是恩師了。二妹，你說助你的是誰？」

郭襄自青玉簪打出、尼摩星倒斃之後，立即回頭，背後卻寂無人影，她心中一直在默誦「別怕，用暗器打他」這句話，只覺話聲好熟，難道竟是楊過？但一想到楊過，心中便說：「決不是他！只因我盼望是他，將別人聲音也聽作了是他。」耶律齊相詢之時，她兀自出神，竟沒聽見。

郭芙見妹子雙頰紅暈，眼波流動，神情有些特異，生怕她適才吃了驚嚇，拉住她手道：「二妹，你怎麼了？」郭襄身子一顫，滿臉羞得通紅，說道：「沒甚麼。」郭芙惱道：「姊夫問你剛才是誰出手救你，你沒聽見麼？」郭襄道：「啊，是誰幫我打死這惡人麼？自然是他！除了他還有誰能有這樣大本領？」郭芙道：「他？他是誰？是你說的那個大英雄麼？」郭襄心中怦怦亂跳，忙道：「不，不！我說是魯老伯的鬼魂。」郭芙呸的一聲，摔脫她手，將信將疑，心想鬼神無憑，難道魯有腳眞會陰魂不散，但若不是鬼魂，怎地舉手殺人，自己明明在側，卻瞧不見半點影蹤？

耶律齊手持尼摩星的兩根鐵杖，嘆道：「這等功力，委實令人欽服。」郭芙、郭襄凝神看時，但見每根鐵杖正中嵌著一枚金絲芙蓉鐲，宛似匠人鑲配的一般。這金絲細鐲乃用黃金絲、白金絲打成芙蓉花葉之形，金銀絲纖細，手藝工巧，但爲人罡氣內力一激，竟能將尼摩星一對粗重的鐵杖撞得脫手飛出，無怪耶律齊爲之心悅誠服。

郭芙道：「咱們拿去給媽媽瞧瞧，到底是誰，媽一猜便知。」

兩名丐幫弟子一負屍體，一持雙杖，隨著耶律齊和郭氏姊妹回入城中。郭靖和黃蓉聽郭芙述說經過，回想適才險事，不由得暗暗心驚。

郭襄只道自己這番胡鬧，又要挨爹娘一番重責，但郭靖心喜女兒厚道重義，反溫言安慰了她幾句。黃蓉見丈夫不怒，更將小女兒摟在懷裏疼她，看到尼摩星的屍身和雙杖之時，沉吟半晌，向郭靖道：「靖哥哥，你說是誰？」郭靖搖頭道：「這股內力純以剛猛為主，以我所知，自來只有兩人。」黃蓉微微頷首，道：「可是恩師七公早已逝世，又不是你自己。」她細問羊太傅廟中動手的經過，始終猜想不透。

待郭芙、郭襄姊妹分別回房，黃蓉道：「靖哥哥，咱們二小姐心中有事瞞著咱們，你知道麼？」郭靖奇道：「瞞甚麼？」黃蓉道：「自從她北上送英雄帖回來，常獨個兒呆呆出神，今晚的神氣更加古怪。」郭靖道：「她受了驚嚇，自會心神不定。」

黃蓉道：「不是的。她一會子羞澀靦腆，一會子又口角含笑，那決不是驚嚇，她心中實是說不出的歡喜。」郭靖道：「小孩兒家忽得高人援手，自會乍驚乍喜，那也不足為奇。」黃蓉微微一笑，心道：「這種女孩兒家的情懷，你年輕時尚且不懂，到得老來，更知道些甚麼？」夫妻倆轉過話題，商量布陣禦敵的方略，蒙古兵勢大，實無抗禦善策，又商量次日英雄大宴中如何迎接賓客、安排席次，這才各自安寢。

黃蓉躺在床中，念著郭襄的神情，難以入睡，尋思：「這女孩兒生下當日便遭劫難，我總躭心她一生中難免會有折磨，差幸十六年來平安而過，難道此刻卻有變故降到她身上麼？」再想到強敵壓境，來日大難，合城百姓都面臨災禍，若能及早知道些端倪，也可提防，而這女孩兒偏生性兒古怪，她不願說的事，從小便決不肯說，不論父母如何誘導責罵，她總是小臉兒脹得通紅，絕不吐露半句，令得父母又好氣，又好笑。

黃蓉越想越放心不下，悄悄起身，來到城邊，令看守城門的軍士開城，逕往城南的羊太傅廟來。時當四鼓，斗轉星沉，明月為烏雲所掩。黃蓉手持一根青竹短桿，展開輕功，奔上峴山，離羊太傅廟尚有數十丈，忽聽得「墮淚碑」畔有說話之聲。黃蓉伏低身子，悄悄移近，離碑數丈，躲在一株大樹之後，不再近前。

只聽一人說道：「孫三哥，恩公叫咱們在墮淚碑相候，這碑為甚麼起這麼一個別扭名字？可挺不吉利的。」那姓孫的道：「恩公生平似乎有件大不稱心之事，因此見到甚麼斷腸、憂愁、墮淚的名稱，便容易掛在心上。」先一人道：「以恩公這等本領，天下本該再也沒甚麼難事了，可是我見到他的眼神，聽他說話的語氣，似乎心中老是有甚麼事不開心。這『墮淚碑』三字，恐怕是他自己取的名兒。」

那姓孫的道：「那倒不是。我曾聽說鼓兒書的先生說道：三國時襄陽屬於魏晉，守將羊祜功勞很大，官封太傅，保境安民，恩澤很厚。他平日喜到這峴山遊玩，去世之後，百姓記著他的惠愛，在這峴山上起了這座羊太傅廟，立碑紀德。衆百姓見到此碑，想起他生平的好處，往往失聲痛哭，因此這碑稱爲『墮淚碑』。陳六弟，一個人做到羊太傅這般，那當眞是大丈夫了。」那姓陳的道：「恩公行俠仗義，五湖四海之間，不知有多少人受過他的好處。要是他在襄陽做官，說不定比羊太傅還要好。」

姓孫的微微一笑，說道：「襄陽郭大俠既保境安民，又行俠仗義，那是身兼羊太傅和咱們恩公兩人的長處了。」黃蓉聽他們稱讚自己丈夫，不禁暗自得意，又想：「不知他們說的恩公是誰？難道便是暗中相助襄兒的那人麼？」

只聽那姓孫的又道：「咱哥兒倆從前跟恩公作對，後來反蒙他救了性命，恩公這待敵如友的心腸，倒可比得上羊祜羊太傅。說《三國》故事的那先生還道：羊祜守襄陽之時，和他對抗的東吳大將是陸遜的兒子陸抗。羊祜派兵到東吳境內打仗，割了百姓的稻穀作軍糧，一定賠錢給東吳百姓。陸抗生病，羊祜送藥給他，陸抗毫不疑心的便服食了。部將勸他小心，他說：『豈有酖人羊叔子哉？』服藥後果然病便好了。羊叔子就是羊祜。因他人品高尙，敵人也敬重他。羊祜死時，連東吳守邊的將士都大哭數天。這般以德服人，那才叫英雄呢。」

姓陳的摸著碑石，連聲嘆息，悠然神往，過了半晌，說道：「恩公叫咱們到此相會，想來也是爲了仰慕羊太傅的爲人了？」那姓孫的道：「我曾聽恩公說，羊祜生平有一句話，最是說到了他心坎兒中。」姓陳的忙問：「甚麼話啊？你慢慢說，我得用心記一記。連恩公也佩服，這句話定然非同小可。」那姓孫的道：「當年陸抗死後，吳主無道，羊祜上表請伐東吳，既可救了東吳百姓，又乘此統一天下，卻為朝中奸臣所阻，因此羊祜嘆道：『天下不如意事，十常居七八。』恩公所稱賞的便是這句話了。」

那姓陳的沒料到竟只這麼一句話，頗有點失望，咕噥了幾句，突然大聲道：「孫三哥，羊祜，羊祜，這名字跟恩公不是音同……」那姓孫的喝道：「禁聲！有人來了。」

黃蓉微微一驚，果聽得山腰間有人奔跑之聲，她心想：「與『羊祜』音同字不同，難道竟是『楊過』？不，決計不會，過兒的武功便有進境，也決計不致到此出神入化的地步。這人想說的不會是『音同字不同』。」

過不多時，只聽上山那人輕拍三下手掌，那姓孫的也擊掌三聲為應。那人走到墮淚碑前，說道：「孫陳兩位老弟，恩公叫你們不必等他了，這裏有兩張恩公的名帖，請兩位立即送去。孫三弟這張送去信陽軍趙老爵爺處，陳六弟這張送交常德府烏鴉山聾啞頭陀，便說請他們兩位務須於十天之內趕到此處聚會。」孫陳兩人恭恭敬敬的答應了，接過名帖，藏入懷內。

這幾句話一入黃蓉耳內，更令她大為驚詫，信陽軍趙老爵爺乃宋朝宗室後裔，太祖三十二勢長拳和十八路齊眉棒是家傳絕技，他是襲爵的清貴，向不與江湖武人混跡。烏鴉山聾啞頭陀則是三湘武林名宿，武功甚強，只因又聾又啞，就此絕少與外人交往。這次襄陽英雄大宴，郭靖與黃蓉明知這二人束身隱居，決計不會出山，但敬重他們名望，仍送了英雄帖去，果然兩人回了書信，婉言辭謝，難道這甚麼「恩公」眞有這般天大面子，單憑一紙名帖，便能呼召這兩位山林隱逸高士於十天之內趕到？

黃蓉心念一轉，深有所憂：「英雄大宴明日便開，這人召聚江湖高手來到襄陽，有何圖謀？莫非是相助蒙古，不利於我麼？」但想趙老爵爺和聾啞頭陀雖性子孤僻，卻決非奸邪之徒，那「恩公」倘若便是暗助襄兒殺鑋尼摩星的，正是我輩中人。

她正自沉吟，只聽那三人又低聲說了幾句，因隔得遠了，聽不明白，但聽得那姓陳的道：「……恩公從不差遣咱們幹甚麼事，這一回務必……大大的風光熱鬧……掙個面子……咱們的禮物……」其餘的話便聽不見了。那姓孫的大聲道：「好，咱們這便動身，你放心，決計誤不了恩公的事。」說著三人便快步下山。

黃蓉於那「恩公」是甚麼來歷當眞想不到絲毫頭緒，卻又不願打草驚蛇，擒住那三人來逼問。待三人去遠，走進廟內，前後察看了一遍，不見有何異狀，料來因敵軍逼近，廟內的火工廟祝均已逃入城中，是以闃無一人。出廟回城時，天色已然微明。

將近西門外的岔路，迎面忽見兩騎快馬急衝而來，黃蓉閃身讓在路邊，見馬上乘的是兩個精壯漢子。兩乘馬奔到岔路處，一個馬頭轉向西北，另一個馬頭轉向西南，便要分道而行。只聽一個漢子道：「你記得跟張大胯子說，江夏吹打的，唱戲的，做傀儡戲的，全叫他自己帶來，別忘了帶掛燈結綵的巧匠。」另一個笑道：「你別儘叮囑我，你叫的川菜大師傅倘若遲了一天，就算恩公饒了你，大夥兒全得跟你過不去。」那人笑道：「嘿，那還差得了？遲到一天，割下我的腦袋來切豬頭肉。」兩人說著一抱拳，分道縱馬而去。

黃蓉緩緩入城，心下嘀咕：「早聽說張大胯子是江夏一霸，交結官府，手段豪闊，附近山寨豪客都賣他面子，怎地這『恩公』一句話便能叫得他來？他們大張旗鼓，到底要幹甚麼？」突然間心頭一凜，叫道：「是了，是了！必是如此。」

她回進府中，問郭靖道：「靖哥哥，咱們可是漏送了一張帖子？」郭靖奇道：「怎地漏送了帖子，咱們反覆查了幾遍，不會有遺漏的啊。」黃蓉道：「我也這麼想。咱們生恐得罪了那一位好漢，便是沒多大名望的腳色，以及明知決不會來的數十位洗手退隱的名宿，也都早送了英雄帖去。可是今日所見，明明是一位大有來頭的人物心中不憤，也要在襄陽城中來辦個英雄大宴，跟咱們鬥上一鬥。」

郭靖喜道：「這位英雄跟咱們志趣相同，當眞再好也沒有了。咱們便推他作盟主，由他率領羣雄，共抗蒙古，咱們夫妻一齊聽他號令便是。」黃蓉秀眉微蹙，說道：「但瞧此人的作爲，又不似爲抗敵禦侮而來。他發了名帖去邀信陽趙老爵爺、烏鴉山聾啞頭陀、江夏張大胯子等一干人前來。」郭靖又驚又喜，拍案而起，說道：「此人如能將趙老爵爺、聾啞頭陀等高人邀到，襄陽城中聲勢大壯。蓉兒，這樣的人物，咱們定當好好交上一交。」

黃蓉沉吟未言，知賓的弟子報道江南太湖衆寨主到來。郭靖、黃蓉迎了出去。當日各路豪傑紛紛趕到，黃蓉應對接客，忙得不亦樂乎，對昨晚所見所聞，一時不暇細想。

翌日便是英雄大宴，羣英聚會，共開了四百來桌，襄陽統率三軍的安撫使呂文煥、守城大將王堅（注）等向各路英雄敬酒。筵席間衆人說起蒙古殘暴，殺我百姓，奪我大宋江山，無不扼腕憤慨，決意與之一拚。當晚便推舉郭靖爲會盟的盟主，人人歃血爲盟，誓死抗敵。

郭襄那日在羊太傅廟中與姊姊鬧了別扭，說過不去參加英雄大宴，果然賭氣不出，獨個兒在房中自斟自飲，對服侍她的丫鬟道：「大姊去赴英雄大宴，我一個人舒舒服服的吃酒，未必便不及她快活。」郭靖、黃蓉關懷禦敵大計，這時那裏還顧得到這女孩兒在使小性兒？郭靖壓根兒便沒知悉。黃蓉略加查問，知她性情古怪，也只一笑而已。

衆英雄十之八九都是好酒量，待得酒酣，有人興致好，便在席間顯示武功，引爲笑樂。黃蓉終是掛念小女兒，對郭芙道：「你去叫妹子來瞧瞧熱鬧啊，這樣子的大場面，一生未必能見得上一次。」郭芙道：「我才不去呢。二小姐正沒好氣，要找我拌嘴，沒的自己去找釘子碰。」郭破虜道：「我去拖二姊來。」匆匆離席，走向內室。

過不多時，郭破虜一人回來，尙未開口，郭芙便道：「二姊說甚麼了？」郭破虜道：「媽，是嗎？」黃蓉見兒子臉上全是詫異之色，問道：「我說過她不會來的，你瞧不眞是奇怪！」黃蓉道：「怎麼啦？」郭破虜道：「二姊說，她在房中擺英雄小宴，不來赴這英雄大宴啦。」黃蓉微微一笑，道：「你二姊便想得出這些匪夷所思的門道，且由得她。」郭破虜道：「二姊眞的有客人哪。五個男的，兩個女的，坐在二姊房裏喝酒。」

黃蓉眉頭一皺，心想這女孩兒可越來越加無法無天了，怎能邀了大男人到姑娘家的香閨中縱飲？「小東邪」的名頭可一點兒也不錯，但今日嘉賓雲集，決不能爲這事責罰女兒，掃了衆英雄的豪興，對郭芙道：「你兄弟年輕臉嫩，不會應付生客，還是你去。請妹子的朋友們齊來大廳喝酒，大夥兒一同高興高興。」

郭芙好奇心起，要瞧瞧妹子房中到了甚麼客人，她素知妹子不避男女之嫌，甚麼市井酒徒、兵卒廝役都愛結交，心想今日所邀的多半是些不三不四之輩，聽得母親吩咐，當即起身，走向郭襄閨房。

離房門丈許，便聽得郭襄道：「小棒頭，叫廚房再送兩大罈子酒來。」「小棒頭」是個丫鬟，郭襄給自己丫鬟取的名字也大大的與衆不同。那丫鬟答應了。只聽得郭襄又道：「吩咐廚房再煮兩隻羊腿，切廿斤熟牛肉來。」小棒頭應聲出房。只聽得房中一個破鑼般的聲音說道：「郭二小姐當眞豪爽得緊，可惜我人廚子以前不知，否則早就跟你交個朋友了。」郭襄笑道：「現下再交朋友也還不遲啊。」

郭芙皺起眉頭，往窗縫中張去，只見妹子繡房中放著一張矮桌，席上杯盤狼藉。八個人席地而坐，傳杯送盞，逸興遄飛。迎面一人肥頭肥腦，敞開胸膛，露出一排長長的黑毛。那人左首是個文士，三綹長鬚，衣冠修潔，手中摺扇輕搖，顯得頗爲風雅，扇面上卻畫著個伸長舌頭的無常鬼。文士左首坐著個四十來歲的女子，五官清秀，但臉上刀創劍疤，少說也有十來處。側面坐著個身材高瘦的帶髮頭陀，頭上金冠閃閃發光，口中咬著半隻肥鷄。此外兩個是白髮老翁，另一個是黑衣尼姑，三人背向窗子，瞧不見面目。郭襄坐在這一干人中間，俏臉上帶著三分紅暈，眉間眼角微有酒意，談笑風生，十分得意。郭芙心想，瞧他們這般高興，便邀他們去大廳，看來也是不去的。

只見一個白髮老翁站起身來，說道：「今日酒飯都有八成了，待姑娘生辰正日，咱們再來大醉一場。小老兒有一點薄禮，倒教姑娘見笑了。」說著從懷中取出一個錦盒，放在桌上。另一個老翁道：「百草仙，你送的是甚麼啊，讓我瞧瞧。」說著打開錦盒，不禁低呼了一聲，道：「啊，這枝千年雪參，你卻從何處覓來？」說著拈在手上。

郭芙從窗縫中望進去，見他拿著一枝尺來長的雪白人參，宛然是個成形的小兒模樣，頭身手足，無不具備，肌膚上隱隱泛著血色，實是希世珍物。

眾人嘖嘖稱讚，百草仙甚是得意，說道：「這枝千年雪參療絕症，解百毒，說得上有起死續命之功，姑娘無災無難到百歲，原也用它不著。但到百歲壽誕之日，取來服了，再延壽一紀，卻也無傷大雅。」眾人鼓掌大笑，齊讚他善頌善禱。

那肥頭肥腦的人廚子從懷中掏出一隻鐵盒，笑道：「有一個小玩意，倒也可博姑娘一笑。」揭開鐵盒，取出兩個鐵鑄的胖和尚，長約七寸，旋緊了機括，兩個鐵娃娃便你一拳、我一腳的對打起來。各人看得縱聲大笑。但見那對鐵娃娃拳腿之中居然頗有法度，顯然是一套「少林羅漢拳」，連拆了十餘招，鐵娃娃中機括使盡，倏然而止，兩個娃娃凝然對立，竟是武林高手的風範。

眾人瞧到這裏，不再發笑，臉上竟似都有憂色。那臉有疤痕的婦人道：「人廚子，你別爲爭面子，卻給郭二姑娘惹痳煩！這是嵩山少林寺的鐵羅漢，你怎地去偷來的？」人廚子笑道：「嘿嘿，我人廚子便有天大膽子，也不敢去少林寺偷鷄摸狗。這是少林寺羅漢堂首座無色禪師叫我送來的。他老人家說，到姑娘生辰正日，決能趕到襄陽來跟姑娘祝壽。哪，這才是我人廚子的薄禮呢！」掀開鐵盒的夾層，露出一隻黑色玉鐲。

這黑玉鐲烏沉沉的，看來也沒甚麼奇處。人廚子從腰間拔出一柄厚背薄刃的鬼頭刀，對準玉鐲使勁一刀砍了下去，噹的一聲，鬼頭刀反彈起來，黑玉鐲竟絲毫不損。眾人齊聲喝采。接著文士、尼姑、頭陀、婦人等均有禮物送給郭襄，無一不是爭奇鬥勝、生平罕見的珍物。郭襄笑吟吟的謝著收下。

郭芙越瞧越奇，轉身奔回大廳，一五一十的都跟母親說了。

黃蓉一聽，心中驚訝只有比郭芙更甚，當下向朱子柳招招手，三人退到內堂。黃蓉命女兒將適才所見再說一遍。朱子柳也詫異萬分，道：「人廚子、百草仙竟會到襄陽來？那黑衣尼姑多半便是殺人不眨眼的絕戶手聖因師太，那文士的摺扇上畫著一個無常鬼，唔，難道竟是轉輪王張一氓？」他一面說，黃蓉一面點頭。朱子柳卻連連搖頭，說道：「此事決計不會，想郭二姑娘能有多大年紀，除了最近一次，素來足不出襄陽方圓數十里之地，怎能結識這些三山五嶽的怪人？再說，嵩山少林寺的無色禪師，聽說他近年來面壁修爲，武林中的高人專誠上山，想見他一面都不可得，怎能到襄陽來給小女孩祝壽？唔，定是小姑娘串通了一些好事之徒，故意虛張聲勢，來跟姊姊鬧著玩的。」

黃蓉沉吟道：「但聖因師太、張一氓這些人的名頭，我們平時絕少提及，襄兒未必會知道，要捏造也造不來。」朱子柳道：「這麼說來，那是眞的了。咱們過去見見，以禮相會。他們既是二姑娘的朋友，到襄陽來絕無惡意。」黃蓉道：「我也這麼想。不過聖因師太、轉輪王張一氓這些人行事忽邪忽正，喜怒不測。咱們雖然不懼，可是纏上了也夠人頭痛的，眼前大敵壓境，實在不能再分心去對付這些怪人……」

突然窗外一人哈哈大笑，說道：「郭夫人請了。一干怪人前來襄陽，只爲祝壽，別無他意，何必頭痛？」說到那「別無他意，何必頭痛」八個字，聲音已在數丈之外。黃蓉、朱子柳、郭芙一齊搶到窗邊，但見牆頭上黑影一閃，身法快捷無倫，倏忽隱沒。郭芙縱身欲追，黃蓉一把拉住，道：「別輕舉妄動，追不上啦！」一抬頭，見天井中公孫樹樹幹上插著一把張開了的白紙扇。

那紙扇離地四丈有餘，郭芙自忖不能一躍而上，叫道：「媽！」黃蓉點了點頭，輕輕縱起，左手在樹幹上略按，借勢上翻，右手又在一根橫枝上一按，身子已在四丈高處，拔出紙扇，落下地來。

三人回到內堂，就燈下看時，見紙扇一面畫著個伸出舌頭的白無常，笑容可掬，雙手抱拳作行禮之狀，旁邊寫著十四個大字：「恭祝郭二姑娘長命百歲芳齡永繼」。黃蓉翻過扇子，見另一面寫著道：「黑衣尼聖因、百草仙、人廚子、九死生、狗肉頭陀、韓無垢、張一氓拜上郭大俠、郭夫人，專賀令愛芳辰，冒昧不敢過訪，恕罪恕罪。」這幾行字墨瀋未乾，寫得遒勁峭拔。

朱子柳是書法名家，讚道：「好字，好字！」黃蓉沉吟道：「咱們瞧瞧襄兒去。」

朱子柳年紀已老，也不用跟小女孩避甚麼嫌疑，當下一齊來至郭襄房中。只見小棒頭和另一名丫鬟正在收拾杯盤殘菜。郭襄道：「朱伯伯，媽，姊姊，你們瞧，這是客人送給我的生日禮物。」黃蓉和朱子柳看了千年雪參、雙鐵羅漢、黑玉鐲，以及絕戶手聖因師太、轉輪王張一氓等所贈珍異禮物，都暗暗稱奇。

郭襄開動機括，讓一對鐵羅漢對打，十分得意。黃蓉待那十餘招「羅漢拳」打完，柔聲道：「襄兒，到底是怎麼回事，跟媽說了罷。」郭襄笑道：「幾個新朋友知道我快過生日啦，送了些好玩的禮物給我。」黃蓉問道：「這些人你怎生識得的？」

郭襄道：「我是剛才才識得的啊。我獨個兒在房裏喝酒，那個韓無垢姊姊在窗外說道：『小妹子，咱們來跟你一起喝酒，好不好？』我說：『再好也沒有了，請進來，請進來！』他們便從窗子裏跳了進來，還說到廿四那天，都要來給我祝壽呢。不知他們怎地知道我的生日？媽，這幾位都是你和爹爹的好朋友，是不是？不然怎能送我這許多好東西？」

黃蓉道：「你爹和我都不識得他們。是你甚麼古怪朋友代你約的，是不是？」郭襄笑道：「我沒甚麼古怪朋友啊，除非是姊夫。」郭芙怒道：「胡說！你姊夫怎地古怪了？」郭襄伸了伸舌頭，笑道：「他娶了你，不古怪也古怪了。」郭芙伸手便打。郭襄格格一笑，躲了開去。

黃蓉道：「兩姊妹別鬧！襄兒，我問你，轉輪王、百草仙他們，可說到咱們的英雄大宴沒有？」郭襄道：「沒有啊。但那個老頭兒九死生和百草仙，都說很佩服爹爹。那個韓無垢姊姊和聖因師太又都讚你是女中豪傑，當世英雄，我就代你謙遜幾句，說不敢當，其實我心中卻說：『正是！多謝！說得眞對！』」黃蓉再問幾句，見郭襄確沒隱瞞甚麼，說道：「好啦！快去睡罷。」與朱子柳、郭芙轉身出房。

郭襄追到門口，說道：「媽，這枝千年雪參只怕當眞很有點好處，你吃一半，爹爹吃一半。」黃蓉道：「那是百草仙送給你的生日禮啊。」郭襄道：「我生下來便生了，甚麼功勞都沒有，你可辛苦了。」黃蓉心想倒不可負了女兒這份孝心，接了雪參，回思郭襄誕生之日的驚險苦難，不禁喟然。

當日英雄大宴盡歡而散。郭靖回到房中，與妻子說起會上羣英齊心協力、敵愾同仇，言語中甚是興奮。黃蓉隨即說起聖因師太、百草仙等七人與郭襄夜宴等情。郭靖一怔，道：「竟有這等事？」瞧那千年雪參，果是一件生平僅見的珍物。黃蓉笑道：「咱們這位寶貝小姑娘的面子，倒似比爹娘還大呢。」郭靖不語，低頭追思聖因師太、轉輪王、韓無垢等一干人的生平行事。

黃蓉道：「靖哥哥，丐幫推選幫主之事，不如提早幾日辦妥，否則遲到襄兒生日，倘若百草仙等人眞的到來，襄陽城中龍蛇混雜，或有他變。」郭靖道：「我卻另有一個主意，咱們索性在九月廿四推選幫主，大大的熱鬧一場。要是無色禪師、聾啞頭陀等人駕臨，咱們曉以大義，請這夥朋友同抗外敵，豈不是好？」

黃蓉皺眉道：「我只怕他們只借祝壽爲名，其實卻來搗亂一場。你想他們能跟襄兒這小孩子有甚麼交情，怎會當眞巴巴的趕來祝壽？自來樹大招風，人怕出名，只怕天下武學之士，倒有一半不願你做這武林盟主呢。」郭靖站起身來，哈哈一笑，說道：「蓉兒，咱們行事但求無愧於天、無怍於心。爲抗蒙古，幫手越多越好。這武林盟主嘛，是誰當都一樣。再說，邪不能勝正，這干人如當眞不懷好意，咱們便跟他們周旋一場，你的打狗棒法和我的降龍十八掌倒有十多年沒動了呢，也未必就不管事了。」

黃蓉見他意興勃發，豪氣不減當年，笑道：「好，咱們便照主帥之意。你把這枝雪參服了罷，我瞧總能抵得上三五年功力。」郭靖道：「不！你連生了三個孩子，內力不免受損，正該滋補一下才是。」

他倆夫妻恩愛，當眞數十年如一日，推讓了半日，最後郭靖說道：「來日龍爭虎鬥，定有好朋友受到損傷，這雪參乃救命之物，咱們還是留著。」

注：王堅本爲宋軍守合川之大將，因本小說改寫蒙古憲宗在襄陽城下爲飛石所中，故移王堅守襄陽，此爲改動史實。

神鵰俠侶(大字版) / 金庸作.　-- 二版.
-- 臺北市：遠流，2017.10
冊；公分. -- (大字版金庸作品集；17–24)

ISBN 978-957-32-8094-1 (全套：平裝).

857.9　　　　106016636